作者简介 >>>

段拱北,1944年生。昆明市作家协会会员。1964年于昆明师范学院附属中学高中毕业后,到安宁县大桃花村下乡插队。1984年云南师范大学函大中文专业本科毕业。1971年起从教三十余年,先后在职业学校和普通高中当过多年校长。1980年后开始在报纸杂志上发表作品,著有《知青往事》《我是校长》《老青山的琴声》等几部长篇小说。

桃花女人

段拱北 著

图书在版编目（CIP）数据

桃花女人 / 段拱北著. -- 昆明：云南人民出版社，2021.12

　ISBN 978-7-222-20468-3

　Ⅰ. ①桃… Ⅱ. ①段… Ⅲ. ①长篇小说－中国－当代 Ⅳ. ①I247.5

中国版本图书馆CIP数据核字(2021)第223119号

责任编辑：刘　焰
装帧设计：云南非鸟文化传播有限公司
封面题字：李兴仁
责任校对：李　红
责任印制：窦雪松

TAOHUA NüREN
桃花女人
段拱北/著

出　　版	云南出版集团　云南人民出版社
发　　行	云南人民出版社
社　　址	昆明市环城西路609号
邮　　编	650034
网　　址	www.ynpph.com.cn
E-mail	ynrms@sina.com
开　　本	889mm×1194mm　1/32
印　　张	7.25
字　　数	180千
版　　次	2022年1月第1版第1次印刷
印　　刷	云南荣德印务有限公司
书　　号	ISBN 978-7-222-20468-3
定　　价	79.00元

如需购买图书、反馈意见，请与我社联系
总编室：0871-64109126　发行部：0871-64108507
审校部：0871-64164626　印制部：0871-64191534

版权所有　侵权必究　印装差错　负责调换

云南人民出版社微信公众号

第一章

　　她使劲地踢脚下的泥土,她觉得村子不是没了,而是沉到了地下,一层黄土把它们盖住了。不管怎样碾压,但那些房屋还在,那些黄楝茶树还在,场上的谷堆石碾还在。她跺跺脚,似乎感到村子还在脚下微微地、轻轻地呼吸。

她走在推土机履带压出的印辙上,四处空空旷旷。不管她踩着一块石头,或者半截树根,或者一块破布,都会仔细地翻看,她在寻找过去生命的痕迹。她极有耐心,目光一寸寸地搜寻,由近及远,后来她抬起头,什么都没有,眼前只有红土蓝天。那些一院一院的房屋,那些沙沟边的黄楝茶树,那些围着老埂簸箕粗的树桩,怎么说不见就不见了呢?总该有点什么吧?一片瓦,半截椽子或者是破锅烂灶,然而变戏法似的,什么都不见了,不知道哪去了。她使劲地踢脚下的泥土,她觉得村子不是没了,而是沉到了地下,一层红土把它们盖住了。不管怎样碾压,但那些房屋还在,那些黄楝茶树还在,场上的谷堆石碾还在。她跺跺脚,似乎感到村子还在脚下微微地、轻轻地呼吸。

变化是从山那边开始的。先是一尺宽,然后是一丈宽,那半边山就被推平了。山上的树消失了,只见红得亮眼的土。先是小河边那片田,然后是水口头,再就是大井岗。田里的绿色消失了,又是红得亮眼的土。有汽车驶过,后面是一排排的楼房。它们突然间就出现了。她惊异这一切变化得如此之快,以至于她来不及转身,来不及呼吸,甚至来不及想她应该高兴还是悲哀。

昨天晚上,她在睡梦中好像听到有人在喊她的名字:"卢秀儿——卢秀儿——"那声音显得苍老和哀伤,既熟悉又陌生。喊声未绝,又听到房梁吱嘎作响,似要倾覆。她看到一片黑影当头罩下。她惊叫却听不到声音,她想逃,脚似被钉住,难动分毫。等她挣扎着从恐惧中醒来,屋内黑沉沉的,冷风从窗隙吹进来,"呜呜"作响。她抚不平"怦怦"乱跳的心,索性坐起来,而额头却已是细汗密布。在接下来的时间里,她极力不去想梦中的情景,可总觉得有一个声音在呼唤她，有一只手在拉扯她的心，让她的心隐隐作痛。

清早起来，她没有告诉任何人，自己叫了辆出租车来到这里。村子里的人一进城，就不再到这里来了，他们要割舍掉过去的一切，容不得一丝的牵挂，或许他们要用余生去品尝城里人悠闲生活的滋味，而无暇回头去多看一眼。可是她却不能不牵挂。这里曾经有一栋属于她的房子，这是她最为自豪的，而且这是她一生的杰作。她舍不得舍弃它，这栋房子里曾经有过她的情爱，她的欢愉，有她生命的点点滴滴。搬家的那一天，她只带走一些生活用具，其余的都让人拿走。房子被搬空，她的心也跟着空了。临出门，只见梁上吊下两只黑黑的大蜘蛛，开始在屋里织网。她千辛万苦地把房子盖起来，她让它出生，却没有看到它的毁灭，她后悔没有时常来看它。不过后来她想，看了又能怎样呢，或许还是不看的好，不然她肯定受不了。

她沿着村后的小路往青头山爬。山路是牛在红砂石上踩出来的，不知有多少头牛踩过，也不知踩了多少年，红砂石上留下一个个深陷的窝，下雨天就会注满了水，亮亮的。没有牛再来了，这些石窝又什么时候会被填平呢？她捡了根镰刀把粗细的树枝拄着来到半坡上，这里有两座不显眼且略显孤单的坟，四周有低矮的青冈树和松树。这里埋着她的丈夫和另一个跟她没有关系的人。她丈夫坟上的草已经长成密密的一大蓬了，另一座坟上的草还稀疏着。枯萎的坟头草在秋风中刷刷作响。她的丈夫叫周大憨，生卒年月在三尺高的墓碑上刻着。另一个人叫诺希，没有生卒年月，只有一个不像名字的名字刻在两尺墓碑上。诺希在村子里无父无母,无兄弟姐妹,也无儿无女,在这世上光骨碌子然一身。他甚至没有名字。听说是村里的老人将白族话里吆呵牛的"诺诺诺""希希希"的音调,各取一字做了他的名字。从此以后他才算有了名字。他死的时候,她叫村子里的人将他埋在这里,距她丈夫的坟墓三尺远。每年冬至和清明,她来给丈夫扫墓时,也会顺便给诺希一张黄纸,一炷香。她交代过她的儿女,等她死了,女儿来看她的时候,也要记得给诺希点香烧纸。

她使劲吹掉墓碑上的尘土,然后用手掌慢慢地抹干净。一根根拔掉墓碑前野蛮生长的狗尾草。待她清理完毕,手指上已被勒出了斑斑血痕。她艰难地直起腰来,看着天上那停住的云,那紧挨着青头山矗立着的锅盖山和白虎山,看看那山脚下已经隐没的大桃花村,她突然明白了她为何要匆匆而来。她是来凭吊躺在土里的两个人,凭吊大桃花村曾经的生命,凭吊自己已经逝去的年华。她心中不禁掠过一丝凄凉。

她本来可以不必如此哀伤,因为她本来就不属于这里。

第二章

　　一路上大多数时间都在山间穿行,远远近近的山峰在眼前摇晃,像喝醉酒的人步履蹒跚,它们有高有矮有胖有瘦,有的靠前有的离去,来来去去不断变化着面孔。秀儿不知道哪些该来哪些该去,不过,她觉得该来的会来,该去的也留不住。她不去想那么伤脑筋的问题,她认为接受就好,也用不着高兴或者忧伤。

她是从偏远的木冲村嫁到大桃花村的,男人就是周大憨,那年她十七岁。

出嫁的那一天,太阳起得格外早,阳光显得格外明亮,但是因为初冬的霜风太大,野鸡梁子上的木冲村却感觉不到多少暖意。秀儿她妈早早起来,为秀儿收拾陪嫁的东西:一套新衣服,一块印着大红牡丹的被面,一床粉色团花床单,一只两尺见方的红漆木箱,装完了全部陪嫁还剩着大半空间。还有一只银镯子,是外婆留给妈的,妈又亲手戴在秀儿手腕上。她就要离开了,她去看过房屋周围由树枝编成的篱笆,看过麦子还没有发芽的黄土地,看过记不清走过多少遍的砍柴路,还有那条深深的箐沟,这些以后怕是难得再见到了。她有些许的依恋,但却没有忧伤,她不想忧伤。火塘里的枯树疙瘩冒着青烟,将照进屋的阳光熏得朦朦胧胧。火塘边铺着两领蓑衣,那是她睡了十七年的床,火塘里焐着她吃了十七年的洋芋。妈让秀儿坐在土台上,她要最后一次给秀儿梳头,要将秀儿打扮得漂漂亮亮的。秀儿感觉妈的手指插到她的头发里,像梳子般轻轻划过。妈的手指软软的,暖暖的。她的手一松刚编好的辫子就散开了,散了又重编。妈的动作很慢,她知道妈想多留她一会儿,妈舍不得她。

"秀儿,想好了?"妈轻声地问。

"妈说,秀儿听。"秀儿看着已经褪尽亮色的手镯。

"大憨老实,靠得住。"

"不用妈说,妈还想说什么?"

"不用挂牵我,还有你哥嫂哩。"

"还有呢?"

"妈不知道,妈不想说了。"妈有几箩筐的话,说也说不完。

妈的手动得勤了,两条紧实好看的辫子搭在肩上,辫梢扎上两根红带子,蝴蝶似的。

马喷着响鼻,前蹄已经将泥土刨了一个坑,它似乎已经等得不耐烦。大憨吆着马车来接秀儿,他急着要将她接走,只有她坐上马车,他的心才会踏实。红漆木箱已经搬上车,由秀儿的同村小伙伴桂花扶着。桂花前年嫁到了塘房村,塘房村和大桃花村在一条道上,她进城赶街子时坐过大憨的马车,现在她让秀儿也坐上了大憨的马车。秀儿刚坐上马车,大憨一抖缰绳,马车便开始颠簸起来。秀儿看着在霜风中显得枯瘦苍老的母亲,她突然想放声大哭,但她不能哭,不能让妈看到她的眼泪。她希望妈也别哭,她看到了妈那空洞的目光,妈也没有哭。妈不会陪她远去,十多公里颠簸的山路,能把人的骨架颠散了。妈去不了,也大约不想去,秀儿知道。

秀儿蜷着腿和桂花并排坐在铺了厚厚一层稻草的车厢里,除了一只马料袋,车厢空空无抓无拿,她只能紧紧地扳住车厢板,以免翻倒。一路上大多数时间都在山间穿行,远远近近的山峰在眼前摇晃,像喝醉酒的人步履蹒跚,它们有高有矮有胖有瘦,有的靠前,有的离去,来来去去不断变化着面孔。秀儿不知道哪些该来哪些该去,不过,她觉得该来的会来,该去的也留不住,她不去想那么伤脑筋的问题,她认为接受就好,也用不着高兴或者忧伤。

大憨神气地坐在车辕上,吆喝声格外响亮,鞭子甩得格外威风。他十八岁就开始赶马车,七八年的"驾龄"足以让他变成赶车高手,他可以站在马车上，手拉缰绳，任马飞奔而身子不动分毫，像根石柱，马车不倒他是不会倒的。他很想在秀儿面前露一手，不过他怕颠翻了她们，只能遗憾地压制住这一时的冲动。大憨结实的脊背在秀儿眼前晃动，秀儿像在看一堵厚厚的土坯墙，隔着那件蓝色的对襟衣服，仍然能感到他身上的每条肌肉在止不住地亢奋。鲜艳的红头绳不时在自己身上摩挲，然而奇怪的是，秀儿却没有即将做新娘的那种激动和甜蜜，反倒有一种对未来生活的惶恐与不安。老实说，秀儿不喜欢大憨，不喜欢看他那憨笑的样子和随时舔着厚嘴唇的红红的舌头，这会让她想到老水牛吃草反刍的样子。不过她也不讨厌他，他脸上的五官虽然长得随便，但并不出格，不会混搭。可能这些都不重要，她嫁给大憨最重要的理由，就是大憨可以让她吃上一碗白米饭。她就喜欢吃白米饭。仔细想来，自打从妈肚子里掉出来就没有几次吃白米饭的记忆，而她却被成年累月的苞谷洋芋萝卜叶子吃怕了。她觉得她不应该是这样的命，能吃上白米饭是她现实的要求和渺小的梦想。记得那天，在桂花的陪同下来到大憨家，大憨的老母亲给她们煮了一小甑子白米饭，还煮了一块带哈喇味的老腌肉。那顿饭还没吃完，她就被俘虏了。许多年以后，她回想起来，会对自己当时愚蠢的想法感到好笑，会因为一顿米饭就心甘情愿地嫁给大憨感到不可思议。但她没有后悔过，她觉得不必在意那些你无法改变的事情。如果回到以前，她仍然会嫁给大憨，仍然会心甘情愿地被俘虏。

响午过后，他们到了距大桃花村近两公里的塘房村，在这里下了车。秀儿被颠得腰酸屁股痛，大腿还碰伤了一块。尽管她有思想准备，但山路的颠簸还是大大超出了她的预料。她没想到做媳妇的路会如此艰难，如此辛苦。她第一次来大桃花村，是大憨赶马车到县城接她，县城到这里的路平坦得多，也宽得多，她没有受罪的感觉。大憨是个不懂得怜香惜玉的人，他只会凭自己的高兴和那点猥琐的愿望做事，而不会更多地顾及别人。秀儿用拳头擂着腰，抖落身上的灰，抚摸碰伤的大腿，她想一定有一大块青紫。但这些都怨不得别人，这是她自己的选择，只能认命。

在去大桃花村的中途有条河，十多米宽。河的两岸长满了低矮的灌木丛，对岸高处长着几棵粗壮的楸木树，树梢直抵天空。虽然叶子已经暗黄，纷纷飘落，但仍然能想象出春夏时的繁茂。河床很深，现在是枯水期，只有浅浅的清亮的细流缓缓流淌。河上有座桥，两条石梁连通两岸，但仅能供人往来，马车是过不去的。走过桥，路右拐上坡，坡很陡，碎石硌脚，村里人叫它石子坡。坡两边是层层梯田，田里麦子、蚕豆的嫩绿已经连成了一片。爬上坡顶，大桃花村就看见了。

秀儿第一次到大桃花村的时候，就觉得它很美，美得像一幅画——黄墙黛瓦高低错落，秧田如镜青头山为屏。排列成弯月形的房屋村舍怀抱着几块闪着光亮的秧田，还没有到撒秧的季节，秧田放水泡着，像一块块巨大的玻璃。一群小鸭子在田里互相追逐。秧田一边是一条深深的大沙沟，沙沟边长着好几棵合抱粗的黄楝茶树，虬结的树干古老苍劲，显示着村庄经历的悠悠岁月。另一边是一条宽宽的清水沟，水声轻微，长流不息。村里人爱在沟里淘米洗菜洗东西，沟边的砂石是天然的磨刀石，村里人也喜欢蹲在沟边磨磨弯刀镰刀。距村子不远是一座四五亩宽的坝塘，水波清亮，有残荷梗立。坝塘以下是一刷的层层梯田。整个村子坐落在青头山平缓的半坡上。青头山是由东边逶迤而来的洛阳山的余脉，还有锅盖山和白虎山跟它并肩，一起护卫着大桃花村。

秀儿喜欢水，也喜欢村子旁边的层层梯田。有水有田才会有白米饭吃。她原来的村子既没有水更没有田，有的只是山地枯黄。以后她就要生活在这个地方，种这个地方的田，喝这个地方的水，吃这个地方的米，住这个地方的房屋，她的一切都要跟这里结缘。然而她却不知道这个地方是不是欢迎她，也不知道今后会怎样。不过，她嫁给了这里的大憨，她就是大桃花村的人了，欢迎不欢迎又有什么关系呢？当时秀儿并不知道，大桃花村以前叫"逃荒村"，村民是从大理逃荒来的，在这里定居并繁衍生息，他们大多是大理白族的后裔。不只大桃花村，还有小桃花村和附近的一些村子都有白族的后裔。如果秀儿知道，会不会少些担心呢？至于今后，她觉得那是很久远的事情，她大可不必为很久远的事情操心。

第三章

　　她知道这两个人一定会等着她去求他俩,然后他们会大大地取笑自己一番,还会推三阻四不肯出手。做坏人总是很容易的,他们一定会因为自己的求饶而感到做坏人的愉悦和得意。她不能让他们遂心如愿,绝不能。

秀儿被敲门声惊醒,是手指节的敲击,声音不大,但对于五六平方米的小屋来说,犹如小锣响在耳边,足够让人摆脱瞌睡的纠缠。秀儿经过一晚上无休止的折腾,一身瘫软,仿佛上山背了一整天的柴火,天亮前才得以迷糊睡去。她感到自己刚刚闭上眼睛,才刚刚睡下,还没有来得及做个梦,就被吵醒了。然而她再疲倦,再不愿意,也不能忽略执着的敲门声。大憨赤条条的半个身子压在她身上,死猪似的。她推开他,他的肚皮粘粘的湿漉漉的,一身腥臭。

大憨妈已经在厨房里弄出动静来了。秀儿很快摸到自己的衣裤穿戴好,清理了一下自己的身子就开门下楼,冲着在灶门前忙着拢火的人叫了声"妈"。她不需要别人吩咐,看到水缸没水了,就担起水桶去大井岗挑水。她妈嘱咐过她,做人家的儿媳妇,要学会起眼动眉毛,见事就做。这些话,秀儿都记在心里。

青头山已经有一条白,天空有几颗未来得及隐遁的残星还放着微弱的光,整个天空一片湛蓝。路两边的草丛,四周的山坡田地铺上了一层白霜,犹如下雪一样。秧田和水沟上面有一层薄薄的霜雾在缓缓游动。小路上有冰凌,踩在上面吱吱作响。湛蓝的天空中,好像隐藏着无数牛毛般的绣花针,将寒冷一点点刺入秀儿的皮肤,透过皮肤钻入神经,最后深入骨髓,让秀儿觉得全身的骨头都僵硬起来。霜跟雪不同,雪有温暖,而霜只有寒冷。秀儿在山村也经历过大霜天,但她觉得大桃花村的霜更大更冷。

秀儿喷着热气,抓紧了桶绳,她不会怕不会畏缩,她知道不管怎么冷,水总要挑,饭总要煮,事情总要做,日子总要过。她只是加快了脚步,将路上的冰凌踩得脆响。

距村子四五十米，降下十来级台阶，有一口井，四面用石板铺成，井边有棵巨大的老青树，树身如铁，枝繁叶茂，犹如一把大伞撑在井的上面。周围有田，村里人把这里称为大井岗，既指井又指井周围这一大片田地。秀儿见到老青树第一眼就喜欢上它了，她觉得它不会老，那么大的霜，却不见有黄叶飘落，依然郁郁葱葱。井水清澈得能把人的眉眼照得清清楚楚，秀儿喜欢在水中看到自己俊俏的模样，每次来挑水，她都会把它变成与自己的模样愉快重逢的机会，她很享受这种机会。

秀儿挑着水进了院子，屋里传来大憨粗壮的声音。

"妈跟队长说说，车我不赶了，另找人。"

"妈知道你的心思。"

"不赶，就是不赶。"大憨很是固执。

"妈在家嘛。"大憨妈不急不恼，语气平和，似乎早有定见。

"妈管不住她。"听得出大憨话里有说不尽的担心。

"妈是管不住，不过妈看得住——"

秀儿进屋他们就不说了。秀儿将水倒进水缸便坐到灶膛前凑火，并烘烘冻僵的手指，她没有说话。大憨妈正忙着给大憨准备午饭。生产队固定让大憨到县里的铸锅厂送铁锅拉铁渣废料，他早出晚归，中午回不了家。昨天就煮好的饭——往往是蚕豆刀豆多，米饭少，装在一个熏黑了的铝皮饭盒里。饭压得铁铁实实，腌菜辣椒卤腐装在一只罐头瓶里，还有一只扁不扁团不团的军用水壶，一起装进一只布袋。大憨从墙上扯下挂着的毛巾擦擦脸，很响的擤鼻子咳嗽吐痰。他穿着件不黑不灰的中山装，东一块西一块的补丁边界分明，补丁多了，将单衣变成了夹衣，省了件衣服钱。

敞开的外衣里面是一件已看不出本色的有绒卫生衣。下面穿条系布带的摆裆裤，上下极不搭配。大憨妈不是不懂，但农村人哪有条件讲究这些，不过是保腰罢了。大憨脚上蹬的是一双灰扑扑的解放鞋，没穿袜子，农村也很少有人穿袜子的，即便是脚指头能冻掉的大霜天也是如此。他头上还戴顶黑毡帽。大憨坐到矮方桌前，以极快的速度将煮好的泡饭倾倒在肚子里。他连吃带吸"呼隆隆"的，还意犹未尽地咂嘴。村里人多是一日两餐，早餐是不兴吃的，不知是什么时候形成的习惯，也不知因何而形成这种习惯，大憨赶马车算是特例，每天还有早餐吃。秀儿不看大憨，大憨吃饭的声音让她感到憋屈，因她吃饭不能像他那样吃得淋漓畅快。她嫁给大憨吃上米饭，这事总让她感到有些愧疚。吃饭的时候，她的嘴、牙齿、舌头，总不敢吃得理直气壮，更不敢狼吞虎咽，她闭着嘴，牙齿轻轻地咀嚼，舌头慢慢地搅动，小心地吞咽，不敢吃出声响。虽然她一直在心里告诫自己：你没有做什么对不起别人的事，不该有这种顾虑，但她始终难于释怀。

大憨拎起布袋，临出门看着秀儿嘱咐："在家待着，莫乱跑——"秀儿没听懂他的话，她怎么能只待在家里？她要出工，要去苦工分。她就是要让别人知道，自己不是来吃闲饭的，她卢秀儿不是个只会吃闲饭的人！

秀儿没有待在家里，大憨妈带着她去出工。秀儿很能干，不管是以前做过的还是来这里新学的农活，她都能做得有模有样。她编苞谷，苞谷叶辫整齐又紧密；打连杆，她能左右开弓挥舞自如；团簸箕，米粒在周边如珠子般滚动，土粒瘪壳在中心聚集，她双手画圈，轻快灵活；田里的活计，如拔秧、栽秧、薅秧、割谷子、码谷堆,她都能很快上手,她觉得这些都是手扒拉的活计,不用谁教,看看就会了。她甚至觉得,如果让她去使牛,去赶马车,做这些男人做的活,她也一样会做,绝不会输给那些自以为是的男人,什么也难不倒她。秀儿就是秀儿,她做起活来从不会偷奸耍滑,不会躲懒,更不会磨洋工。

她来的第三天,吃过午饭,大憨妈带着她去背牛圈粪。经过黄楝茶树下的粪堆时,被队上的会计张发堵住,他的宽脸显得很严肃,很正式,像是生怕别人漠视他的身份似的。他告诉秀儿,队里决定,她出工可以拿全劳力工分,定额工分除外。他说一句就向前靠近一步,秀儿忙不迭地后退一步,他再往前一步,秀儿再退一步,他离她越来越近,秀儿好像闻到了粪堆的臭味。她发现他不看别处,目光瞟向她的前胸。她感觉他的眼光就像一把看不见的刀,刀尖正一寸寸、一寸寸地挑起她的衣服。秀儿扭转身,她不愿看到他的嘴脸,她更愿意看到一只苍蝇或者一条蚯蚓。大憨妈催秀儿去装粪,秀儿不再理他,将背箩甩到背后,绕过他去牛圈。

一个人刚刚背着粪从牛圈出来,秀儿将背箩放在靠墙的条凳上,退到门口,等待里面的人用钉耙挖粪装满背箩。生产队的牛分给社员饲养,牛屎牛尿和稻草沤成牛圈粪折算成工分给社员。牛圈很深,门口有三四级台阶,很陡。除牛圈粪只能背而不能挑。秀儿不喜欢背,背要将由毛发和棕丝编织成的背头顶在头上,双手抱头压住背头,以增加头部的力量。秀儿觉得这种背法很原始,在木冲村他们爬坡上坎,走远走近都是挑,可这里什么都用背,况且背不是靠双肩而是靠头顶,这需要一颗不惧折磨的脑袋和足够刚强的脖颈,才能顶住一两百斤的背箩不往下掉。村里的女人从小到老，成年累月都在顶，她们顶稀了头发顶花了眼，顶伤了颈椎顶弯了腰。秀儿知道，喜不喜欢是另一回事，她需要入乡随俗，她要学着去顶，她不能有丝毫的畏惧和怯懦。

粪装好了，秀儿发现只有半箩："才装这么点？"她问。装粪的是常贵和发富两个大伙子。常贵已经三十好几了，秀儿记住的是他扁塌塌的鼻子。发富二十多岁，秀儿记住了他的豁豁嘴，嘴唇虽然已经缝合，但豁痕犹在。常贵说："瞧你嫩秧秧的，怕伤着你的腰。"秀儿不说话，不屑地看着他。发富说："嫌少吧？"说罢甩了一钉耙进去："够不够？"秀儿仍是不动不说话。常贵邪笑着："瞧着点，够了就喊。"说完和发富左一钉耙右一钉耙，把背箩装得满满的，还用钉耙锤得铁铁实实。这些都是圈底粪，水沤着，装到背箩里还直淌粪水，实在装不下了，他俩才停了手，挂着钉耙站着，不怀好意地看着秀儿。秀儿顶上背头双手抱住，腰一挺背箩靠到了背上，她却站不起来。粪太重了，已经超出了秀儿所能承担的限度。她很想让他们将粪掏掉一些，但她不能。她知道这两个人一定正等着她去求他们，然后他们会大大地取笑自己一番，还会推三阻四不肯出手。做坏人总是很容易的，他们一定会因为自己的求饶而感到做坏人的愉悦和得意。她不能让他们遂心如愿，绝不能。她咬咬牙，猛吸一口气，将全身的力气贯注于双腿，使劲站起。一饼牛粪盖在她的后脑上，冰冷的粪水顺着脖颈往下淌，洇湿了她的前胸和后背。她终于站起来了，颤巍巍的，一步一步踩着粪水登上台阶。上到第二级台阶时，秀儿两腿发软，觉得自己马上就要翻倒。忽听得常贵喊道："扶住——扶住。"秀儿感到有人从旁扶住了背箩，同时一只手也不偏不倚肆无忌惮地按在她的胸上,背后也有手贴在她的胯上。秀儿哼了一声,恨不得将粪箩扣在他二人头上。她艰难地将粪慢慢背到黄楝茶树下,踏上粪堆前的磅秤,磅秤"咔嗒"一声响,像被踩断了骨头。坐在磅秤前称粪的张发换了个大秤砣,有些诧异地说:"你还挺狠嘛。"称完叫秀儿爬上粪堆,将粪倒在高处。秀儿奋力将背一耸,粪箩便倒扣在粪堆上,她用力将粪箩抽离。牛圈粪像一块厚厚的黑色石碑站立不倒。身上轻松多了,她扭扭脖颈长长地吁了一口气。一阵风吹来,黄楝茶树沙沙作响,似乎在替秀儿舒缓心中的郁闷。秀儿看着那高高的黄楝茶树,树身斑驳如铁,枝叶如戟,正与风云共舞。她心中掠过一丝伤感,不过也就是一刹那,一刹那也就过去了。

又背了几次,快收工的时候,秀儿发现有许多人欢叫着向村后奔去,像是发生了什么大事。小孩子们欢呼雀跃。忽听有人说:"有牛肉吃了——"接着便是一阵欢呼。秀儿站在沙沟边看着人们从身前跑过。她惊异,拼命想象着他们欢叫声中的意义,她产生了想跟着他们跑去的冲动,但不知道为什么她依然站着,一脸惶惑。这样又站了一会儿,她再也忍不住,跟着人们跑去,不过,她并没有跟他们一起欢呼。

四个大男人从村后沙沟边的小路上抬着条牛走进村来,从跑来的人群中穿过。牛的前脚后脚被皮条捆住攒起,四人分别用牛担扛着。他们说这头牛滚岩子了,怕是活不成,只能进汤锅。秀儿见那牛瘦骨嶙峋,厚厚的牛皮已经绷不住凸起的肋骨,肚皮朝天,毛几乎掉光了,白一块黑一块的。秀儿猜想,它大概已经很老了,或许牙齿已经掉完,嚼不动草料,它已经犁不动田爬不动山了,所以才会滚岩子。她看见牛角跌断了,白色的筋腱还连着丝丝带血的肉,让人心里发怵。它的眼睛又大又圆,眼圈亮亮的,一闪一闪,还直勾勾地看着她:"它还活着!"秀儿大声叫。没有人理会她。大概人们正疯狂地想象着汤锅中那久违的牛肉飘香,哪里还会有怜悯和慈悲的心肠。她又说:"你们看牛在淌眼泪!"她的声音飘浮在空气里,听不到回响:"牛在淌眼泪——"她跟在牛后面自言自语,低沉的声音似乎溅着泪花。

吃晚饭的时候,大憨忙着把一坨一坨的牛肉往嘴里塞,吃得"吧嗒吧嗒"直响。秀儿坐在草墩上一动不动,几只苍蝇在眼前乱飞,忽高忽低,倏而飞开又倏而飞来,停在眼前,似乎在向她昭示着什么,也许什么都没有昭示,它们只是无谓的存在而已。大憨妈问她为什么不吃,秀儿幽幽地说:"牛在淌眼泪。"她的目光飘向门外,她看见诺希的身影悄无声息地走进大门边的小屋,像个鬼魅。

第四章

　　这两角钱对她来说具有非同一般的意义,它捅破了一扇窗,指明了一条路,昭示了另一种生活,未来正以清晰可见的亲切的笑脸召唤着她,她的内心充满了热烈的向往。

秀儿从来没有想过世上竟然有如此丑陋的人，乍见他的脸会受到惊吓，会让人感到恐怖。他头发蓬乱如蒿草，一绺绺地遮盖住耳朵和半块脸，脸上坑坑洼洼，眼睛大小不一，几乎没有眉毛，鼻子宽厚，一条红色的疤痕斜斜地连着嘴唇和下巴，世上所有的丑陋加在一起也不过如此，而且他还是个瘸子。第一次见到诺希，她几乎尖叫起来，恐惧感顿时攫住了她。那一眼的印象如此深刻，让她一辈子也忘不了。秀儿后来才知道，他无父无母无儿无女，孑然一身。人们说不清他从何而来，何时而生，仿佛一夜之间就突然出现了。谁也不知道他的年纪，谁也不关心他的年纪。有人以为他已经很老了，但是瞅瞅他那短短的唇须，似乎又觉得他并不如人们想象的那么老。或许是知道自己丑陋，他尽量避免在人前出现，他不想引起别人的主意，甚至想让人们忘记他的存在。他悄无声息地来，悄无声息地去。实在避不开的时候，他总是尽量将头低下，让披散的头发遮住自己的眼鼻，还将头偏向一边。人们很少看到他脸上的表情，见到的都如石像一般，没有光亮，没有色彩，没有温度，只有冷漠如冰。更没有人见到他笑过抑或哭过，人们以为他又聋又哑，其实他听得见会说话，只不过他说话时就像刚学说话的孩子一样，只会单个字单个字地说，说得模模糊糊，夹杂着白族话的调子。很多时候他都待在自己的小屋里，他大约不想生活在外面的世界，只想生活在自己的世界里。秀儿不知道那是一个怎样的世界。

诺希是队上的"五保户"。队长告诉大憨妈说，诺希没有家人，要她平时多照看着些，有事跟队上说。大憨妈是个善良厚道的人，她不像别人那样嫌弃他，她说，老天爷把他生成这个样子，你再嫌弃他，就是罪过了。

时间长了，他有时会到屋里讨个火，拿棵菜，借把弯刀什么的。大憨妈在，他进来找着拿了就走，也不打个招呼点个头。习惯了以后，大憨妈也随他。如果碰到秀儿在，他就会立即用青筋暴突的手，五指张开挡住脸，低下头转身就走，一刻不停，也不顾腿瘸着。这让秀儿很生气。她猜想，他是不是对自己被惊吓的事记忆犹新，怕自己再次被惊吓到。可是他应该知道自己既然已经看过他的脸，就已经不会怕他，更不会再受惊吓，那么用手遮住脸，不仅不必要，简直是多此一举，张开的五指又能挡住什么呢？秀儿隐隐约约感到，不是秀儿怕诺希，而是诺希怕秀儿，怕她什么呢？秀儿不知道。

秀儿有时会听从大憨妈的吩咐，给他送点腌菜卤腐送把菜。前脚刚离开，后脚他就把送去的东西全扔了出来，有一次一个好端端的花瓷碗被他摔成一堆碎瓷片，秀儿想发作，但想到他那毫无生气、冷若冰霜的丑陋的脸，一丝怜悯在心中扩散，她也就忍住了。让秀儿耿耿于怀的，是她希望能看到一副有活气的脸，不管这脸如何丑陋，却一直未能如愿。

过了几天，秀儿一早到门外的柴堆上抱柴。天已经大亮，太阳还没出来。她看见诺希从大井岗挑水回来，秀儿奇怪，他瘸着腿，桶里的水居然不泼不洒。不是他挑的少，因为从远处就能看到水面的晨光，碎银似的。他走得很慢，每走一步总是划量着这一步踏在什么地方，然后慢慢踏出，准确地落脚，尽量不要引起水的晃动。他慢是因为他没有要快的理由，他不需要快，他需要的是踏实稳当。看来他对一切都有很好的权衡。秀儿抱够了自家的柴火,听大憨妈的吩咐,又抱了些给诺希。他拎着扁担出来看见放在家门口的柴火,像看见仇人似的用扁担挑的满院都是,一枝一叶都不放过,扁担头上的铁挂钩"哗啦啦"乱响。看着满地横七竖八的枝枝叶叶,秀儿突然感到自己受到了极大的伤害,一股怒气冲涌而出,她不管不顾,冲着他大叫大嚷:"你发什么疯,屁都不会放一个的人,还学着欺负人,早知道你这么坏,你求我我都不会抱给你!"骂了不解恨,她用脚使劲去踢满地柴火,柴火被踢得高高低低乱飞,四处散落。她正踢得解恨,不料踩到石阶旁边滑溜溜的青苔,脚一伸往后一仰,摔了个四仰八叉。她双脚翘起,双手拄地,两条辫子奇怪地蜷缩在地上。她不叫不嚷了,狼狈地爬起来拍打着身上的泥。秀儿眼角的余光瞟向诺希,她突然发现他的嘴角微微上翘,出现一丝不易觉察的似乎是幸灾乐祸的笑容。就是一瞬间,一瞬间就消失了,像一道浅浅的水痕,又像是空气中的一缕青烟,开始还在,但是你要仔细看清楚时,却什么也没有了。秀儿看见了,她确信无疑,她抬手指着诺希叫嚷:"你在幸灾乐祸,笑话我不是——"像是撒泼耍赖的小姑娘。她突然想起了什么,目光牢牢地抓住诺希:"你在装疯,你莫说你不会笑,你骗人,我看见你笑了——"秀儿像是发现了新大陆,她开心死了。摸摸自己还在发痛的屁股,她觉得这一跤实在摔得值得。不管秀儿怎么叫嚷,怎么兴奋,诺希浑如未觉,脸上一如既往的冰冷,他不再理会秀儿,缩回自己的小屋。然而经历过这一次以后,秀儿再见到诺希,发现他不再用手遮住自己的脸了。

接下来的几天,天空空荡荡的——除了太阳,地里空荡荡的,成熟已被收割。立冬以后,活计松闲下来,人们的精神也松闲下来。只有大憨和他的马车松闲不下来，不管农闲农忙，也不管寒暑，只要工厂不放假，他就得去上班，就跟厂里的工人一样。近日他一早赶着马，挎着马料袋一出村，总会有村里人跟着他，到塘房村坐他的马车进城赶街。那些爱逛街的大姑娘小媳妇，或者去卖几个鸡蛋，卖点豆糠，或者卖只小猪小鸡，也还有卖点自留地种的时令蔬菜。卖得几个钱，顺便买斤盐巴打点酱油，还有剩余再买点针头线脑，扯上几尺布，准备过年做件衣服缝双鞋。有的不管钱多钱少，少不了带着小儿小女到街边小吃摊上，吃碗几分钱一碗的豆花米线或豌豆粉。男人们则多去买把旱烟喝上二两小酒。辛辛苦苦一年，不管年成好坏，盼的就是过年前后的这段日子。俗话说"懒婆娘巴月子坐，懒汉子巴年过"，不仅懒汉，农村人谁不巴年过呢？每个人去赶街都有着自己的理由，不过，比起他们想去卸掉一年辛勤劳作的疲惫，拯救已被压抑和枯萎的精神渴望，去感受那熙熙攘攘的撩人的气氛，这些理由更像是借口。

秀儿要随大憨进城，大憨笑出了憨样，大憨妈也求之不得，她掏出时刻装在身上的小布包，掏出一角钱给秀儿。秀儿不在乎有没有钱，钱多钱少，她要去感受外面的世界。对于生活，她喜欢宁静，却又害怕宁静，或许她更喜欢热闹，热闹会唤起她心中沉睡的激情。她看到一街用塑料布、编织袋扯起的小摊位，花花绿绿的，犹如飘扬的彩旗，还有街上熙熙攘攘的人群和呼儿唤母的声音，犹如溅着水花流淌的河流。看到这些，她就会禁不住地亢奋，眼睛会出奇地发亮，脚也格外坚强有力，太阳也会格外地暖人。

秀儿最想逛的是位于城中心的百货公司，最喜欢逗留的是挂着颜色好看的衣服和摆放女人用品的柜台。她想象着自己穿上这些城里人穿的衣服会是什么模样。她认为拥有这些东西，才算是女人应该过上的生活。而现在她只能看，不过能看也不错，总比什么都不知道强吧？在她离开百货公司的时候，她很羞愧地掏出那一角钱买了盒蚌壳油，她从来没有用蚌壳油擦过脸擦过手，这是第一次拥有它。她喜欢五色斑斓、滑润润、亮光光的蚌壳，拿在手里，装在怀里，都让她觉得贴心而舒畅。

　　秀儿被大憨接到厂里，他让秀儿在车间前等着自己，他要去办手续。大憨在厂里做的事就是从火车站拉生铁、焦炭到厂里，从厂里拉铁锅——大大小小的都有，还有打好的弯刀镰刀锄头钉耙等，送到供销社或别的卖农具的地方。有时厂里也会临时给他安排工作，大憨成了编外工人，人家上班他上班，人家下班他下班。他的工作由秦主任安排。他经常向秀儿提起秦主任，说秦主任对他如何如何好，抽烟时还会发一支给他，说着还比画抽烟的姿势。秀儿明显觉得他是在炫耀自己。中午人家下班回家或者到食堂吃饭，大憨就将马车停在车间边上给马喂草料，找个地方将饭盒烤热，回到马车上几下子吃完，拧开水壶灌上几口水，饭盒也不洗就靠着马料袋倒头就睡了，鼾声随即响起，犹如老母猪打呼噜。

　　秀儿一进厂门就看到了两座巨大的车间，大门敞开，或者说根本就没有大门，她为这么高大的房子感到震惊，它就像一个巨大的怪物蜷伏在这里，张着大口把一切能吞的东西都吞到肚子里。她满怀敬畏又满怀好奇。他走到门前探头探脑，伸长脖子往里看，最先看到的是相隔不远并排站着的两座小高炉，风机隆隆响着，炉口喷出红色火焰。有人拎着长长的铁钎往里鼓捣，也有人在炉前长长的土台上拍打，还有人好像在搬什么东西，他们在炉火的映照下一闪一闪,明明暗暗。秀儿像看到些纸剪的小人,在灰蒙蒙的空气中飘来飘去。车间的两边除了靠近出口有两三间隔起来的小屋子,其他地方东一堆西一堆胡乱地堆放着半成品的铁锅和农具,以及焦炭等黑乎乎的东西。整个车间给她的印象是又灰又脏又乱。她认为他们做事并不上心,车间也应该像家一样要时常收捡。这里的男人一定很懒,随处散落的砖头、煤块、碎铁锈钢筋,也不会随时清理,人稍微不小心就会碰着踢着,秀儿觉得自己有必要提醒他们。她看见小屋前面有两个人,一个抽着烟,一个拿着个小本本比比画画。她勇敢地走过去。那个拿小本本的人称对方为"秦主任",这个名字她早已听大憨提过多次。她看那秦主任,宽宽的脸膛上有两道粗粗的浓眉,头上短发直竖犹如猪鬃,一副很凶的样子让人畏惧,根本看不出根据大憨所说而想象出的和善的样子。秀儿大着胆子叫了声"秦主任"。秦主任将烟头掐灭丢在地上用脚使劲搓了两下,抬起头奇怪地看着她,一脸迷惑:"你们车间又脏又乱,弄不好会伤着人的。"秀儿义正词严,毫不畏惧地说。秦主任粗粗的浓眉倒竖起来,哪里跑来个莫名其妙不知好歹的小村姑,公然来指责他,天底下居然会有这种滑稽事,他突然觉得好笑:"你是谁?敢来我面前指手画脚!"冷冰冰的话语里带有威吓的意味。秀儿扬起头,两条辫子跟着甩动:"大憨是我男人!""大憨?赶马车的那个?"他难以置信:"他是个多大的领导干部?你这么了不起。"她从对方话里听到了轻蔑:"他是我男人!"她又大声重复了一遍。秦主任的眼睛在秀儿脸上转了三四转,然后一字一顿地说:"他是泡牛屎!"那个拿着小本本,三十多岁戴副黑框眼镜的人说:"他还是头猪!"秀儿生气了:"不准你们这样说他!"

接着她又硬气地说:"你们是群懒鬼,乱成这样都不兴好好收捡。"秦主任看看偌大的车间,放缓了语气:"我看你也是老马打架玩嘴,我们懒,你闲着无事,你就来收捡嘛。""我?"秀儿睁圆了眼睛:"你帮我收拾干净,一包烟钱,干不干?""给我钱?"秀儿还是没有反应过来。秦主任掏出两角钱拍在桌子上:"干就拿走,不干就出去。"秀儿反应过来,将钱一把抓起,兴奋地说:"我干!"

大憨下班来接秀儿的时候,秀儿已经将偌大的车间收捡完了。她手脚麻利,该捡的捡,该收的收,该堆放整齐的就堆放整齐,她用不着别人来指挥她,心里有谱。除了收捡她还把能打扫的地方都扫了一遍,灰渣细土都撮了十多撮箕。她拿了人家的钱就要把人家的事做好。收捡完,整个车间清爽顺眼多了,也安全多了。但她却变得灰头土脸,衣服裤子都变了颜色。她解下围腰拍打全身,身上腾起阵阵呛人的灰雾。秦主任拿了块湿毛巾给她。她擦擦脸,擤了泡鼻涕,吐了口痰。这些黏糊糊的东西全像在炭灰里滚过——第二天早晨她洗脸的时候,鼻涕口痰仍带着黑色。她将毛巾递还秦主任,感谢的话不说,却问秦主任:"怎么样?"她昂起头,在期待夸奖,她值得夸奖,也需要夸奖。秦主任轻描淡写地看了她一眼,哼了一声说道:"脸都揩不干净,还狂!"他接过毛巾转身走了两步,似乎觉得有点不忍心,扭头补充了一句:"两角钱,还值。"

她有两角钱了,她从来没有拥有过这么多钱。这不是幻觉,钱就在眼前,在自己的手心里躺着。她用手指轻轻地摩挲着,感受着它所带来的愉悦和温暖,她闭上眼睛,却看到了奇妙的景象,许多曾经看到过的好东西,一样接一样在眼前出现,走马灯似的。她两个指头捏住钱,钱实实在在,那些东西也会变得实实在在。

她突然觉得，这两角钱对她来说具有非同一般的意义，它捅破了一扇窗，指明了一条路，昭示了另一种生活，未来正以清晰可见的亲切的笑脸召唤着她，她的内心充满了热烈的向往。

她曾经想过这两角钱的用场，甚至还想到过为作为女人都会经历的那种痛苦和甜蜜的事情做些准备，但她还是将钱用布包好锁到了箱子里，怎么难也不能用，任是谁也不能动。她把它看成一生的寄托和幸福的源泉。

第二天她又去找秦主任，秦主任不在，她就站在车间门口等着，快吃中午饭时才等到。她希望秦主任能再给她一些事情做。再苦再累也不怕，她不会挑剔，不会挑肥拣瘦，更不会计较钱多钱少。她讲了很多话，也许她从来没有对一个人讲过这么多话。她脸红发热，两眼放着热切的光，一只手紧紧攥住另一只手。她的诚心，她的执着，让老天爷都会动容，都会生出怜悯之心。可是，秦主任大约不会，他很凶的样子固守在脸上，容不下一丝温柔或和善，秀儿不由得感到担心。他打断秀儿的话吼道："你这个难缠的憨婆娘，一句话的事情还用得着啰里吧唆一大堆！哪个有时间听你乱扯！去磨铁锅，一分钱。"随即大声叫来小齐，小齐就是那个拿本本戴眼镜的年轻人，他是厂里的技术员。小齐将她领到车间堆放铁锅的地方告诉她，磨铁锅就是把浇铸好的铁锅上那些多余的粘连部分敲下来，然后用砂轮将损口磨光滑，磨一口铁锅一分钱，不论铁锅大小："这活很伤手。"他叮嘱秀儿。随后他又满怀同情地告诉秀儿，她可以把那些敲下来的铁块和厂里丢弃的废旧钢铁收集起来，卖给锅厂旁边的废品收购站，多少能卖点钱，还说旧报纸、玻璃瓶都能卖，又从办公室收了一捆旧报纸给秀儿。

过年前的这些日子,秀儿每天都和大憨一起来厂里上班,大憨知道秀儿在做什么,不过这并不重要,他不想过问秀儿做的这些事和或者什么别的事,只要秀儿在他眼皮子底下就行。再说他也没有时间去过问,每天他俩各忙各的,中午吃饭才聚在一起,但也是各吃各的。晚上他只想和秀儿睡觉,这也不能全怪大憨精力旺盛。他除了吸吸烟筒,喝点酒,再没有什么别的嗜好,那时还没有什么文化生活,晚上除了拉着女人上床,还能做什么?

这一天晚上,秀儿独自坐在火塘边毫无睡意。屋外黑成一团墨,诺希的小屋也沉静如潭,没有一丝声响。偶尔的狗吠显得夜空格外的空旷寂寥。她用火钳将未烬的火炭刨出来,然后小心地竖起来靠在一起,火炭又红又亮,光热迸发,温暖的气息在秀儿身上游走。大憨妈早早就睡了,大憨在楼上一直在催促,她不加理会,她不想让温暖的气息过早地消失。她把手凑近火塘,指缝间透出道道红光。她将双手抬起,仔细地看着自己的手指头,手指均匀,他一个一个地捏,每个指肚都很有弹性,圆鼓鼓的,红红的,就像一个个小红萝卜。她十分欣赏自己的手指,只要它不闲着,总会有一分两分钱进来。虽然粗糙,甚至有很多伤痕,但它们始终坚韧有力,它们实实在在,会把该抓住的东西抓在手里,包括运气,包括机会,甚至包括——幸福。秀儿掏出蚌壳油,涂抹在手指上,让它们香香润润的。她要好好对待这些个让她无比骄傲的手指头,她每天都会给它们抹上一点蚌壳油,不过她不会抹在脸上,她怕大憨妈闻到会不高兴。

当她焐好火想上楼的时候,又将手指舞动了几下,轻轻笑出声来。

第五章

　　花在希望就在,她已经看不到希望了,为什么还要毁掉花的希望呢?她放开手收回刀,她要留住这一点希望,即便它依然孤独。

这天晚上，天空突然淅淅沥沥飘洒起小雨来，冷风带着雨丝吹进屋里，带来阵阵寒意。秀儿从屋外的柴堆上抱了些干柴堆在灶台边，顺便也抱了些堆在诺希小屋旁的廊檐下。她将两个枯树疙瘩架在火塘上，放上些枝枝叶叶，悠悠长长地吹几口气，火苗蹿起，发出轻微的"噼啪"声，一丝可有可无的青烟带着暖意软软地上升。大憨靠近火塘，一支大烟筒架在地上，他从口袋里掏出个皮烟盒，打开，拇指和食指将细烟丝揉成一小团塞进烟筒嘴，拣一枝亮着火光的细树枝点燃，"咕噜咕噜"地吸得欢畅。他可以嘴不离烟筒将一支纸烟一气吸完，烟都不见他吐一口，让人惊异于他肺活量的巨大。他喜欢在别人面前卖弄他的这一绝技，并以此为傲。此刻他深吸一口，撮着嘴将烟缓缓吐出，那种惬意的样子堪比神仙。大憨妈在矮方桌上打布壳，一张白绵纸铺在桌上，涂上面糊，将碎布一层层地贴上，用稻草尖绑成的刷子刷平实，她做得极仔细极有耐心。农村人做鞋底，全靠一层层布壳的堆积，中间夹一些竹笋壳。她的床下就堆放着平时积攒的这种东西。从楼板吊下来的电灯，虽然蒙尘积垢，让光线减弱了许多，也没有影响大憨妈的操作。秀儿将未纳完的鞋底，从装针线的竹箩中取出，她不用看，仅凭手指的感觉就能用戴在食指上的顶针将针准确地顶到该扎的位置。纳鞋底是农村女人一辈子都在修炼的功夫，秀儿早已得心应手。他们各自做着各自的事，谁都没有说话，整个屋子洋溢着温暖和谐的气氛。

然而秀儿今晚有些心神不宁，纳鞋底的速度也比平常慢了许多。这两天来，她的眼皮老跳，不由自主地跳，她觉得这大约是不祥之兆，总感到有什么事情要发生。就在雨将停未停的时候，忽听外面有人喊"大憨妈",话音未落,一个人戴着篾帽跨进门来,进来的是会计张发。他将篾帽取下甩甩水,他甩篾帽的动作很用力很夸张,然后将篾帽靠在门边才走进来。大憨妈热情地急忙让座,大憨急忙递上烟筒。张发随意地拉了个草墩坐到秀儿旁边,接过烟筒也不说话,有滋有味地吸起来。张发在村里算得上一个人物,他在城里读了一年初中便辍学回乡,在当时已是村里有知识有文化的人了,村里也找不到比他更有资格当会计的人。

张发平日极少登大憨家的门,今晚登门必定有什么必须要登门的事情。可他并不急于说明来意,只顾自己吸烟。秀儿感到这不会有什么好事,隐隐约约猜到可能与她的事有关。她不问,耐心地等着,看他会说些什么。张发过足了烟瘾,抹抹嘴,一改平时很严肃很正式的模样,宽扁的脸上居然显出一丝平和的笑容。他侧过头看着秀儿说:"有件事——"他故意停住,观察着秀儿表情,秀儿脸色如常。"有人说你跟大憨到厂里做工?"张发接着说。秀儿不看他,不说话手也不停,麻线扯得唑唑作响:"你怕还不晓得,村里人嘴毒得很。"他全是一副关心爱护的口吻。"我去厂里做活碍着谁了?再说我又没有拿队上的工分。"秀儿没好气地说。大憨和大憨妈紧张地看着秀儿,他们知道,别看秀儿平时温温顺顺的,但每个人都有脾气,弄不好也难免会说出些得罪人的话,但他们并不希望得罪张发。"话不能这样说,社员就是要苦工分,工分工分,社员的命根,你应该晓得。"他像开导一个不懂事的娃娃,语调依旧平和,不嗔不怒。秀儿嘴上不说,心中却想,我在队上干一天也就十个工分,分红也就是一角多钱,在厂里苦一天绝对不止这点钱,谁稀罕这点工分。张发大约看出了她的心思,又说:"你莫小看队里的工分,没有工分就分不着工分粮,是要饿肚子的,你们说合不合?"他的目光瞟向大憨和大憨妈,他俩忙迎合点头。"还可以去买呀。"秀儿心有不甘。张发怪笑起来:"你太憨了,城里人玩粮票,买小糖饼还要糕点票,钱有什么用,谁会卖给你?""合啰合啰,我在厂里拉东西,想去食堂打点饭,没有粮票人家不卖给你,只有干瞪眼。"大憨也笑起来,笑得有点失落,有点可怜。秀儿瞟了他一眼,她觉得大憨也在嘲笑自己,这让她感到气恼。"如果工分粮多分一点就好了,三七开,便宜了那些娃娃多的。"大憨止住了笑补充道。"你可以养一窝呀,不行的话,找个人帮你养。"张发说得如此肆无忌惮,如此无耻,秀儿不由心头火起,恨不得用针扎向他那双淫邪的眼睛。大憨妈也一反往日的怯懦,生气地说:"张会计,你这种话都说得?老天听着呢!"张发似乎也觉得这话说得太过于露骨,忙转换了话题。他说:"我今天来呢是告诉你们,如果不听招呼,今年的口粮就不用分了。""你冒着雨来,就为这件事?这太难为你了。"张发听出了话中讥讽的意味,刚想发作却忍住了:"我是为你们好,这是队上的决定,不是我一个人的意见。"秀儿看透了他,知道他不会有什么好心肠,刚想说话,大憨妈抢着说:"谢谢你的好心,我们记住了。""晓得——晓得,你一说我就晓得了。"大憨赶快接嘴。秀儿冷冷地说:"我的事你就不用操心了,我自己有数。"张发见秀儿软硬不吃,脸上又恢复了那种很严肃很正式的模样,带着明显的威胁口吻说:"想清楚了,可别后悔。"说完后觉得再无法坐下去,告辞的话不说便悻悻拎上簑帽跨出门去。

张发走了以后,大憨妈拉着秀儿的手说:"妈知道你的念想,可咱们生在农村，生就农村人的命，人是拗不过天的，秀儿呀，我们只能认命。"秀儿呆呆地坐着，心中悲苦，她努力地去追求自己的幸福，自己的未来，只是刚刚看到希望，却又破灭了，她突然觉得一切努力都变成了毫无意义的举动。她想不通，人活着似乎就是为了吃饭，人活着的意义就是为了吃饭吗？她还在机械地纳鞋底，可她不知道针该往哪儿扎，几次戳在手指上，她都没感到疼。

　　大憨早就脱光了衣服焐在被窝里，他似乎觉得这并不是什么大不了的事，秀儿去不去工厂都无所谓，他并不太在意这件事，他只专注现在的事——赶快睡觉。秀儿坐在床沿，迟迟不愿脱衣服上床。她还没有从失望中清醒过来。大憨叫了几次她都不理。大憨猛地掀开被子赤条条爬起来，把她拖翻在床上，然后撕扯她的衣裤，把她衣裤扒光。秀儿又抓又打，拼命抗拒。或许是秀儿的抗拒助长了他要征服她的欲望，使他更加亢奋和疯狂："养一窝，养一窝——"他喊叫着，眼睛瞪得大如牛眼，里面仿佛有团燃烧的火焰，他散发着臭汗和马粪味道的身子如磨盘般压在秀儿身上，嘴在秀儿胸前乱拱。秀儿用双手撑住他的肩膀，可是大憨的力气太大了，她撑也撑不住，大憨把她的手抓住紧紧按在床上，身子扑下来。秀儿脑子一片空白，身子瘫软，她闭上眼睛放弃了挣扎，任由大憨蹂躏。这种事大憨每晚都要折腾她几次。她不知道大憨的精力从何而来，好像每一次他都恨不得将前世今生的精力都挥霍殆尽。大憨完事，趴在秀儿身上立马睡着，他大张着口，鼾声响亮，如火车隆隆驰过。秀儿心灰意冷，什么都不想，她只想做梦，可到天亮梦都不肯光临。

秀儿屈服了，她不再胡思乱想。她觉得有很多看不见的蜘蛛网缠绕着自己，她想挣扎却无力挣扎，她甚至想哭，却将眼泪咽进肚里。她还会在村里放假赶街的时候跟着大憨进城，但只是去凭吊一下已经跌落的遥不可及的梦想，给干涸的心灵一点小小的慰藉，她不再逛百货公司，那只会徒增伤心。

又是一个大霜天，她老老实实跟着村里人上山砍柴。天才蒙蒙亮，三步之外还辨不清人的嘴脸。她披上蓑衣挎上背板，踩着一路严霜，沿着大井岗，再经水口头，翻过青头山，顺着看不清尽头的下坡路，钻进坡脚的深箐中找柴。那里已经是小桃花村的后山。一路上碰上三三两两的社员，没有人说话，寒冷的霜风封住了他们的嘴，只有索扣碰撞背板发出的"嗒嗒"声。翻过青头山，人们便四散开来，如蚊蚋般悄无声息地钻进路旁的松树林，各自去寻找下手的目标。队里不准砍松树、柏树、栗树，只能砍棠梨树、野茶树、楸木树等一些不能成材的杂木树。山上这些树本来就数量有限，加之年年砍伐，更是越来越难找。许多人就去砍松柏栗，为避免别人发现，从来都是分散行动，不会结团结伙。砍到的松柏栗就用杂木树的枝叶包裹在中间，然而不管伪装得如何巧妙，总会不时显露出松柏栗的身影来。不过别人发现了也没关系，人们彼此已是心照不宣。

秀儿不屑于干这些自欺欺人的事。她钻进陡峭阴湿的箐沟，不论粗细，不管有刺无刺，她只砍杂木柴。她爬上爬下，钻棵棵踩刺蓬，沿着箐沟一路寻找，在阴冷的箐沟里竟然累出细汗来。当她抱着两捆柴爬上坡崖时，忽然发现崖边有一棵早开的野山茶，蓓蕾初绽，红艳艳的一朵开得灿然，在树荫的遮掩下开得孤独而又不同凡响。

秀儿放下抱着的柴,本能地抓住它的枝干,眼里闪着灼灼红光,她分明已经闻到野山茶花那淡淡的幽香。弯刀指向空中却迟迟落不下来。秀儿蓦然觉得,当她的刀砍断花那纤细的枝干,在灼灼的阳光下,花会很快枯萎,花瓣会一片一片地飘落,金色的花蕊会一丝一丝卷曲,生气就会消失,生命就此终结,最后变成柴火塞进灶火洞。花开着,以后会结出黑黑的一瓣一瓣的茶花果,茶花果又孕育着生命。花在希望就在,她已经看不到希望了,为什么还要毁掉花的希望呢?她放开手收回刀,她要留住这一点希望,即便它依然孤独。

秀儿将背板铺在地上,将那些砍好的柴码在上面,用索扣勒紧,拖到一处土坎上,头顶背头,背板如枷卡在双肩,塞进用细枝叶扎成的背垫,双腿用力,身子前倾将柴背起,顺着原路返回。三三两两的人也从树林里陆续钻出来,背着柴如一只只负重的蜗牛缓缓向青头山蠕动。秀儿在木冲村挑着柴爬坡上坎,已经习惯,但仍然觉得这上坡的路好长好长。汗水渍痛了眼睛,清口水从舌头底下阵阵涌出,她紧闭嘴唇将它们一口口咽进胃里,权将它们作为充饥的食物。她爬上山顶找个石阶,将柴背立在上面,站着休息。山风阵阵,周围的树叶如雨打般哗哗作响。从山腰的树林中飞出一只深褐色的大鸟,轻盈而又舒展地扇动着翅膀,在干净得没有一丝云彩的碧空中盘旋,阳光洒在它的身上金光闪闪。它会像水面的落叶,随着山风轻扬,过一会儿,它突然悬停空中,翅膀急速地扇动,身子如钉子钉在天空不动分毫。悬停一两分钟,又会如小船般飘远并再次悬停,如此几次,渐渐变成一个小黑点,然后消失在空气中。秀儿出神地看着它消失,她没有去想鸟儿会飘向何方，只是觉得自己的心在鸟儿的翅膀上，也随着风高高低低地飘荡。她收回目光，大桃花村静卧山腰炊烟袅袅。山风陡起将人吹得飘飘摇摇。秀儿抓紧背头，尽量控制住发抖的双腿，一步步向下移动。快到水口头，忽然听见有人喊："诺希掼倒了——诺希掼倒了——"秀儿看见诺希侧翻在路边的刺棵棵里，被一蓬棠梨刺挡住，往下二十多米是条山沟，沟里布满了大大小小的石块。他右手握着的弯刀挥向空中，枯枝败叶散落路旁。不知他是如何滑倒的，样子十分狼狈。他弯刀拄地艰难地勾腰爬起来，左手伸开抹抹脸，血色嫣红，脸上顿时显得狰狞可怖。见有人来，他柴也不要匆匆钻进路边矮树丛中，顾不得平时的沉稳。

秀儿将柴背压在柴堆上，来不及解下背板索扣，便想去找诺希。此时已是太阳当顶，正是学生上课的时候。但见离院子不远的学校操场边——说是操场，不过是在两间教室前，立着两块简易篮板的小小篮球场而已，有两三个不进教室上课的半大娃娃正蹲在地上刨灰堆。他们从灰堆里刨出焐在里面的老蚕豆、老苞谷，顾不得吹灰就往嘴里塞，上下嘴唇吃出了黑黑的一圈，像极了马戏团的小丑。眼尖的娃娃发现了诺希捂着头从村后踽踽走来。"鬼——"有娃娃惊叫，"鬼来了——"他们已顾不上灰堆，起身就跑。跑了几步扭头看看又不跑了，从地上捡些石头土块掷向诺希。诺希龇牙咧嘴，"呜呜"吼着，右手弯刀挥舞，做出凶狠的样子，那些娃娃惊叫着跑开，大约没有听到后面追赶的动静，他们又折转身逼近诺希，石头土块又向他飞来。秀儿冲上去拦住他们，大声呵斥："你们整哪样！书不好好读，就会干些缺德事。"手中的柴棍在他们眼前挥动，大有不听话就要抽打他们的警告意味。他们看到秀儿怒容满面,不像只是吓唬吓唬他们的样子,就赶快扔掉手里的石头土块跑开了。

快到院子门口时,老队长陈尚和赤脚医生桂珍闻讯匆匆赶来,见诺希一脸一手的血,兀自惊心。他们拦住诺希要给他检查伤口。诺希浑如未见般脚步不停,只是蹒跚得格外厉害。他低着头径直走向自己的小屋,他们正要跟进,诺希转身阻在门口,手中弯刀挥舞,嘴里含混不清地说:"走——走开——"桂珍看到诺希的衣袖衣领已经沾了好多血,脸上血还在流,她担心地对陈尚说:"队长,他血流得太多了,怕会出事的。"陈尚大喝:"诺希,快让医生看看,别找死!"诺希像没听见一样,手中的弯刀如钟摆机械地上下不停挥动。陈尚想去拉他,但对那黝黑的弯刀颇为忌惮。秀儿突然上前抓住诺希拿刀的手臂,喊道:"诺希,看着我——"诺希大力一甩,秀儿冷不防被摔翻在地,一身灰土。她很快爬起来顾不得拍打身上的灰土,手指指戳戳,怒气冲冲地对着诺希叫嚷:"你恶了,还会欺负人了!"诺希举起弯刀,陈尚大叫:"快让开!""你还想砍人,我倒要看看——"秀儿盯着他,脸上毫无惧色。诺希不看她,刀斜斜地指向空中,天空有云悠悠地飘过,还有风凉凉地吹。弯刀像被一根无形的绳子拴着久久落不下来。过了撒泡尿的工夫,忽听当啷一声,弯刀砍在石头上,石屑乱溅。再看诺希,身子摇摇晃晃,像霜风中的衰草。秀儿拉住他的手臂:"你犟些哪样?流了那么多血,要赶快止住,不然——"她的语气变得温和。大憨妈从屋里搬出个草墩来,秀儿让诺希坐下:"让我看看你伤到哪了,我不会弄疼你的。"她絮絮叨叨,温言细语,但每个字都带着穿壁透嶂的温温暖意。在场的人都感受到了她声音里悠悠的悲悯。桂珍赶快递过剪子，秀儿小心翼翼地将那些被血凝结在一起的头发，贴着发根一缕缕剪掉。诺希竟然不动不哼，只是身子有些轻微的颤抖，不知是不是因为疼痛所致。

诺希的头被尖刺划开了好几条口子，就像被锋利的刀刃划过一样，最长的有一寸多，露出头皮下的森森白骨，伤口还在往外渗血。秀儿从未见过这样严重的伤口和这么多血，心里阵阵发怵，仿佛自己也感受到了难以言喻的疼痛。血腥味混合着汗臭味直冲鼻腔，她一阵眩晕，全身的力气仿佛被一下子抽干，连手中的剪子也重逾千钧。她好不容易才将遮挡伤口的头发仔细剪完。桂珍将白色的消炎粉撒在伤口上，盖上纱布，用胶布尽量将伤口拉拢。大憨妈打了盆热水来，秀儿用纱布沾水将诺希头脸上的血渍擦洗干净，又顺便将其余沾血的头发统统剪短。诺希闭着眼一动不动任由秀儿打理，犹如温顺的小猫，任由主人爱抚。修理过的脑袋清爽多了，虽然那头发不长不短难免让人发笑，虽然脸依然丑陋，但脸上那寒霜般的冰冷和石头般的生硬似在消融，显出些许的春意来。

诺希居然会这么听话，在村里人看来简直是奇迹。陈尚摇着他那前额奔突的寿星头，也觉得不可思议，要不是自己亲见，他也不会相信。人们想不出原因，或许因此就有无限广阔的想象空间，然而人们想象的无非是阴暗心理的折射而已。至于秀儿，她并不会去理会，只是心中多了些莫名的哀伤。

过了两三天，诺希戴了顶散了边的破篾帽又到大井岗挑水的时候，人们似乎已经把他忘了，年关将近，过年的欲望征服了一切，村里已经开始热闹起来。最热闹的时候不是杀猪请客，也不是除夕之夜的爆竹声声,而是家家舂饵块的时候。此时碓房成了最热闹的地方。碓房建立在晒谷场上,由几根原木支撑起稻草盖的屋顶。屋内有碓两具,四周铺满了绿茵茵的新鲜松毛,散发着松脂的清香。碓房没有四壁,老老小小,男男女女或站或围坐在四周,脸上清一色的欣喜和期盼。舂饵块的人家守在碓旁。四个年轻伙子,手拉着梁上吊下来的拉杆,一人一脚猛踩碓尾巴,但见碓嘴立刻高高蹦起,在空中划出夸张的曲线,然后准确地落下冲进碓窝。舂碓时高亢的碚咚声,总让人格外激动,随着碓嘴的起落,有人跟着数:"一、二、三——"有人大叫"高点,再高点——"舂碓的人犹如吃了人参鹿茸,腿力猛增,碓嘴飞得更高,碚咚声更响亮,让人惊心动魄。秀儿头天晚上就把米泡好,第二天一早捞出后倒进甑子里生蒸,蒸上个把小时,然后不拆火保持着温度,轮到她家了,便连甑子抬到碓房,趁热倒进碓窝。秀儿看着白花花的饭粒在碓窝里发生着神奇的变化:它们先是松散的各不相干的一粒一粒,然后相互冲撞挤压,变成分不清你我的一丝丝一条条一片片,最后变成浑然一体的胖胖的白生生的一团,柔软而娇嫩,神奇而美丽,犹如初生的婴儿。秀儿为这神奇的变化感到惊讶。老队长趁热捧起放到旁边的矮桌上,揉细拧断拍成枕头状的一筒一筒。这场景,她在木冲村没有见过,也从没有体验过捧着温温的饵块的心情,而在此时,她心里无端涌起一股想要宣泄的冲动。当又一甑米饭倒进碓窝,她就跟着数起数来,她拍着饵块,扯直了喉咙,声音很大像在吼,她记得她从来没有这样吼过。

两甑饭舂了十筒饵块,两筒留给舂碓的人作为工钱,大憨妈又送了一筒给诺希,盼了一年也就盼得七筒饵块。今天的收成跟去年差不多，但粮食确乎比去年分得少了。张发的解释是余粮多交了一万五千斤，这是公社下达的任务，再加上队上又添了二十多张嘴，除了娃娃多的社员，娃娃少的粮食都不够吃，有的甚至过完年就要开始向队上申请救济粮了。大憨妈已经开始为以后忧虑，秀儿从她脸上的皱纹看得出来，从她舀米做饭时的犹豫也看得出来。然而很多人似乎并不像大憨妈那样，在碓房里秀儿似乎觉得人们只在乎现在，不想以后，也许他们觉得以后是看不见摸不着的东西，以后是云中的月亮，山背后的太阳，你也许知道它的存在，可你或许看不到它的到来。然而不管秀儿怎么想，大憨妈的忧虑是实实在在的。

秀儿要坐月子了。

第六章

在晓兰一口一口的吮吸中，潜藏在心底的女人的心性在不断地发酵膨胀，犹如地底岩浆的喷涌，感情的土壤也变得肥沃丰饶。而当她抬起头仰望天空的时候，天空也多了些春色暖意。此时她甚至觉得，没有生过娃娃的女人，不能算是真正的女人。女人之所以成为女人，是因为她经历过分娩时的痛苦，而痛苦则成为催生女人心性成熟的沃土，这让秀儿开始用另一种眼光去看人间，看世界。

秀儿生娃娃了，在水稻扬花的季节。

白天她还和女社员去割老埂。雨季来临后，老埂边杂草疯长，将田边的稻子都遮蔽了。因此每年这个时候就要将杂草割掉，让稻子能充分享受阳光雨露，才能颗粒饱满。秀儿这两天感到腹中有异动，时断时续。当她不在意的时候，似乎觉得有人手持小锤敲她的肚皮；可当她在意的时候，肚皮又一如往常，毫无动静。掰掰手指头算算，还有些时日，她也就没有太在意。再说农村人也并不娇嫩，也没有那么多讲究。生个娃娃是件稀松平常的事，就像拔个萝卜、砍棵菜那样容易。听村里人说，有的婆娘挺着大肚子去赶街，路上肚子痛，便找个背阴处，娃娃掉出来自己弄断脐带，脱件衣服包着就抱回家了；也有的婆娘上山拾菌，钻到树棵棵里，出来就抱着个娃娃。好些娃娃取名字，都是按他的出生地点来命名的，譬如说路生、水生、树生等，听名字就晓得他的出处，清楚得很。今天还没到收工时间，社员就跑回来了——是大雨将他们赶回家的。这个季节的天说变就变，就像娃娃脸，早上太阳还晒死人，才过晌午，先是闪电，后来雷声，接着风起，黄豆大的雨点跟着就来了，来得如此迅疾，人们还来不及爬上老埂找到蓑衣篾帽，就见风云聚合，雨如网织，如盆泼般兜头淋下。人们惊呼号叫，慌不择路地往家狂奔。秀儿跌跌撞撞跑到家，途中踩空滑倒在田里，衣服裤子沾满了烂泥。她浑身湿透，换了衣裤，坐在火塘边还直哆嗦。吃过晚饭，秀儿感到肚子毫无顾忌地疼痛起来。那不是一般的痛，肚子欲炸未炸，翻江倒海，头晕目眩，发根子直竖，疼得不能呼吸也不敢呼吸。她艰难地爬上楼抱着肚子滚倒在床上。裤子有血水洇出。大憨妈见状，知道到了时辰，叫大憨赶快刷锅烧水,自己忙不迭地冒雨将桂珍请来。桂珍在村子里经常帮人接生,因而见多识广。她不惊不诧,不慌不忙,从容镇定。只见她放下药箱,吩咐拿些草纸棉布来,麻利地扒掉秀儿的裤子,露出秀儿圆滚滚白生生鸡蛋般的肚皮来。秀儿来不及害羞,就被桂珍用剃须刀"唰唰"几下,将肚皮剃得滑溜溜的,然后仔细将草纸垫在身下。此时秀儿的宫口半开,还看不到里面的内容,知道秀儿还需做出相当的努力。她站好后,按住秀儿的肚子,便叫秀儿憋足气使劲挣。桂珍见秀儿脸色苍白一脸痛苦与害怕,便安慰她:"不用怕,你像屙屎撒尿一样只管使劲,我见过好些婆娘起先也是大呼小叫,娃娃生不出来,我叫使劲,她胯一张就把娃娃生出来了。疼是要疼的,忍着点,来——使劲!"秀儿依言咬紧牙关憋气使劲。只见她脸色由白变红,又由红变白,脸上的肌肉痛苦地扭曲,大汗小水顺着脸颊淌。这样持续了二十多分钟,只听桂珍喊:"看见脑壳了,再来!"秀儿哭喊着:"我受不了了,我不想生了,不生了——"头在枕头上滚来滚去,双拳紧握,将床捶得咚咚响。大憨不知什么时候上楼来,站在床边呆眉呆眼看着秀儿高高隆起的肚皮,神情古怪,对秀儿的喊叫浑如未闻。桂珍大声叫他,让他帮把手。他刚走到床头,竟如杀猪般号叫起来,声音凄厉,犹如酷刑加身。秀儿的手如铁钳,抓住了他的大腿,连掐带拧,似乎要将他腿上的肉硬生生撕下来。大憨痛得鼻子和嘴巴撮在一起,但却不敢挣扎。桂珍是过来人,她知道秀儿此时经历的痛苦,那是一种想寻死觅活的痛苦,还伴有无助的绝望,大憨的号叫激不起她的同情心,她鼓励秀儿:"莫泄气,再加把劲就生下来了。"然而不管秀儿怎样努力,那颗黑乎乎的头就是卡在宫口不进不退。任凭桂珍见多识广经验丰富,此时也感到力不从心和手忙脚乱。她知道时间一长,不但娃娃会窒息而死,大人的命也保不住。她一面使劲地按着秀儿的肚子一面焦急地喊:"快使劲——快使劲——不然命都保不住!"秀儿喘着大气哭喊着:"我不行了,真不行了,我要死了——"大憨突然挣脱秀儿的手,抓住秀儿的手臂大喊大叫:"不许死,我不准你死!听着,不准死!"喊叫声里似乎充满恐惧和哀伤。秀儿身子一挺,双手伸向空中,似乎想抓住空气中即将飞逝的精灵。她大叫一声:"不死!"身子重重跌压在床上,只听得一声婴儿清亮的啼哭声响起。那一声啼哭,哭得天也蓝,地也绿,艳阳高照,昏暗的屋子立刻显得红光熠熠。

大憨妈将热水抬来,还煮了一碗红糖鸡蛋,秀儿一口气吃了十个,还觉得肚子空空荡荡的。生的是个女娃娃,可大憨妈和大憨都想要个男的,好传宗接代。因为大憨是一脉单传,怕到下一代断了香火,因而难免有些失望。即便如此他们还是很高兴,有一便有二,生上"一窝",哪里还会少得了"满山跑"的?然而人算不如天算,世事不会样样如人所愿,他们的期待最终还是落了空,当然了那都是后来的事了。秀儿没有这些想法,娃娃总是自己身上掉下来的肉,男女是一样的。她给她取名"晓兰","兰"与"难"谐音,她要记住分娩时的艰难和痛苦,她可是从鬼门关里逃出来的,她不希望以后还会这样。

后来他们说起当时的情景,大憨会指着腿上指印分明的瘢痕,骂她:"你个烂婆娘,存心把我疼死。"

"皮没掉一块,血没出一滴,天都被你叫阴了。"秀儿笑道。

"想不到你这么狠心,对你男人都下得了手。"大憨的话虽气愤却有邀宠讨好的意味。

"你只图自己快活,却让我一个人受那么大的罪,这不公平,也该让你尝尝痛苦的滋味。"秀儿有些得意,脸色也显得妩媚。

"以后不准抓了。"大憨心情好,一点也不恼,显得厚道宽容。

"当时你说不准我死,什么意思?"这是一直萦绕在秀儿脑海中的问题,她一直弄不明白为什么大憨这句话会让她产生那么大的力量,在她几乎绝望时能把娃娃生下来。她期盼他有个可以让她记一辈子,陪伴她一辈子的暖心回答。

大憨想都不想,咧着嘴笑了:"你死了,我晚上整谁去?整老母狗?"

秀儿几乎背过气去,顿时手脚冰冷:"就为这个?"她不死心,但语气极不自信。

"我就为这个。"大憨回答得理直气壮,还反问:"还为哪样?"她失望至极,心中有说不出的苦涩,恨声道:"别做梦了,你以后整老母狗吧。""怎么?你是我婆娘,我就整你,整死你。""好呀,你不怕我把你的命根子扯断拿去喂狗,后半辈子当太监!"大憨不敢相信,眼睁睁地盯着她:"你说着玩的?"秀儿恶狠狠地盯着他:"你试试!"大憨拉稀了,不敢再回嘴——悻悻的。

晓兰生下来,跟别的婴儿没有什么不同,刚出生的婴儿除了雌雄外千篇一律。娃娃渐渐长大才慢慢生出差别来。晓兰满月后,脸上现出一对小酒窝,偶尔一笑,笑得人心甜甜蜜蜜,讨得人人喜欢。大憨妈把带娃娃的事都包了下来。每日要给她洗澡、换尿布、穿衣脱裤、包裹捆绑、哄哭、哄睡,她都不要秀儿动手,只是喂奶无法替代。她还小心地服侍秀儿,让秀儿坐月子坐得省心,坐得平安。大憨妈为了让秀儿补身子,将刚下蛋的母鸡都杀了,大憨有时回来得早,她还叫大憨到小沟小河里去捞些小鱼小虾给秀儿催奶。或许是秀儿身体底子好,又或许是大憨妈的调理起了作用,秀儿的奶水一直丰沛,晓兰快两岁了还吊在母亲的奶头上。秀儿很感激大憨妈的悉心照料,也很心疼她的劳累,然而她感到,大憨妈做的这些都在向她传达一个强烈的信息:再生几个也没问题,有我呢!秀儿被第一次分娩折磨怕了,想到要生娃娃就心里打鼓,不过后来她想,既然第一个能顺利生下来,那以后或许就不会那样艰难,那样痛苦,就会容易多了,如果是这样,生他一窝又何妨?然而命运似乎跟她开了个玩笑,在一年多的时间里,她两次流产,血流得稀里哗啦的。桂珍陪她到县医院检查,妇产科的一位爱憎分明的中年女医生看了以后,将送她们去的大憨畜生呀猪呀狗呀地不甚文雅地臭骂了一顿,骂得很难听。大憨缩在墙角,豆大的气也不敢出。医生骂完后残酷地宣称:秀儿已经不可以再生了,她已变成习惯性流产,如果再不采取措施,不要说生娃娃,大人的命也要断送。她颇不忍心地向秀儿指出两条生路:要么不准他碰你,要么做结扎手术。她们都是过来人,心中也都明白,男人们个个如狼似虎,让他们不碰女人,等于是要了他们的命,不发疯才怪。当然也可以让大憨做结扎手术,可大憨一听做手术,竟如傻子一般,被吓得语无伦次。到了这一步,秀儿本来就没指望过大憨会为自己做出牺牲,也从来没有指望他有什么勇敢的表现,显示出点男子汉大丈夫的气概来。她只有一条路,自己的命自己珍惜吧,虽然秀儿有些难过,但想通了就没有什么可遗憾的。可她更担心的是大憨妈,不知她会受到怎样的打击。她能理解和宽容秀儿的苦楚吗？后来的日子里秀儿发现大憨妈默默地接受了这个现实，她也是女人，更是母亲，知儿莫如母，她知道大憨的德性，这是大憨咎由自取的。她对秀儿表现了大度和宽容，没有任何不满或责怪。这让秀儿感到宽慰，但更多的是伤心和无奈。

晓兰两岁那年，大桃花村的人们做了一件前无古人后无来者的事：他们在沙河上建了一座桥。它改变了大桃花村不通车的历史。不仅是马车，连汽车都可以直接开到村里。大桥近二十米长，三四米宽。人们利用原来石桥的基础，抬高两岸的桥墩，然后将十多棵一抱粗的洋草果树并排架在桥墩上。树跟树之间用抓钉固定，上面铺上用洋草果树改成的木方，两边装上半人高的护栏。没有用钢筋水泥，完全是从实际出发，就地取材，因陋就简。站在河边望去，新桥稳重大气，颇为壮观。原来的石桥蜷伏于桥底，完好地保存着，不过终不见天日，再也没有什么用处，时间一长慢慢就被人遗忘了。

秀儿有理由感到高兴和激动。大桥修好了，马车就可以一直来到村子里，大憨就不必将马车停在远远的塘房村，以后她跟大憨进城也就不用再走长长的将近两公里路，如果还要背点什么东西，或者背着娃娃，那更是会省很多力气。她早就盼着有这么一座桥，这个愿望从未消失过，即便是她在困窘和不遂心的时候。她的想法很现实，但她想不到的是这座桥会对她的人生和未来产生怎样的影响。她只是对当时做出这个决定的人满怀感激，她觉得这是一个英明的决定。所以在架桥的那段时间里，她会早早去到村后的坡埂上，待男人们放倒大树，就对树杈进行清除。坡梗上残留着许多粗壮的黄楝茶树和另外叫不出名的大树的树桩，显示出这里曾经有过草茂林丰、古木参天的峥嵘岁月。树桩附近还有几十棵粗粗细细的洋草果树。这种树长得快，也长得高，但它是扭着长的，如女人们搓的麻线。若将它改成方板，时间稍长便会扭曲，因而不堪大用。正因为如此才避免了如黄楝茶树一样被砍伐的命运，而得以保存。如果不是架桥用到，大约一直会站到终老枯死。

砍树那几天，天气挺好。太阳像刚从灰堆中刨出的洋芋，热得烫手。风时有时无，即便有点风也羞羞答答，感觉不到多少凉意。秀儿和两三个女人拉着手腕粗的绳子，绳子的另一头套在树干上，常贵和发富替换着已将这棵一抱粗的洋草果树的树干前后砍出楔形。常贵用手比画着叫喊："拉——再拉——"几个女人跟着喊声一阵阵地发力。发富往掌心吐了口唾沫，对搓几下，高举斧子，他大叫一声："断！"斧子猛然砍下，只听得"咔嚓"的断裂声响起，大树如塔轰然倒下，但见泥草横飞，秀儿她们一阵惊呼扔掉绳子仓皇躲避。尘埃落定，女人们一拥上前，用弯刀将横七竖八的枝枝杈杈清除。秀儿很卖力气，手臂粗的树枝，别人要砍两三刀，她一刀就解决问题。但砍那些树疙瘩，用弯刀显得分量太轻，她从发富手中要过斧子，学着男人的样子甩开膀子，要将它们齐根砍掉。疙瘩如铁十分坚硬，秀儿威风凛凛地甩了几下，震得双手虎口生疼，双臂发麻。发富前来替她砍，可秀儿就是秀儿，她不需要别人的殷勤。当她停住手的时候，土锅大的树疙瘩已经滚到地上。他们将修饰好的树干，用撬棍撬到路边，等待架到桥上。

晌午休息的时候，他们三三两两铺开蓑衣坐在背阴处，女人们从蓑衣口袋里掏出针线，纳鞋底绣鞋垫补衣服，男人们冲嗑子咂老板烟，也有往村里跑的，说是回家去"撬冷饭"。常贵喊他女人阿珠回去。阿珠身子骨单薄,手细腿细腰身细,如果不是苞谷嘴,眉眼也挺撩人。常贵再三催促,她才磨磨蹭蹭地收拾针线。常贵没有说喊阿珠回去干什么,不过大家都心知肚明。桂珍朝着常贵喊:"回去整哪样?撬冷饭么?"常贵嬉笑着说:"回去有事——"有人接嘴:"哪样事?还会是哪种事?"桂珍看着常贵急不可耐的样子,拉着阿珠的手说:"阿珠不想跟你回去,你自己回去吧!"说罢闷着嘴笑。常贵也笑,然后不怀好意地说:"她不回去,你跟我回去。"桂珍脸色一变:"啊呸!撒泡尿照照自己,你也配!"秀儿看着阿珠撑不起单衣的胸脯,羞涩少肉的屁股,竟然可怜起她来,她想对阿珠说点什么,却又不知说什么好,见她扭扭捏捏地跟着常贵回家,便不由自主地叹了口气。

大憨妈背来晓兰让秀儿喂奶。秀儿掀起衣襟将樱桃般的奶头塞进晓兰嘴里,晓兰双手捧着,头枕在秀儿的臂弯里。每当这个时候,秀儿脸上总会洋溢着幸福慈爱的光辉。在晓兰一口一口的吮吸中,潜藏在心底的女人的心性在不断地发酵膨胀,犹如地底岩浆的喷涌,感情的土壤也变得肥沃丰饶。而当她抬起头仰望天空的时候,天空也多了些春色暖意。此时她甚至觉得,没有生过娃娃的女人,不能算是真正的女人。女人之所以成为女人,是因为她经历过分娩时的痛苦,而痛苦则成为催生女人心性成熟的沃土,这让秀儿开始用另一种眼光去看人间,看世界。

晓兰吮吸了一两分钟便松开了手。秀儿知道,她现在的奶水已经变得又稀又淡,不如原来的浓醇香甜,用不了多久,晓兰也不会再需要她的奶水了。大憨妈背上晓兰,忙着回去煮饭喂猪。秀儿拉下衣襟松开了领口,背阴处的阴凉不足以驱散阵阵的闷热。

从秀儿敞开的领口望去,里面山峦沟壑的旖旎春光妙不可言。坐在不远处的发富不停地伸舌头舔嘴唇,那唇上的疤痕犹如小虫摇头摆尾,喉结滑动不住地吞咽口水,似乎口渴难耐。他说:"水——"桂珍朝其他女人喊:"发富要喝水,哪个有水?"旁边有人叫:"秀儿有水——"桂珍笑着对秀儿说:"你看他要干死了,给他点水喝。"秀儿也笑道:"他自己不会回去喝!"有人说:"他要喝奶——"桂珍问发富:"奶水喝不喝?"发富邪笑道:"哪样水都喝。"桂珍用不容分辩的口吻对秀儿说:"给他点奶喝。"秀儿不慌不忙地掀起衣襟,问:"要咋个喝?"发富神魂颠倒,刚要爬过去,被桂珍一把抓住:"奶不能白喝,要喊妈!"发富翻了翻白眼,咽口唾沫,说道:"你们不怕折寿?""怕什么?不喊不给喝!"发富犯了踌躇,他也是有爹有妈的人,贼心再重也知道这是大逆不道之事。"呸!怂成这样,有贼心没有贼胆——秀儿赏他口奶!"说罢,桂珍和另一个女人将他拎翻,一个按头,一个骑胸。他装模作样地挣扎几下,被女人打整他心里其实受用得很。他喊道:"来呀——来呀——"一股股奶水喷到他的脸上,喷到嘴里,他咂吧着,脸上一副扭曲的怪模样。围着的人像看妖怪,兴奋地惊呼大笑。

  回村"撬冷饭"的人回来,带来了绳索皮条和牛担。在老队长的指挥下,将横躺在路边的大树两头用粗绳兜起,再穿入杠子,杠子两端套上绳索,再穿进牛担,如此这般,前八后八共十六个大男人抬一棵树。一切准备就绪,他们牛担上肩,老队长大喝一声:"起!"七八棵树同时抬起,打头一个人喊着号子:"挺直腰呀——莫换肩呀——踩稳当呀——慢慢走呀——"其余的人以"嗬嘿"齐声应和。站在老埂上望去,抬树的人首尾相随,一队一排,气势恢宏，在响亮的号子声中，步伐一致，坚实有力，犹如古代军阵，勇猛前行，看那阵仗十分了得。

大树抬到石子坡头，老队长叫大家停下。他经验老到，知道上下坡时大树的重心会移动，容易发生不可控制的危险。他让大家解下树上的绳索，拴在早已在树身上钉好的抓钉上，双手拽紧。抬树时女人们不敢问津，但此时却有了用武之地，她们将一根根圆木放在树身下，让被拽着的大树慢慢滑动。这种搬运的方法是最原始但却最有效最安全的。在转弯的时候，后面的人就来个"龙摆尾"，控制着前进的方向，滑动到桥墩前，再一根根架起。

大桥架通车的日子，是大桃花村多年未见的喜庆日子。男女老幼都涌向石子坡，老队长剪了条两米长的红布带子，然后放了串鞭炮。但见火光闪亮，碎屑横飞，或许是空间寥廓的关系，鞭炮不如想象中的响亮。虽然没红旗招展，没有锣鼓喧天，那场面毕竟还是热烈的。剪完彩，大憨驾着马车，从塘房村直冲过来，他双手持缰，双脚八字形站在车厢里，嘴里大喝："驾——驾——"威风凛凛地冲过大桥，速度丝毫不减。他是第一个驾马车进村的人，让众人瞩目。秀儿第一次因为大憨而感到脸上有光。

第七章

农村人自打出生,就被牢牢拴在了这片土地上,仿佛有一个巨大的无形的圈,把人们紧紧箍在里面,人生便在里面循环。即便如此,她始终希望晓兰有一种不同于自己的生活,她不知道那是一种什么样的生活,但她知道,肯定跟现在不同。

农村人常说，娃娃愁生不愁长。在不知不觉中娃娃就长大了。在秀儿看来，晓兰在地上没爬几天就会走了，还没走几天就会跑了。就像未出瓜塘的瓜，开始还只见花蒂，过几天去看，花蒂未掉，嫩绿的小瓜就已经长得犹如娃娃的手臂了。晓兰稍大，眉眼极像秀儿，一副俊俏模样，加上那浅浅的小酒窝，总让人怜爱有加。秀儿将大把的心思花在晓兰身上，不管她怎么忙出门前都会为晓兰收拾打扮。梳头发，编辫子，辫梢扎上用红色细毛线裹起的橡皮筋。衣裤虽旧，但也穿戴得整齐干净。她要让晓兰与众不同。人家有心无意地夸奖晓兰，她心里就高兴。每当她打起精神给晓兰收拾打扮的时候，一些潜藏在心灵深处的意识如水中的浮萍慢慢浮起，心中不知不觉涌起一丝莫名的惆怅。见多了农村姑娘的命运——其实她又何尝不是跟她们一样！她常常问自己，莫非命就只能是这样？农村人自打出生，就被牢牢拴在了这片土地上，仿佛有一个巨大的无形的圈，把人们紧紧箍在里面，人生便在里面循环。即便如此，她始终希望晓兰有一种不同于自己的生活，她不知道那是一种什么样的生活，但她知道，肯定跟现在不同。

晓兰不会知道秀儿的心思，也不会体谅秀儿的心情，每天收工回来她看到的晓兰总是头发乱飞，一副脏兮兮的模样。这也难怪，晓兰跟村里其他的娃娃一样，小小年纪就要帮着做家务和学着做农活。他们要烧火煮饭，喂猪喂鸡，拾牛粪找猪草，上山拾柴，下田薅秧。不管他们的肩膀如何稚嫩，也总要分担些家庭生活的艰辛，哪里还顾及得了整洁干净。

晓兰从小就胆大顽皮，野叉叉的。她喜欢玩，女娃娃掐花弄草摘锁莓，她喜欢；男娃娃爬高上低刨灰堆踩牛屎，她也喜欢。她还有一个别的娃娃没有的本事，就是在谷子拔节时，赤脚到田里去捉蚂蚱，然后用细树枝串成一串，在火堆上烤来吃，等蚂蚱烤得焦黄香脆，大家分食，如享美餐，这让晓兰既高兴又骄傲。其实这不是她的初创，而是诺希教她的本事。或许是经常见面的缘故，别的女娃娃见到诺希都本能地远远躲开，可晓兰不会，她不怕诺希，她喊诺希"丑八怪"。那一天晓兰刨灰堆回来，看见诺希在院子里蹲着修补一只小竹笼。晓兰喊他"丑八怪"。诺希冷冷的目光盯着蹲下的晓兰，举起蒲扇般的手掌，晓兰不惊不怕不慌不忙，用手抓住他的手指，将他的手掌放平，往他掌心放了一颗半生不熟的烧蚕豆。诺希愣愣地看着掌中的蚕豆，沾着草灰的蚕豆还热乎乎的。或许是诺希的无动于衷让晓兰有些不高兴，便捏起蚕豆塞进他的嘴里。诺希张口咬住，晓兰叫着："吃呀，吃呀。"手指戳着诺希胡须茂密的腮帮。但听得咯噔一声，蚕豆便被咬成两截。晓兰高兴地叫着："吃了，吃了。"诺希一把抓住她的手，不由分说将她拉进小屋，蹲在火塘边，他扒开灰露出红红的火炭，从墙边矮桌上的土碗里抓出几只蚂蚱，穿在竹签上，在火上烤起来。不一会儿，伴随着轻微的爆裂声，一股油漉漉的焦香味扑鼻而来。诺希把烤好的蚂蚱递给晓兰，她欢叫着扯下一只，刚要放进嘴里却停住了，她看着诺希，好像在求得他的允许，又好像是邀约他一起分享。诺希不看她，又开始穿第二串蚂蚱，脸上一如既往地枯燥死板。见他没反应，晓兰便小心将蚂蚱塞到他嘴里，他舌头一卷蚂蚱便没了踪影。晓兰放心了，她扯下蚂蚱放进嘴里，吱吱地咀嚼几下很快咽下。第二串还没烤好，她手里只剩光竹签，蚂蚱全进了肚子。吃完还咂咂嘴，一副意犹未尽的样子。

也许是尝到了甜头，晓兰有事无事都会往诺希的小屋里钻，自然每次去都不会空口而归。诺希对别的女娃娃都是凶巴巴的，但不知咋的，他对晓兰就是凶不起来。后来晓兰得寸进尺，把他拉出小屋，让他带着自己去摘火把果摘棠梨，还在太阳刚下山时去路边的树丛里捉金龟子、铁豆虫。对晓兰的要求，诺希仿佛没有了脾气，每次都不忍心拒绝。一个大男人乖乖听从一个五六岁大的屁娃娃的使唤，顺从着她的要求，这让人们十分不解，而且感到惊讶，他们主意到诺希的性情似乎也发生了变化，变得宽厚平和，起码在晓兰面前是这样。人们还主意到，晓兰不在的时候，他会坐在院门外的石阶上，看着天边绚烂的晚霞出神。

秀儿不希望晓兰跟诺希在一起，见他们在一起心中总会隐隐不安，至于为什么会有这样的感觉她也不清楚。既然说不清楚，她就没有理由阻止，这让她感到无奈。晓兰六岁刚过，秀儿就把她送进学校。晓兰背着新书包，那是她特地剪了几块稍微大些的零碎花布缝制的。没有书，就装了两本小楷本和算术本，还有一个铁皮花面文具盒，里面放只铅笔和一块橡皮。她把晓兰打扮得漂漂亮亮神神气气地送进土坯搭建的教室。她对教室有着深深的敬畏，教室是充满阳光充满希望，能让人脱胎换骨的地方，踏进教室也就踏上了开始改变人生命运的道路。秀儿进过教室，她懵懵懂懂在教室里度过了几年时光，小学没毕业就跟着大人下地干活挣工分。那时的现实比理想更重要更实在。她虽然没有读完小学，但她并没对农村人只有读书才能改变命运的信念有过任何的怀疑。然而不久后她的希望变成了失望，最让她失望的是那代课老师，她是小桃花村一个自负而又刻板的小婆娘，小学毕业到城里读了几天初中,严格讲她只是个小学毕业生。本来大桃花村小学校小学初年级有一个城里派来的女教师,被调回城里后上级就一直没有再派老师来,大队也一直没有找到合适的老师,就只好让她来临时代课。她教的是初年级复式班——一年级到三年级的学生同在一个教室上课。当时没有大纲,没有教材,没有练习册,也没有教学计划和课程表。她什么都敢教,想怎么教就怎么教,但什么都不能教。她所使用的教材只有一本《毛主席语录》,其余的都靠她去编。不能说她教的好不好,只能说她教的对不对。当然这也无人评判。村里稍微识得几个字的人说她教学是"瞎子牵瞎子"。秀儿很快发现,晓兰玩的时间比上课的时间多。晚上检查白天所学,翻开练习本,只见几个杈巴潦舞的字,问她,她自己也不知道写的是什么字,她只是跟着老师拼凑而已。秀儿气不打一处来,她抽根细柴棍,把晓兰拎翻趴在草墩上,没轻没重地抽打。她脸色铁青,下手毫不留情:"你读哪样书?读成这种鬼样!"晓兰护得了屁股护不了手臂,被打的又哭又叫,还连声讨饶:"不敢了,不敢了——"秀儿不为所动,柴棍照样挥得风响。晓兰被打,大憨似乎并不心疼,爹妈教训娃娃,这是稀松平常的事,他靠着墙裹着老板烟,无关痛痒地说:"你莫太疯了。"大憨妈在灶台前凑火煮猪食,心疼挂在脸上的皱纹上,却不敢上前相劝,只能"劈啪劈啪"将柴火折断往灶膛里塞。门外的石阶下还站着一个人,在暮色的笼罩下定定地站着一动不动,看不清他脸上的表情,犹如半截没有生气的枯木。秀儿手挥着,嘴骂着,心里发苦,她知道晓兰有些无辜,但他还是下了狠心,她要让晓兰牢牢记住,不管老师教得怎么样,她都要好好读书。

就在晓兰被打了一个月后,老师突然不来了。据说她嫌工分少,娃娃难教,说不来就不来了。大队一时半会儿也找不到合适的老师,就通知学生放假,教室的门上也挂上了一把铁锁。这事让秀儿十分闹心。不管晓兰书读得好不好,原先总算还有书读,可现在书都没法读了,这算哪样事!大队也许会继续去找老师,可谁知道什么时候能找到呢?不管怎样总不能让晓兰就这样荒废着。她曾跟大憨商量,当爹的总得有个主意吧!大憨看她那焦急的样子却不以为然,他说:"看你急的,读不读书还不是一个样!""咋一个样?""女人读不读书还不是一样嫁人生娃娃。"秀儿被大憨的这句话刺痛了,她觉得大憨好像就是拿自己做晓兰的榜样,晓兰今后的命运在他看来就跟眼前的秀儿一个样。秀儿感到眼前的这个人既自私又愚蠢,他只管自己的需要而不会替别人着想,更不会去顾及别人的感受,也许他从来就没有学会去顾及别人的感受。秀儿很后悔也很失落,她不该和他谈这些事情,凭她和大憨夫妻这么多年,应该知道会有怎样的结果。他说的话除了会使自己更加心烦意乱外,不会让她感到丝毫的宽慰。如果想要他拿点什么主意,更是比登天还难。秀儿不再对大憨存什么希望,她不再提这件事,不过她主动跟着大憨进了几次城,她没有告诉大憨她去干什么。

几天后的一个晚上,她将屋里收拾停当,早早就上了楼。在大憨看来这是很稀罕的了,往天她总要在屋子里磨蹭,迟迟不肯上楼。大憨也坐不住了跟着上了楼。秀儿站在小窗前面,看着对面的屋脊犹如一头野兽在黑暗中蜷伏,似乎在蠢蠢欲动,幽蓝的天幕上有几颗星星发着暗淡的光,屋里灯光摇曳。她已经脱掉衣服,只套着一件薄薄的粉色汗衫。半披的秀发,娇美的面容,白皙的肩膀，诱人的胸脯和结实的大腿，每一处无不闪烁着迷人的光彩，会让人情不自禁地想去爱抚，想去亲吻。不过大憨不会，也许他从不知道情爱为何物，他不懂得欣赏也不会去欣赏，他只有去占有的原始冲动，跟动物一样。他觉得秀儿是在等他，心急难耐地想跟他赶快上床。他喜滋滋地蹬掉裤子倒在床上，两眼放光，喘着粗气，狂想着秀儿马上就扑将上来。可秀儿没有如他所想。她手扶窗台，看着深邃的夜空，仿佛被夜空的神秘所吸引。

"睡呀！"大憨声音急促嘶哑。

秀儿一动不动，只有几只长脚蚊子"嘤嘤"飞窜。

"快点——"大憨又催，秀儿肩头动了一下。

"憨不住啦！"大憨挺起身子，露骨地说。

秀儿慢慢转过身来。

"你这烂婆娘，逗我！"大憨一脸兴奋。

"憨着点——"秀儿嫣然一笑，"我有事跟你讲。"

"有哪样事，缩后再说。"

"缩后你就变成死猪，还讲哪样？"秀儿骂他。

"哪样事，快点！"

"我今天进城整哪样，你不想知道？"秀儿不紧不慢地说。

"你去找野男人——"大憨嬉笑着说。

"放你的狗屁，我去给晓兰找了所学校！"她提高声调，表达了对他污蔑自己的恼怒。

"晓得了，就这事？"他希望谈话赶快结束。

秀儿似乎感到有些失望，她慢慢走到床前，看着大憨光溜溜的身子散发着热气。

"要交学费！"她观察着大憨的反应。

"交哪样学费？"大憨刚伸出的手缩了回去。他发现秀儿脸上并没有自己期望的兴奋。

"五十块钱，每年五十块！"

"疯婆娘——你有钱？"

"拿你的补贴去交。"她轻描淡写地说。

"你说哪样？"大憨猛地睁大了眼睛，露出不敢相信的神情。

秀儿又说了一遍。

"不行——"大憨叫起来，"用不着！"他又说。

秀儿从未见过他态度如此坚决，但这是预料中的事，她知道这补贴对这个家意味着什么。

大憨赶马车，队上每天补贴两角五分钱，一年下来能领到五六十元钱，钱虽不多，但用度很多。平日里的油盐酱醋茶要钱；干活用的箩箩筐筐、锄头镰刀要钱；每年发的布票也要靠钱才能变成布，也才能给大人娃娃添件新衣服，女人才能添条围腰添双鞋；年关到了，置办点过年用的东西，这都需要钱。上面这些用度还不包括大憨自己抽烟喝酒，以及买个针头线脑的零星开支。所以这点补贴对这个家真的太重要了。有了这点钱，意味着一家人的平安稳定。有了这点钱垫底，队上分红的压力，就会减轻许多，心里也会笃定许多。

知道又能怎样？她早已拿定主意。

"晓兰不是你姑娘？"

"日子还过不过？我还要喝点酒抽点烟，哪里还有钱？"他立场坚定毫不妥协。

"我已经想好了,我会去挣钱!"

"挣钱?"他本想讥笑她,不过他马上咽了回去,秀儿能挣钱,她以前挣过钱。

"得了吧,能挣几个钱?"大憨没忍住说道,他的话带三分蔑视,这大大伤了秀儿的自尊心。

"听好了,我会想办法去挣钱,就算我去讨饭当花子,我一定要让晓兰到城里上学。"秀儿双臂紧紧抱在胸前,偏着头。她说的话虽然决绝,不过她是笑着说的。

"你莫说这种话!"大憨有些急了。他再憨也看得出秀儿双臂紧抱的意思,那明明是在警告他,如果他不答应,那么以后就休想碰她。抽烟喝酒算什么?不能碰她等于要了他的命。他太了解秀儿了,这婆娘说得出来就做得出来,或者不说出来也做得出来!

"我妈——"

"莫找借口,我会跟妈说的。"

大憨张了张嘴,似乎还想找个什么合适的理由,憋了一阵,赌气似的说:"算了,老子咋个都整不过你,过来!"

秀儿后来找机会跟大憨妈说了,大憨妈脸上平静如初,"吃糠咽菜,穿破衣烂衫也能过。"她和缓地说。秀儿知道大憨妈是个性情宽厚心地善良的人,即便如此,这话也几乎让秀儿流泪。

夜风从窗口吹进来,凉凉的,灯光轻轻摇晃,有夜鸟悄无声息从窗口滑过。秀儿心中暗笑,松开双臂一寸寸褪去汗衫,汗衫褪尽,屋里仿佛光芒四射。大憨饿痨痨地瞪大了眼睛,目光如油,从秀儿脖颈往下滑。大憨热血翻涌,汗气蒸腾,身子仿佛要爆裂开来,喉结上下快速移动:"来呀——"他声音嘶哑而急切。秀儿不慌不忙坐上床,她拍拍大憨胀鼓鼓的肚皮,骂了一声:"臭猪!"然后跨在大憨身上。

自从嫁给大憨,她是第一次心甘情愿地主动接纳了大憨。

第八章

　　这时路玉又叫了一声:"阿嫫!"秀儿确确实实听到了,她没有回应,只是搂紧了路玉回到了家。追随着她跨进家门的是明亮的太阳,温暖的光。

秀儿见到路玉是在晓兰读三年级的时候。

那是一个赶街天。一大早她和晓兰坐大憨的马车一同来到城里。晓兰到城边上的连然小学上课。自从她到城里读书，就开始跟大憨早晚奔波。每天早上大憨在进厂前将她送到学校，中午到学校门口等她放学，父女二人坐在马车车厢里吃家中带来的午饭，下班后再到学校将她接回村里。两三年的时间起早贪黑，风雨无阻。晓兰这书真是读得辛苦，大憨也少有怨言，算尽心尽责了。

秀儿跟大憨来到厂里。她虽然早已不再去磨铁锅，但有时逢街天她还是会到厂里来，带上两把菜，带上瓶自己腌的卤腐，或者几个鸡蛋，送给那个面相很凶的秦主任和戴眼镜的小齐。不管她在厂里做了几天，她都得感谢人家，知恩图报的道理她懂，因为他们曾让她看到了希望。小齐平时还是会替她收攒些废钢铁、废玻璃、废旧书报等，待她来的时候，一并卖到废品收购站。这些事秀儿都会告诉大憨，她还告诉大憨，晓兰读书的连然小学也是小齐帮她联系和介绍的，小齐的高中同学是那个小学的教务主任。他所在的学校只招收城里的学生，接收晓兰，是给老同学天大的面子了。

这天晓兰放学比较早，她见到秀儿就撒娇说："我饿了。"还说体育课的时候她跳绳都跳不动，并且埋怨大憨："我爹没让我吃饱！"秀儿知道她的小心思，也没有戳穿，就带她去逛街子。先逛小桥街又逛卖米街。窄窄的街道，两旁低矮的平房，清一色的破旧，招手就能触到瓦檐。灰色的瓦脊上，干枯的草茎在秋日的阳光下已经没有了生机。卖东西的人将卖的东西摆在街道两边，或蹲或站，有一眼没一眼地看着过往的人。他们的前面放只笆箩，或放只提篮，或摆条麻布口袋,或者什么装的都没有,东西直接摆放地上。卖的东西都是农村自产的。豆糠米糠,豆豆脑脑,自家种的蔬菜或自家腌的咸菜,还有小鸡小狗小猫,甚至还有草药什么的。除此以外还有一些小吃摊,卖些凉粉、米线、豌豆粉。来赶街的多是四邻八乡的人,人来人往倒也显得热闹,但一时的热闹也掩饰不住人们生活的拮据和窘迫。

秀儿领晓兰来到卖米街口的一个小吃摊前坐下,要了碗豌豆粉。这种小吃摊的设施极其简陋:一张长方桌上面支着一个纱布网架,一面敞开,里面摆放着五六只小土碗,装着已经切好的豌豆粉,还有一样的小土碗装着的各色调料。摊位旁边摆放着三四个小方凳,没有桌子,吃完的碗就地摆放,摊主自会去收拾。摊主是个精瘦汉子,五十多岁了,腰间系一条油渍斑斑的还认得出曾经是白布的短围腰。这汉子会做生意,他会抓住机会向有意愿的路人吹嘘自己的豌豆粉如何有名,味道如何地道,自制的油辣椒如何与众不同。如果来人稍有犹豫,豌豆粉便会及时端到面前,让人无法继续犹豫。

晓兰经不住诱惑,秀儿便给她叫了一碗。娘俩坐在小方凳上。秀儿不吃,替晓兰抱着书包,带着欣赏的神情看着晓兰饿痨痨的吃相。她嘴角挂着红油,小舌头不时伸出舔舔嘴唇,脸上流光溢彩。想不到一碗豌豆粉竟会让她如此心满意足。

"你们是哪个村的?"招呼完别的客人,摊主套近乎似的问秀儿。

"大桃花村的——"她随口答道。

"我就晓得,你们不像城附近的。"他为自己的目光独到得意。

"去过没?"

"去过去过,那村子好哩。"他不停地扯围腰使劲擦手。

不知道他说的好是指什么,不过对于秀儿来说,刚嫁到大桃花村,大桃花村确实给她留下了不错的印象。然而在久了,新鲜感消失,她觉得也不过如此,再没有激动人心的地方,就好比一件穿旧的衣服不再让人感兴趣。

"我有个老孃就是大桃花村的——"摊主还在喋喋不休。

"谁呀?"

"她已经不在了,前几年就死了。"摊主多少有点伤感。

秀儿没有继续问下去,她刚想说句安慰的话,忽然,似乎有一道亮光从秀儿脸上扫过,倏尔之间就不见了,但秀儿确切地感受到了。她抬起头,看见街对面有一户人家的铺板下蜷缩着一个小人,一件破旧的灰衣服裹住了全身,蓬草似的头靠在旁边的土墙上,灰头土脸,汗渍斑斑,一动不动了无生气,只有偶尔抬眼时,才知道那还是个活物。秀儿看了看四周,下午的街子已不如上午热闹,从他前面经过的人少有停留。秀儿确定那亮光是从对面发出,不由得对他多看了一眼。她想把视线转移开,然而视线似乎被糨糊粘住一般,移动都难。而此时正在吃豌豆粉的晓兰也停住嘴,眼睛也盯着对面。少顷,她抬头看着秀儿。秀儿拍了拍晓兰的肩头,又要了一碗豌豆粉,放上双筷子,站起来端到那个小人跟前。她低下身子用尽量随和的口吻,避免让人听出是出于怜悯而施舍的口气,"吃吧!"她说。他没有什么激烈的表现,只是头稍微移动了一下,眼睛瞥了她一眼,这一瞥竟让秀儿终生难忘,她以为她看到了什么,一片荒野,一片砂砾,但又什么都没看到,只有空寂的幽暗。也许她不希望他会感激,即便如此,她也希望能看到点什么,然而什么也没有,连一丝情感的涟漪都没有。他缓缓地掀开衣服,露出赤裸裸的身子。他的身上长了许多疥疮,脚杆和手杆上尤其多。有的疥疮被抓破了,流着黄水,黄水淌过的地方,留下粉红色的印痕。他身边还放着一个七洞八眼的帆布包,他从里面拿出一个半大的搪瓷碗,白色的搪瓷磕碰得巴巴点点,还有一把不黄不黑的木勺,随后扯衣服盖住半截身子。当他用左手抬碗的时候,秀儿发现他枯柴似的左臂张扬地往外拐,有些畸形。想来他的手臂曾经断过,却没有得到很好的医治所致。秀儿将豌豆粉倒进他的碗里,他的手捏着木勺迟迟不动,大约他不愿让别人看着他吃东西。秀儿艰难地退了回去。

"大姐,你有菩萨心肠,这娃儿可怜哩——"摊主深深叹了口气。

秀儿看着对面,他吃得很快,不知他多长时间没吃东西了。摊主还在说,他并不在意秀儿是不是在听。他说,这个人前两天就在这里了,来的时候好像是娘俩,不知道他们是什么地方的人,讨饭讨到这里,不知那女的跟娃娃说了些什么,让娃儿留在这里就走了,两天了都没再出现过,看来他是不要这个娃儿了,这个女人也真狠得下心来。

"大姐,莫嫌我多事,我看你心肠好,不如你把这个娃儿领回去吧,村子里娃娃好养。"

秀儿似乎没有听见,她看着渐行渐少的行人从眼前经过,脸上没有表情,看不出她的心思。

晓兰吃完了,秀儿将书包挎到她肩上,站起来拉着晓兰准备离开小吃摊,她没有理会摊主的话。

恰逢此时,大憨下班,赶着马车接走了娘俩。他们没有急着回村，大憨要到农资供销社买钙镁磷肥和碳酸氢铵各一袋拉回去，这是队上交代的任务。他还要到铁匠铺买几块马蹄铁和一些掌钉。这些事让他们在街子上又耽搁了近一个钟头。在买化肥开单的时候，秀儿找个借口又回到吃豌豆粉的摊子那儿，想再看那个小人一眼，仿佛做了什么亏心事，不来看看会于心不安似的。可是没有人，铺板下面蜷缩着的人已经不见了，对面的小吃摊也不见了，到处空空的，它们仿佛从来都没有存在过。不知哪儿钻出一只半大的黄毛狗，甩着尾巴摇头晃脑追逐着地上的气味，到处寻找着食物。秀儿站了几秒钟，心中怅然若失，最终摇摇头长长地出了一口气离开了。

　　在回村的路上，坎坷的土路让马车颠颠簸簸，晓兰靠在秀儿身上，秀儿搂着她的肩膀，娘俩相互依偎着没有言语，只有哒哒的马蹄声在空旷的马路上显得格外单调。太阳开始偏西，从北边的天际飘来大片不祥的乌云，犹如人们丢弃的破棉败絮。夏至已过，进入了多雨的时节，这时节雨说来就来说走就走，来时凶猛走时仓皇，冷风迎面吹来带着雨的腥味。大憨疾扬马鞭抽打马背，马不情愿地疾跑起来。车到石子坡，大憨拉紧缰绳站到车辕上，他大声吆喝，不停地抖动缰绳冲上石子坡。他依旧威风凛凛，然而在秀儿看来，他已经没有了以前的风采。

　　进了家门，立刻感受到了家的温暖。灶洞里火光明亮，甑锅里的水"咕噜咕噜"欢快地响着，甑子上冒着热气，扩散着苞谷饭的清香味。大憨妈正忙着把腌菜和烧辣子蘸水摆到矮方桌上。晓兰放下书包就去帮大憨妈抬碗拿筷。八九岁的晓兰在大憨妈跟前显得乖巧懂事，很讨她喜欢，对晓兰更是万般呵护。秀儿把甑子抬到桌上,把锅里的苦菜舀出,盛在一个大土碗里。此时大憨才裹着冷风进来,他将马料袋往墙边一丢,嚷嚷:"哪里来的小叫花子赶都赶不走!""哪样小叫花子?"大憨妈随口问。晓兰一听便往外跑,很快又跑回来:"奶奶,是街上那个人,你去看看。"说罢扯着大憨妈的衣襟往外拉。院门外的石阶上坐着个人,笼着手抱成一团,身子仿佛受到看不见的重物的挤压,越缩越小,更加显得瘦弱和无助。大憨妈是个糍粑心肠,见了就连声地说:"造孽呀,造孽。"一道闪电亮过,雷声隆隆,冷风裹着黄豆大的雨滴已打在瓦檐上,"噼叭"作响。晓兰喊:"下雨了。"大憨妈说:"娃儿进去吧。"那娃儿动了动身子,却没有要起身的意思。秀儿听到雨声跑出来,看看那娃儿无动于衷的样子,心中不由得不快,她冷冷地说:"你已经跟来了,干吗不进去,还想要别人背你呀?"说完折转身。那娃儿迟疑了一下,慢慢站起身来,拎着包跟着走进屋里,外面瞬间大雨倾盆。

当大憨说起小叫花子,秀儿就已经猜到了。她有些吃惊,而且有一肚子疑问:他怎么会来?什么时候来的?又怎么找到这里来的?她曾经想问清楚,经过若干天后,她不想问了,问了又能怎样?而且她还知道,即使问了他也未必会说,这是她的直觉。他曾说他没有名字,其实他应该有名字,不然以前他妈怎么喊他?既然他不说,秀儿就给他起了个名字叫路玉。听名字就知道他的来历——路上遇到的。秀儿收留路玉,只是出于同情和怜悯,她并不喜欢他。况且她心里也不踏实,她不知道路玉的到来会给这个家带来什么。

那个卖豌豆粉的摊主说,农村里娃娃好养。他把事情想简单了,他以为就仅仅是添双碗筷的事吗?别的不说,那一身疥疮就够人心烦的了。疥疮得不到治疗，干了就起痂，经常是老痂才掉新痂又起，黄水不断，还时常带有一股腥臭味。也许是别人的嘴脸看多了，知道别人嫌弃自己，路玉小小年纪有了自知之明，他吃饭从不上桌也不用桌上摆放的碗筷，只用自己那个半大的搪瓷碗和木勺，躲到灶台前悄悄地吃。人们知道这种疥疮又痛又痒，可是从没有听到过他的叫唤呻吟，或者看到过他难忍的眼泪。秀儿在楼梯下的空间给他铺了张矮床，他不睡，自己抱些稻草堆在院角的楼板下，蜷缩在那儿。他几乎不说话，即便说话也是极简单的几个字，而且有时还会含混不清。从他那闪烁的眼中看不到一丝光亮或一点火花。他极力地隐藏自己，不想引起别人对他的关注，他似乎就是一只在黑暗的墙角里自生自灭奄奄待毙的小小虫子，这一切让秀儿心里发酸。

　　秀儿多方打听得知要治疗他的这种皮肤病，除了进医院外，用草药煮水洗澡也是一法。问及草药，说是在后山坡上就可以挖到，而且秀儿也认识。第二天秀儿上山挖了一笆篓的野姜、茅草根、荨麻叶和麻黄根，晚上煮了一大锅水，舀到大木盆里。水热气腾腾，散发着一股刺鼻的辛辣味。大憨妈叫路玉将他一直穿着的衣裤两用的破烂中山装脱下。他极不情愿地慢吞吞地脱下，光背对着这两个女人。秀儿心中好笑，说道："你还会害羞，脏兮兮的哪个看你。"听罢他才小心地勾着腰转身，想要让下面尽量躲藏。他双眼紧闭，他也许以为自己看不见别人，别人也应该看不见他。只见他很快跪到盆里，然后在水的掩护下，侧着身子调换了姿势。他的身子瘦骨嶙峋，胸前的肋骨清晰可数，向外别出的手拐头格外扎眼。大憨妈心疼地问他手是怎么回事，他极不情愿地说是他爹用小板凳砸的。问他妈，他却再也不开口了。秀儿和大憨妈用木瓢舀水从路玉的头顶慢慢淋下，动作格外的轻柔。路玉闭着眼睛坐在木盆里，不哼不叫，不动不摇。灯光昏暗，热气氤氲，看不出他脸上多余的表情。秀儿知道，这药水十分辛辣，遇上溃烂的伤口会十分疼痛。别看他小小年纪却像是若无其事一样，真不知道他哪来的这么强的耐受力。

这样的治疗每天一次，三天后就初见成果，瘙痒减轻，黄水不再流淌。坚持了半个月左右的光景，当秀儿将村后山坡上的野姜、山茅草几乎挖绝种的时候，路玉的疥疮终于脱落干净，只留下浅浅的印迹。想来假以时日，这些印迹也会渐渐褪去。但稍有遗憾的是，路玉头上的疥疮虽然好了，但曾经长疥疮的地方，始终没有再长出头发，留下几小块光亮的头皮，周围的头发也掩盖不住，成了不能消除的存在。

路玉的病治好了，秀儿翻箱倒柜，找出些破旧衣物，花了几个晚上拆拆补补，缝制出一套衣裤给路玉穿上，将他那件沾满脓血的衣服塞进灶火洞烧了。大憨妈还给他缝了双鞋。秀儿将他满是灰尘和汗渍的头发剪短清洗干净。经过收拾的路玉似乎脱胎换骨，像变了个人。当他以新的面貌站在众人面前，人们终于发现，其实路玉并不丑，起码算得上周正，不粗不细的眉眼，带有几分清秀，圆圆的小肉鼻，稍厚的嘴唇，有着农村娃娃的纯厚模样。这是秀儿辛苦付出而获得的结果，她让他恢复了原来应该有的形貌。可是让秀儿气馁的是，她不能恢复他的天性。他只有五岁，他还是个娃娃，他应该天真活泼、欢言笑语，还有撒娇哭闹。可是没有，他的表情只与冷漠为伴，还随时表现出坦然接受一切的无所谓，面对他的冷漠,心也会随之冰凉起来。很长一段时间,秀儿从来没见过他哪怕一丝丝的笑容,甚至连笑的意思也没有,以至于让秀儿觉得他自出生,老天就没有赋予他笑的功能。

疥疮好了,路玉不再固执。秀儿重新给他铺了张床,他不再睡到院角里,当她看他像小猫似的钻进被窝,她心里产生的却是一种奇怪的感觉,路玉明明就在她的眼前,她却似乎觉得他是一种不真实的存在,好像秧沟里的泥鳅,你明明看见它静静地躺在水底一动不动,但当你要有所动作,眨眼工夫,它就倏尔不见,连痕迹都不留下,让人不由得怀疑它曾经的存在。

不管怎样,秀儿有过遗憾但没有伤感。她感到欣慰,她让路玉暂时有了一个可以遮风避雨的地方,让他不再忍饥挨饿,不再疥疮满身。而她知道自己之所以这样做,仅仅是出于怜悯。至于今后会发生什么事,会对她的生活带来什么样的影响,她不知道。她也不想知道。

或许是因为害怕被遗弃,路玉小小年纪就学着勤快,学着懂事,他在家会帮着大人扫地抹桌子,拾柴拢火洗猪草,出门呢,他会拎着小提篮,拎着小镰刀去挖野菜找猪草,或者拎只小撮箕,提着小钉耙去拾猪粪牛粪,还学着到自留地里拔草浇水。他脚勤手快,很多时候都不用大人吩咐,自己会找事做,他每每做事说话都透着小心,生怕惹着别人不高兴。他不时会偷看大人们的脸色,别人稍有不悦他就会立马紧张起来,他像一只离窝的老鼠,胆怯而敏感。秀儿看在眼里,心里很不是滋味。她想告诉他,这里就是他的家,他们都是他的亲人,不会嫌弃他,用不着小心翼翼提心吊胆。然而这些她最终还是没有说出口,她有些担心,担心什么呢?

她一时也想不明白。

也许是害怕孤单，路玉不愿意单独待在家里。平时大人出门，他就会跟着去，他就像路边的粘粘草，一旦粘在衣服裤子上就很不容易扯掉。他跟大憨妈，但更多时候是跟着秀儿。秀儿前面走，他拎着提篮后面跟，如影随形。他不会问去哪里做什么，只是不言不语地跟着，保持着三五步的距离，从不靠近。有几次秀儿想要对他表示亲热，想牵着他的手，或者扶着他的肩膀，他却很快躲开，表现出对亲热关爱的忌惮。她心中很是失望，甚至有些恼怒。不过后来她想开了，她又不是他的亲妈，又何必奢求他对自己的亲热。话虽如此，但还是让她难以释怀。

秀儿发现路玉有一个不太雅观的动作，他老爱揉鼻子。他揉的时候，鼻子在他的手背上滚动，像柔软的面团，鼻子扯着脸上的肌肉变换着表情，像在做怪样，使人看了好笑。而他自己则不知道，揉得舒服，揉得自然，揉得惬意。她看在眼里，并不去笑话他。平时他的话就已经很少了，她担心无心的取笑会让他离自己更远。他似乎已经离自己很远了，他就像一只小船，老是不靠岸，她用抓钩去勾他，可抓钩太短，总是够不着。这总会让她伤心而又无可奈何。

大憨讨厌路玉。哪里钻出这么一个来吃他喝他的小叫花子，小野种，居然还住进了他的家。他对那足以让人产生怜悯之心的瘦小身躯视而不见，故意蔑视他的存在，他要让他感觉到这里不欢迎他，这里也不是他可以久待的地方。这倒不是说他丝毫没有一点同情心，而是他觉得既然他爹妈都不要他，为什么就该这个家来收留他？再说了，自己的屁股都还被海风吹着，凭什么还要养外人！如果按他的性子，他一定会将路玉赶出门外，但他没有足够的胆量去挑战他妈和秀儿的同情心，所以一肚子的不高兴只能憋在心里。

这天晚上，大憨抱着大烟筒过足了烟瘾，他抹抹嘴，很响地咳嗽，两口浓痰准确地吐到火塘的灰堆里，他两脚伸展，蒜头似的大脚趾头不安分地拱出了鞋尖。"睡喽——睡喽。"口中嘟囔却没有站起来。大憨妈热好水正叫路玉端水洗脚。水装在一家人专门用来洗脚的搪瓷盆里。虽然只有大半盆水，路玉端起来还是显得有些吃力。他本该在灶前就把脚洗了，然而他看看大憨，便勾着腰将水抬到了他的脚前。他对大憨讨好地说："你死，你死。"大憨突然两眼圆睁，瞌睡的眼露出凶光："你说哪样？""你先死，我后死，你死了我再死。"路玉直起身来，小心地解释。"死你妈！你敢咒老子！"大憨吼叫起来，他不知道，路玉原来住的地方，读音里就没有"希"，凡有"希"的读音都是念成"丝"。"你这个小杂种，白眼狼，你要我死，我先叫你死！"说罢，怒不可遏地一巴掌扇在他脸上。路玉惨叫一声，手捂着脸，神色惊惧痛苦。大憨"蹭"地站起来，一脸凶神恶煞的样子，手又抬起来了。路玉后退了两步，扭头转身向屋外跑去。大憨妈见状，气的头发乱颤，她手指戳在大憨脑门上："他叫你洗脚，你混账啊！"秀儿在楼上安顿好晓兰，刚下楼来，就目睹了这痛心的一幕，来不及说话，便追了出去。

屋外什么都看不见，冷风将天上的星星都吹跑了，只剩下无边的黑暗。秀儿折转身到屋里找了只手电筒便又钻进黑暗中。她喊着路玉的名字，顺着路边的屋檐下、墙角边一路寻找，她去翻院墙外的柴堆、草堆，又去查看沙沟边和大树底下。光柱划破黑暗，高高低低地晃动。她喊声哀切，在村子上空飘荡，引来一个村子的鸡鸣狗吠。秀儿从村头找到村尾，路玉似乎已融化到黑暗中，信息全无。秀儿焦急失望之际，怀疑是不是他要离开村子回到城里，心里想着，脚步不停便往城里的方向追去。经过大桥，她特地往桥头的树丛和桥下的流水仔细照了一遍，追到塘房村，塘房村偶有灯光一点两点，辨不清远近，犹如瞌睡人的眼，整个村子静如灯影，只有路边的山茅草被风吹得窸窸作响。秀儿不追了，她知道路玉跑得再快，绝不会超过自己，更何况是在这伸手不见五指的黑夜。路玉没有返回城里，他还在大桃花村的范围内。想到这一点，秀儿本该稍有宽慰才是，然而，却让她担心更甚，心吊着，如浮萍漂浮在水面上，没有根底。返回的路上，秀儿更加仔细地寻找。她盼望着路玉会出其不意地出现在她手电筒的光影里。她想象着即便是看到路玉怪相百出的揉鼻子的动作她也会倍感亲切。

返回村里，秀儿又到村子四周仔细寻找一遍，仍一无所获。她回到家里。大憨已经去睡了，大憨妈守在门前，看见秀儿一脸颓丧，不用问也无须问，她收回目光木木地看着门外深不可测的黑暗。

那天晚上，婆媳俩都没有去睡，半坐半靠在屋里守了一夜。

第二天一早，门外传来几声清亮短促的小瓦雀的叫声，秀儿还没有跨出门，就看到诺希抱着水淋淋的路玉进来。清晨他去大井岗挑水，见路玉倒在井台下的水沟里，便把他抱了回来。路玉的头耷拉在诺希的手臂弯里，双眼不睁，脸色惨白，全无生气。秀儿来不及询问一把接过路玉，裹上床小被子便匆匆往桂珍家跑去。桂珍正在烧水洗脸，秀儿一见她便悲声道："救救他——"桂珍甩干手，试试鼻息按按脉搏，连声道："有气有气——"她熟练地从药箱中取出针水,用钳子敲击针水瓶,"嗒嗒"的脆声在秀儿听来宛如音乐。桂珍往路玉的屁股上扎了一针,又叫秀儿使劲掐他的人中。然后从柜子里翻出半瓶赤砂糖,舀锅里的水冲泡化开,掰开路玉的嘴让他喝下。大约过了一袋烟的工夫,路玉睁开了眼睛,软塌塌的脖子也硬扎起来。桂珍笑道:"好了好了——"秀儿绷得紧紧的神经也松弛下来,脸上也露出一丝欣慰的笑容。

秀儿对桂珍千谢万谢,抱着路玉回家,路玉趴在她的肩头上,他的头不时碰触着她的脖颈,痒酥酥的。她突然听到路玉在她的耳边轻轻叫了一声:"阿嫫——"阿嫫就是"妈"。秀儿没想到,她以为听错了,以为那是路玉的梦呓,或者是昏话。这时路玉又叫了一声:"阿嫫!"秀儿确确实实听到了,可是她没有回应,只是搂紧了路玉回到了家。追随着她跨进家门的是明亮的太阳,温暖的光。

第九章

如果把日子种在地里，会长出什么呢？它会开花吗？它结的什么果？这些果实是什么样的，是酸还是甜？她控制不住地拼命想象。她觉得那日子应该会结出红红的果实，汁水饱满诱人，那一定是像桃子像苹果——很甜很甜。

"有新米吃了！"秀儿领着路玉来到田边，站在老埂上对着满眼金黄大声喊着。她的声音充满期待和喜悦，眼里泪光闪闪。天上的白云悠悠地飘着，太阳亮晃晃地照着，轻风把田里的金黄推涌着。从小河边到水口头，从赵家坟到大井岗，从石子坡到达达甸，层层的梯田犹如金黄丝绒铺就的台阶，一直铺到村前路边。

自从秀儿嫁到大桃花村，第一次吃到了新米，她就记住了新米，年年盼着吃新米。她甚至觉得这世上没有什么比新米更值得她期盼的了。农村人说的新米是指刚收割的稻谷，在场上晒干后碾成的米。这种米煮的米汤，犹如乳汁，白里透亮，绵柔爽口。饭粒晶莹剔透，嫩绿嫩绿的，带着稻叶的青翠。吃到嘴里，滑滑的，软软的，甜甜的，从舌头到肠胃，无一处不滋润，无一处不舒畅。特别是那饭的香味，那是一种醉人的清香，让闻到它的人，无不沉浸其中，犹如有情人牵手，一辈子难以忘怀。

秀儿将镰刀插在地上，蹲下看着路玉的眼睛。"吃新米。"她说。"吃新米。"路玉也说。而且他很认真很向往地点了点头，揉揉鼻子，蠕虫般的舌头有力地在他的嘴唇上溜了一圈，一副垂涎欲滴的样子。这样子极不雅观，但秀儿喜欢看他这副样子。娃娃嘛，本该有娃娃的样子。

今天早上队上通知，下午收工后预分口粮，按人头平均每人二十斤谷子。这个通知简直是久旱的甘霖。到这个时节上，家有余粮的少之又少。空着肚子抢秋收，没有多少人撑得下去。按大家的想法，它应该来得更早些。自从开镰收割以来已经十多天了，达达甸到石子坡的稻谷已经收割完毕，谷子早已登场，接连几天的大太阳已经把谷子晒干，谷子放到嘴里已经会弹牙齿了。话虽如此，大家还是通情达理，少有怨言，毕竟马上可以分谷子了，大家心中依然很是兴奋。秀儿要大憨妈早点去排队，因为她正在场上晾晒谷子，谷子就在场上分，近便。如果早点分到的话，还可以将谷子背到碾坊，当天就可以吃到新米了。大憨妈出工的时候，不忘带上一大一小两只笆箩。

  大约是受新米就要到口的激励，下午出工的人都很卖力。割谷子的少了叉着腰杆磨洋工的，抱谷把的顾不得谷茬戳脚，脚底板翻白地跑。秀儿的镰刀每天晚上都由大憨在村前水沟边的砂石上磨得锃亮，秀儿握在手里，银光闪闪，轻盈灵动。她右手镰刀稳稳递出，刀面搅住不多不少恰到好处的稻秆，左手准确地齐腰一把卡住，镰刀随即贴地轻轻一划，但听得轻微的"刷"的一声，齐展展的稻谷便躺倒在稻茬上。秀儿站的这块田不到一亩，四五个妇女各赶一趟，齐头并进。后面四个男社员拖着一只掼盆跟着，将她们割倒的稻谷及时脱粒。掼盆状如方形的小船，上宽下窄，底部装两根圆木，犹如路轨一般，方便拖曳，移动时也省些力气。掼盆两边各站两人，两两相对。几个半大的娃娃将割倒的稻谷抱给掼稻谷的人，他们在田中来回奔跑，烂泥四溅，衣裤上、手臂上和脸上，黑泥点点，花里胡哨的。掼稻谷的人双手卡住递来的稻把，谷根在肚子上顿齐，仔细掂量一番，那眼神犹如在看一只已经褪掉毛的老母鸡，想那肚子里到底有多少油水。随即下定决心，用力将稻穗从肩头甩向身后，然后双手一摆，稻穗击打在掼盆两头的木方上，发出"砰砰"的钝响。稻粒在盆内飞溅，最后溅落盆底，堆积起来，有了小半盆，便用撮箕撮到背篓里，由其他社员及时背到场上晾晒。一把稻谷要翻转着掼好几次。掼谷子的都是老手，在左右挥动稻把的时候，稻把自然翻转，不着痕迹，直到稻把已发不出实实在在的钝响，双手少了那种沉甸甸的感觉，只剩下没有谷粒附着的稻秆时，才算完成了一个轮回。脱了粒的稻草被捆成草把，如人般站立，静默无语，似是对已经失去的分量黯然神伤。同样的场景在小河边大片的稻田中展开。从远处望去，滔滔稻浪中十多个掼盆如十多艘小船在浪花中缓缓前行。不过，船上无桅无帆，即使急促的"砰砰"钝响，也产生不了那种乘风破浪的豪迈感觉。

跟秀儿在一丘田割稻子的有三个人：阿珠、桂珍还有阿玉。阿玉年纪最小，刚过十八岁。别看她年纪轻，在村里却算得上是一个人物。她鸭蛋般的脸庞上长着一双细细的媚眼，尖尖的鼻子甜甜的嘴唇。她不梳辫子，剪的短发，仅及耳根。平日里爱收拾打扮，剪指甲修眉毛，经常抹点蚌壳油，村里人都将她看成尤物。大约人长得漂亮眼光就高，她会做农活，但从来都对农活投以厌恶的目光，自然更谈不上喜欢。她认为自己不应该是脸朝黄土背朝天的命，那个家也变成了想要改变自己命运的枷锁，所以她总是爱出门，一旦出了门，十天半月不回家。等到家里人以为她永远不会回来的时候，她却招招摇摇地跑了回来。她妈说她"野了"，她不怕她妈，她妈想管也管不了。她爹虽不太爱管她，但说的话有时候她也不敢不听，因为她对她爹火星飞溅的目光和粗脚大手颇为忌惮。她前两天刚回来，大约是闻到了新米勾魂摄魄的香味，抵挡不住诱惑，自回来就跟着下田割谷子。不知从何时起，也不知出于什么动机，她下田做活从不撸袖子卷裤脚，更奇怪的是不管满田烂泥，也不脱鞋袜。她对别人鄙夷的目光从不理会。阿玉乐意跟秀儿一起干活，因为她从秀儿目光里，敏锐地感觉到秀儿不厌烦她，甚至还有点欣赏她。她心情好的时候干起活来也挺麻利，割起谷子来也不会输给秀儿。同样喜欢跟秀儿一起干活的还有阿珠。阿珠手脚慢，这几天割谷子，她总是落在后面，让掼盆追着她的屁股响。她割上一会儿，便又捶腰又擂背的。秀儿看到她单薄瘦小有气无力的模样，总是不忍心。每每见她落后了，便横跨两步，将她趟上的谷子割倒大半。其实不仅是割谷子，栽秧、薅谷子、挖田种地，只要跟秀儿在一起干活，秀儿都会照顾阿珠。阿珠总是心存感激，她还算是一个懂情义的人，在随后分谷子的时候，她还不管不顾地为秀儿说了些好话。

太阳西斜，有人喊："收工了——"田地顿时沉寂下来。人们停下手中的活计，在田边的水沟里随便涮涮脚，拎起蓑衣匆匆往村里赶。秀儿叫上正在田埂边捉蚂蚱、抓小鱼的路玉，也跟着往回走。路玉拎着用草茎穿起来的两小串蚂蚱和几条小鱼跟了过来。到了秋天，蚂蚱气数已尽，丧失了飞遁的能力，只能爬到田埂边的草茎上苟且偷生，这倒让路玉捉拿它们变得更加容易。被串起的蚂蚱的长于蹦跶的大腿耷拉着，而那几条小鱼的尾巴却还在摇摆。等他们来到大场上，已有人背着谷子勾着腰出来，场上还有更多的人在等待。

仓房前面，堆着已晒干的谷子，小山一般。张发坐在磅秤前，面对社员坐相威严。右手边一张矮方桌，上面摆放着账本和算盘。算盘漆皮斑驳，颇有些年纪，算盘珠子在西晒的阳光下油黑发亮。算盘珠子决定着每家每户的粮食进账，众人都对它投以神圣而敬畏的目光。张发眼看账本，右手拨动算盘，左手滑动秤砣。叫到名字的社员将背箩放到磅秤上。张发称重,将背箩的重量加上所分稻壳的数量。两个被指派的女社员用撮箕将稻谷撮入箩中,秤杆一翘,称够就背走。张发当了多年的会计,称粮的过程早已驾轻就熟。

  自打秀儿来到场上,她就感到有一种莫名的紧张,甚至还有些焦虑。她不知道这种感觉因何而生,由何而来。她紧紧抓住路玉的手,他的手似乎有些冰凉。经过耐心的等待,终于听到张发喊出周大憨的名字。大憨妈赶快把背箩放到秤板上。张发移动秤砣,头也不抬地喊道:"八十斤。"秀儿眉间一皱抢步上前:"张会计,错了错了。"张发抬起头,宽脸膛现出愠色:"哪里错了?"秀儿耐心解释:"不是八十斤,是一百斤。""一百斤?你掰着脚指头算算,你家有几个人?""五个。"秀儿将路玉拉上前,没有一点犹豫:"还有他!"张发抬头瞟了一眼:"他不算!""为哪样不算?""你问他姓哪样?""姓周!"张发冷笑:"你是他妈?让他喊喊,喊妈。"路玉喊过她"阿嬷",那是他在自己耳边喊的,她希望路玉能当着张发的面喊出来。而路玉一手拎着蚂蚱,一只手又在揉鼻子了。秀儿早就发现,路玉有心思的时候就揉鼻子,似乎想通过揉鼻子来掩饰什么,或者回避什么。他的眼睛盯着桌上的算盘,眼神空洞,不知他是否听懂了张发的话,反正他紧闭着嘴没有吐一个字。秀儿抑制住失望,对张发说:"我再说一遍,他是我家的人!""实话跟你讲,你捡来的这个小叫花子不是本村的人,你收养他那是你的事,队上不认。"他说得很绝。"为哪样不认?秀儿是在做善事。"站在旁边的阿珠看不下去了,她站出来替秀儿说话。张发轻蔑地看了她一眼,"你莫当烂好人。"他警告她。"娃娃也有一张嘴,也要吃饭。""你那么可怜他，要不将你家的分一份给他？"张发不怀好意地说。"闭上你的臭嘴。"常贵突然出现，大声呵斥阿珠。大家都知道，常贵对阿珠的打整，阿珠总是逆来顺受，少有忤逆。可今天她似乎变得胆大起来，冲着常贵说："他在整人！"她清瘦苍白的脸上出现了一抹从未有过的坚毅的光辉。张发怪笑起来，指着阿珠："整人？我整你呀！"许多人皱起了眉，他们听出了张发话中的无耻。"你这个多管闲事的贱货，不要在这里给老子丢人现眼。"常贵推开阿珠，恶狠狠地说。"你恶哪样，他就是存心整人嘛。"阿珠表现出少有的倔强。"你讨打！"常贵抓住阿珠的头发，举起手掌就要往阿珠的脸上抽去。秀儿见状拉开阿珠："你算什么汉子！"她冲着常贵，语带轻蔑。接着她走到磅秤前，抓起矮方桌上的算盘，用力摇了两下，算盘珠子撞击横梁框架，发出震慑人心的"哗哗"声响。张发脸色陡变，身子往后缩，差点坐翻了草墩。他从秀儿眼中看到了算盘砸向自己的风险，"有话好好说，你莫怪我，队上规定——"他语无伦次地慌忙解释。秀儿凑上脸去，突然笑靥如花："你莫紧张，我不为难你，不过我告诉你，有我吃的一口，就有他吃的一顿。"话语如刀，冰凉冰凉的。说完，将算盘砸在桌子上，抱起小笆篓给大憨妈背上，自己背上大笆篓，一手扶着背头，一手拉着路玉，"走！碾新谷，吃新米！"她大声对路玉说。路玉紧紧拉着她的手，"不吃新米——"他小声说，"我吃蚂蚱！"然后不由自主地咂了一下嘴，似乎在品味蚂蚱吃到口中的滋味。手中的蚂蚱被他高高举起，蚂蚱的轮廓在天空的光影中似有似无。

　　口粮没有路玉的份儿，因为他是不知从哪里来的小叫花子，他也不姓周,总之他不属于大桃花村。他小小年纪就尝过了人间冷暖,比起同龄的孩子,他也许懂得了更多的人情世故,他敏感而自卑。他说"不吃新米"的话,也许只为在众人面前保存自己那点可怜的自尊。当秀儿把新米碾回来后,蒸了一甑子的净米饭,没有掺瓜果菜蔬。秀儿先盛了一碗递给路玉:"新米饭,吃吧。"路玉看着热气腾腾的新米饭,犹豫再三,看着秀儿的眼睛闪了又闪,最终他没有办法抵挡新米饭的诱惑,几只蚂蚱毕竟不能充饥填饿。他不再恪守自己的话,吃了新米饭。不过看得出,他在拼命抑制自己的食欲,吃得低调而克制。

大憨回来后知道了发生的事,他只是吐了几口唾沫骂了几句脏话,很明显是冲着张发去的。他很难得的没有抱怨路玉,这也许是对自己打跑路玉,心有愧疚而做的些许补偿。

"瓜菜半年粮"这是人们为弥补粮食不够吃而做出的无奈选择。路玉分不到口粮,秀儿就在瓜菜上做文章。村后他们有一块一分多的自留地。自留地的位置很好,一边靠宽宽的老埂,一边靠近秧田。秀儿将地挖成两畦,修理得规规整整,沟直畦平。她按时令种上茄子辣椒青白苦菜。为了扩大产出,她把自留地周围的荒坡沟坎都利用起来。沟边水边,收了黄豆种蚕豆;老埂上挖上几个瓜塘,让瓜藤爬满老埂,每年可收获两三箩老南瓜;沿沟编上一排树枝,让四季豆攀爬;地头有一棵水桶般粗细的黄楝茶树的树桩,虽然枯黑,但树根处却长出几棵碗口大小的枝干来,一人多高,枝叶繁茂,她在旁边种上一窝洋丝瓜,让它吊满枝头。秀儿对这块自留地充满感情,只要勤劳,四季都有不错的出产。时下已是秋天,老埂上的瓜蔓已日渐枯萎,蒲扇大的瓜叶已经枯黄,沟边的豆和树上的洋丝瓜已被摘光，残留的枯藤败叶在冷风中窸窣抖动。然而这里始终不乏生机，沟埂上新点的蚕豆已长出翠绿，地里种的白菜苦菜洋花菜已有筷子高了，不需要多久便会连成一片绿色。收工后秀儿带着路玉来到自留地，秀儿去挑粪浇菜，路玉去刨土蚕。土蚕是一种很可恶的害虫，它专门咬作物的根茎，根茎一断，作物就断了生机。路玉手持小铁铲，找到塌蔫的菜叶，然后沿根把土刨开，不费多大劲，就会找到白白胖胖、尖牙利齿、藏在土里为非作歹的土蚕，路玉见它如见仇敌，立起铲子一阵乱戳，直到土蚕粉身碎骨，化成一摊黏糊糊的东西混在土里方才罢手。这个时候，秀儿就会看到路玉两眼圆睁，双唇紧闭，一脸决绝之色，如对土蚕有深仇大恨一般。秀儿不喜欢路玉这种冷酷的样子，却又找不到合适的话跟他说。

秀儿从离大门不远的茅厕里挑来粪水，一塘塘地浇灌。茅厕里除了人的屎尿，还有路玉平时到处拾来的牛屎马粪、狗屎鸡粪，都沤在一起。进入茅厕就会闻到辨不清来路的臭气，不过气味并不强烈，因为茅厕都十分简陋，无顶无盖拢不住臭气，稍有微风便四处飘散。常言道：庄稼一枝花，全靠粪当家。农村人一年四季都要跟粪打交道，闻不得臭味的人是当不了农村人的。秀儿挑一对很原始的大木桶，桶深壁厚，装满粪水，少说也有百把斤。秀儿挑起，但见扁担两头上下晃悠，脚步轻快。路玉羡慕地说："阿嬷会飞——"随后又抬起手上下挥动着补充说："像蝴蝶。"秀儿听着高兴，放下担子逗他说："你也会飞！"路玉却摇摇头说："不飞！""飞，飞得很高很高，很远很远。"秀儿指着天边，西晒的太阳正把大片的白云烧成晚霞。"阿嬷不要我了？"路玉突然说，带着莫名的紧张。

他又开始揉鼻子了，鼻子在脸上滚动，在西斜的光影中忽明忽暗。秀儿蹲下抓住他的手抚摸着："阿嫫会带着路玉一起飞！""很远吗？"秀儿没有回答，只是将他的手握得更紧。路玉调头看着天边，不过秀儿看到他的眼睛明亮起来，里面的阴霾正在散开。

秀儿将一畦地浇完，感到双腿有些酸软，她不浇了。背了一天的稻草，收工又来浇粪，钢管焊的脚杆也受不了。她在树桩上坐下，脱下泥痕斑斑的解放鞋，折根树枝将鞋底混合着粪水的烂泥刮掉。这双解放鞋虽旧但还完好，没有破损的地方。这是她花五毛钱在街子上的旧货摊上买来的。现在村里的年轻人都时兴穿塑料底的鞋，塑料底按不同的脚码预制好，女人们做鞋子时只需缝好鞋帮，选好匹配的塑料底缝上就行，省却了纳鞋底的烦琐与辛苦。按风俗习惯，男人穿的鞋帮前面开口部分是尖的，称为剪子口，女人的鞋帮前面开口部分是圆形的。讲究的女人还要在鞋帮上绣些花花朵朵。秀儿不太喜欢塑料底的鞋，它走路太滑，把不住地，不如解放鞋牢靠。她觉得还是适用些好。

地里飘来淡淡的粪味儿。浇过粪水的青白苦菜显得格外精神。在秀儿的印象里，这些菜才移栽了没几天，在不经意间已经绿意盎然，她自己都觉得有点不可思议。在这块土地上，有种就有收，种什么就收获什么。这黑油油的土地真是奇妙无比。不过倘若地里种的不是青白苦菜，而是日子呢？秀儿突发奇想。她无声地笑了，笑自己的想法过于荒诞，然而这个想法犹如掉在土里的豌豆，不仅不会消失，反而因吸收了水分膨胀起来，并如面团般发酵。如果把日子种在地里，会长出什么呢？它会开花吗？它结的什么果？这些果实是什么样的，是酸还是甜？她控制不住地拼命想象。她觉得那日子应该会结出红红的果实，汁水饱满诱人，那一定是像桃子像苹果——很甜很甜。路玉不知什么时候已悄然来到秀儿身旁坐下，他歪着头呆呆地看着秀儿，他看见秀儿脸上笼罩着一层神秘的、淡淡的红光。

晚归的老水牛从青头山的树棵里走出来，牛脖子上的铜铃"叮叮咚咚"地响着，在空旷的田坝中，显得空洞而响亮。秀儿收回思绪，捋捋飘散的头发，拉起路玉挑起粪桶说："回家喽！"她在前面走，路玉在后面跟，一大一小的身影渐渐消失在村口的小路上。

在太阳的余晖中，袅袅炊烟已在村子上空升起，像一条条紫色的轻纱在玫瑰色的天空缓缓飘动。

转眼间路玉到了该上学的年龄，当然这个年龄是秀儿估摸出来的。当初在街上看见他，秀儿感觉他就五六岁。后来她问过路玉，他也不知道自己是何年何月何日生，他的母亲也没有告诉过他。现在已经过了两年，秀儿估摸着他怎么也该有七岁多了。但路玉却没有这个年纪的娃娃该有的身形。他个子瘦瘦小小，明显要比村子里同龄的娃娃要差半个头。学校开学的时候，秀儿像送晓兰上学一样，给他缝了一个小书包，同样放些文具课本，也将他收拾得清清爽爽，让路玉看上去像过节一样，喜气洋洋。去见老师之前秀儿还告诫路玉，要听老师的话，要学规矩，对老师要有礼貌。总之她要老师一见到路玉就觉得他与众不同，就喜欢他。

现在学校的老师是县里派下来的。这个老师原来在城里的连然小学教书，因犯了错误被整下来。据说他上课的时候，有一个高年级的男生上课捣蛋，还欺负女同学，下课时老师对其进行教育。谁知那个学生是个"小衙内"之类的人物，倚仗权势竟然对老师无理顶撞,还口出粗言辱骂老师"你妈的",自称"老子"如何如何。老师忍无可忍愤怒至极忘了师尊,毫不犹豫一脚狠狠踢在学生屁股上。那学生吼叫着抓起坐凳要砸老师,被老师拧着手,掐着脖子制服。此事在学校里闹得沸沸扬扬,学生家长到教育局兴师问罪。老师在城里无法待下去了,被贬谪到这里来。秀儿对老师的行为大加赞赏,她笃信"一日为师终身为父"的古训,老师教训学生天经地义,因为他有责任教育管教学生,而且都是为学生好。学生辱骂老师,天理难容,学生被打那是活该。当个老师不容易,要对付一帮没规没矩的娃娃,秀儿认为老师就是要凶点才好,只有这样才镇得住学生。

可是当她见到这个老师时,没有见到她想象中应该有的一副凶样。三四十岁的一个中年人,穿件蓝色中山装,戴副黑边眼镜,看上去有几分书生气。这让秀儿有几分失落,同样让秀儿失落的,是老师并没有对路玉给予格外的关注,他在讲桌前登记学生名字时,只不过多看了他一眼。也许在老师看来,路玉不过是一个普普通通农村娃娃罢了,跟其他娃娃没有两样。秀儿本想跟老师多说几句话,但看看老师的样子,把想说的话咽了回去。

每天早上秀儿和路玉一起出门,一个出工一个去上学。秀儿会在路上看着路玉沿着上坡的小路走进学校。阳光从青头山铺掩过来,轻柔而明亮地照在路玉身上。他踢着路边草叶上的露珠,走几步跳几步,就像一只蹦出地塘的小青蛙,他双臂摆动,然而由于那只断过的手臂已经不能伸长,只能可怜地弯曲,动作显得笨拙和奇怪。如果不是这只手臂不合时宜地刻意提醒,秀儿或许已经淡忘了他的过去,甚至逐渐忘却了他那在街上铺板下面蜷缩着奄奄待毙的模样。每每见到那只手臂，总会让秀儿心痛。

自从路玉开始上学，晓兰当仁不让地主动当上了路玉的小老师。她是有资格的，路玉读一年级的时候她已经读六年级了。晓兰懂事懂得早，进城读书知道用功，所以学习成绩在班上名列前茅，经常得到老师的夸奖，这让她十分自豪，自信有这个本事做好小老师。另外还有一层原因，她是独姑娘，生性又喜欢热闹，外面有小朋小伴，回到家，尽看到大人的嘴脸，总感觉孤单。来了个路玉，她挺高兴，不管路玉是什么来路，她始终把他当作亲弟弟来看，多了个伴，也就有了表现的机会。晚上两个人趴在矮方桌上做作业。原来点的电灯瓦数太低，让整个屋子昏暗朦胧。秀儿特地为他俩换了个60瓦的大灯泡，光线充足。晓兰做完作业，就辅导和督促路玉。路玉做作业的姿势很特别，他总是将草墩拉得尽量靠近桌子，自己两脚分开如骑牛一般，腰杆挺直，神情古板可笑，似乎面临重大考验。他的左手不能抬得很高，但并不妨碍他按住作业本，或者翻书，甚至偷空还揉揉鼻子。路玉写字很认真，横平竖直，一撇一捺，中规中矩，足见老师教学有方。晓兰看他写的字，自己反而有几分惭愧，自豪不起来了。

然而过了两三周吧，路玉晚上不再做作业，晓兰问他，他总是闷声不出气，眼睛尽量躲避着她的目光，并不安地揉着鼻子。被追问急了，才说作业交了，然后就说想睡觉，自己洗了脸和脚钻进被窝，蒙头就睡。秀儿见路玉早早睡觉，想来读书也辛苦，因而也就没有多想。过了两三天，秀儿刚收工回来，突然有个叫玉珍的小女娃儿来告诉秀儿，路玉有两三个下午没有去上课了，这让秀儿大吃一惊，他不是每天吃完午饭就到学校去了吗，怎么会说没有去呢？她问女娃儿，女娃儿说，她只晓得前两天下午上课前，有几个大男生抢了路玉从牛屎堆中刨出的牛屎公公，路玉拉着他们讨要，他们不但不还，还骂他癞痢头，小叫花子，野种。路玉生气不过，便和他们撕扯起来，结果被他们推倒在地，还打他踢他。刚好诺希路过，打跑了那几个大男生。他们跑的时候还威胁说，如果胆敢去告诉老师，他们就要把他丢到坝塘里喂鱼。诺希拉起路玉带走了他。带去了哪里？好像是顺着沙沟上山去了。秀儿听罢非常生气，心里一时间犹如被棉花堵着。她对那几个大男生欺侮路玉感到气愤，也对诺希带走路玉感到气愤，然而最让她气愤的是路玉的逃学，不仅气愤甚至有些伤心。不管有什么理由，不去上课是绝对不能原谅的。秀儿送走小女娃儿，没有去告诉大憨妈，径直到柴堆上抽了根拇指粗细的牛筋棍，扯掉残留的枯叶，挥舞了几下，"呼呼"作响。她赶到村后的沙沟边守着，估算着他们回家的时间。沙沟里没有水，放牛马的人就从沙沟里走，沙沟边上是一条通往青头山的小路，是村里人上山砍柴的必经之路。从村口望去，看得见被层层乌云锁住的青头山。今天没有太阳，整个天空犹如被灰布蒙着，阴冷阴冷的。从沙沟里冒出的冷风，将沟边的草叶吹得"簌簌"作响。不大一会儿，一个瘸着脚一个拐着手，一大一小从沙沟边转出来。诺希端着破毡帽伸到路玉面前，路玉从毡帽里抓起几个黑乎乎的棠梨往嘴里塞，嘴唇有一圈黑乎乎的印子，犹如马戏团的小丑一般。诺希丑陋的脸上现出难得的柔和，或许还有恭顺，像极旧社会的用人服侍主子。蓦然，他俩不约而同地站住了，一脸惊惶。秀儿凶神恶煞堵在村口，紫褐色的牛筋棍横在胸前。他们从来没有看见过秀儿这副样子，当然这也是他们最不想看到的样子。怒气已经将仙女变成了恶神。路玉忘记了吃棠梨,眼里充满惊恐的神色,他右手紧紧抓住诺希的衣襟往他身后躲,诺希的宽手掌下意识地护住了路玉的头,半睁半闭的眼睛警惕地盯着秀儿,脸上变得看不出什么表情,只是从喉咙里发出"唔——唔——"浑浊的声音,这声音在秀儿听来似乎是在警告她"不——不要"!秀儿怒气不减,大步踏出吼叫一声:"让开!"挥起牛筋棍就向路玉抽去。诺希转身将路玉护在胸前,破毡帽掉在地上,几个棠梨在地上乱滚。棍子抽打在诺希的肩背上,只见他哆嗦了一下,但也只是哆嗦了一下便没有动作,他仍然紧紧护住路玉。打不着路玉,秀儿怒气更盛,气便往诺希身上撒,她又在诺希背上狠狠抽了几下,只听得"噗噗"声,如抽在无知无觉的破棉败絮上一般。秀儿刚停下手,但见诺希突然转过头,脸上竟然露出怪异的笑容,让他那下巴上的伤痕更加显眼。在秀儿看来,这个笑容丝毫不带有痛苦和怨恨的意味,是那种从心里感到愉悦的人才会有的笑容。这倒让人觉得秀儿对诺希的抽打不是惩罚,反而是种奖赏。秀儿心中一片混沌,手中的棍子久久落不下来。路玉从诺希的保护中挣脱出来,他推开诺希,叫着:"阿嬷,不要——打我——"说罢自己拉起衣服,露出瘦削的光脊背,隐隐看得出脊柱的骨节和两边的肋骨,脊背在褐色的泥土反衬下,显得格外的羸弱苍白。秀儿牛筋棍高举,但是看着那羸弱的身躯,她又怎么下得了手?少顷,她将牛筋棍甩在地上,哀声道:"你咋还不懂事,晓得不,你伤了阿嬷的心了。"说罢,一脚将诺希的破毡帽踢进沟里,拉起路玉往家走去。诺希也低着头,步履蹒跚地跟在后面。

　　后来有一段时间,秀儿看到诺希,总会想起对他无端的抽打,她觉得不可思议。自己居然下得了狠心，她为自己辩解，大约是这个丑八怪不知好歹，无端地袒护与他毫不相干的路玉而导致自己气昏了头吧。同时她也对他那怪异的笑容迷惑不解。不过时间远了，她也就慢慢淡忘了。

第二天，秀儿带着路玉找到了老师，把小女娃儿讲的情况告诉了他。当天放学后，老师将那几个大男生留了下来收拾了一顿。至于怎么收拾的，他们都不说，别人也不知道。反正从那以后，他们就再也不敢欺负路玉了。

第十章

　　两人没有再说话，屋里有一种逼人的安静，这种安静似乎是从大憨身上散发出来的，是没有生命的人所特有的那种安静，它伴随着无边的死寂，融进漆黑广袤的夜空。秀儿感受到了这种安静带给自己的心灵战栗。她从来没有想过，一个人的生命竟然可以消逝得如此彻底。

秀儿一辈子忘不了那一年那一天。

那一年秀儿三十三岁，那一天是立秋过后的第二天，十多万斤的公余粮已人背车运经持续五六天了，这天是最后一天。这天一过，公余粮交完了就准备给社员分粮分红。这时全年的收成已经有了眉目，除了上交的公余粮，留够种子饲料，剩下的粮食就分给社员。一年的期盼终于有了结果，不管是增产还是减产，也不管是好是坏，也不管欣喜还是忧愁，反正一旦明白了，心里也就有数了。就好像澄清的溪流，看得见有几只虾几条鱼，飘着几片落叶，心里就踏实了。

是日有风无雨，一早上天空无端飞来许多明明暗暗的云，一改前些日子的秋高气爽，晴空万里。云层不厚，云也很轻，一绺一绺、不紧不慢地从天空悠悠滑过。看得见太阳，只不过像蒙了层面纱，不明不暗，不冷不热，像温暾水。秀儿早就挎上背板来到大场上。大场上的稻谷已经一麻袋一麻袋地称好，每袋五十公斤，堆放在仓房前面。她抱起一袋放在靠墙的马凳上，拴上皮条卡上背板顶上背头，也不邀伴，背上就走。

交公余粮的队伍从村子一直延伸到塘房村的山坡上。人们背着清一色的麻袋，步履沉重缓缓前行，犹如一条沉默的河流，无声地流淌。背公余粮是一件很累人的活计，健壮如秀儿也觉得有些吃不消。她双手十指交叉压住头上的背头，脖子坚强地挺直。装在麻袋里的稻谷是活动的，皮条勒不紧直往下坠，秀儿只好腰弯如虾，以减缓下坠的重量，还不时地翘耸屁股，让麻袋重回背上。过了塘房村，经过大凹子村的时候，她找了个老埂歇脚，并将麻袋重新勒紧。过了大凹子，走上安宁到海口的公路，大约又走了两公里才背到龙宝寺的粮仓。这时她已经走了一个多小时,脸上身上满是大汗小水,洇湿了前胸后背。

龙宝寺没有寺庙,或许很久以前有过,但现在只有粮仓。一座平缓的山坡顶上,几座无比宽敞高大的粮仓依次排列。仓房里稻谷堆积如山,仓房门口有人过磅。秀儿扛着过了磅的麻袋,小心而又艰难地踩着斜靠在谷堆上的方板,爬上十多米高的顶端。她必须十分小心,以免因踩到在木方上滚动的稻粒滑倒,连人带麻袋滚下去,撞倒往上走的人。站在谷堆顶端,拆开麻袋口,让还带着太阳的光和热的金黄稻谷从肩头上倾泻而下,带着"哗哗"的声响。在秀儿听来,这声音犹如音乐,听着舒服,她爱听。记得秀儿第一次到这里交公余粮,第一次看到那么多稻谷,让她惊骇不已,忍不住惊呼:"妈呀!"之后每年来交粮时,她看到的都是高山般的稻谷,却没有看到它的减损。但她知道这些是城里人的口粮,城里人就是靠农民交的公余粮养活的。"这些粮食能够养活很多很多的城里人吧。"她总会产生很多感慨。当时国家对生产队的任务三年一定,大桃花村百十户人家,全村人口大大小小不过六七百人,每年的公余粮任务十三四万斤。定下的公余粮任务是一定要完成的,无论如何都要交,而且要交够交足。即便剩下分给社员的口粮也许挨不到明年新粮上场,即便有的人家翻过年就会熄火断炊,指望着公社拨下来的返销粮、救济粮救急。可不交公余粮城里人吃什么呢?这个道理秀儿懂,她也有这个觉悟。她来大桃花村好多年了,青黄不接的年份她经常碰到,不是也熬过来了吗!所以每当秀儿站在粮堆上看着"哗哗"流淌的稻谷,心中会觉得很自豪,也很伟大。当然她并不了解伟大的意义,但一身的劳累也会随之消失。

下午秀儿来到场上的时候，大憨已经在装车了。自开始交公余粮，老队长就让大憨的马车留在队上一起运送公余粮。大憨特地将马车两边的车厢板加宽，这样每次起码可以多装两袋谷子。他刚把谷子装好，看到不多不少的两袋没人背。老队长问大憨加上这两袋一起运走，行不？仓管员陈妈有些担心，怕大憨不好拉。可大憨是谁？加装两袋谷子怎么难得住他。他只应了声"好"，便将已装上车的谷子调整了一下，垒三层，一袋一袋压实。别人坐上马车心里大约不会踏实，因为加了两袋就比原来高出甚多，且两边无抓无拿，有着坐不稳就会掉下去的担心。可大憨不会。他有技术、有经验、有自信，不管碰到什么样的情况，他都能从容应对。而且大憨从来不是马大哈，他做事一向既谨慎又小心。今天是最后一趟，他也不敢有丝毫的疏忽大意。他本不会出事，也应该不会出事，可谁都没想到他偏偏出事了。

　　这事发生得太突然。当大憨稳稳当当赶着马车来到石子坡，兰士布的对襟衣敞开，露出里面发黄的白背心。他两腿叉开，坐在麻袋上，脸上神情专注，心无旁骛，一手紧拽缰绳，一手拉紧刹车。马开始小跑起来，背粮的人纷纷避到路边，就在马车刚要转上大桥步入坦途的时候，突然从桥头的杂树棵棵里窜出一只野猫，还没等它跑到桥的对面，便被马蹄踢翻，那背时的猫一声未吭，滚了两滚便断了气，随即又被马蹄踩爆了脑袋。马受到惊吓，在避让的时候，车厢板撞在桥的护栏上，就在马车一闪一顿的刹那间，坐在麻袋上的大憨，身子一倾越过桥栏头朝下栽到沙河里去，他手里拉着的缰绳和刹车绳一起挣脱，孤吊吊地在护栏上晃动。

　　秀儿看到了这惊心动魄的一幕，她听到马车撞断大桥护栏的刺耳响声,便不由自主地抬起头,恰好看见了大憨栽到河里的那一瞬间。愣了几秒钟,不过她很快反应过来,卸掉背上的麻袋,冲到桥头扶住撞断的护栏,她清楚地看到了栽倒在河床上的大憨。现已进入枯水期,河床上青石裸露,只有浅浅一层水在缓缓流淌。大憨半边身子浸在水里,蓝色的对襟衣敞开,他的头仰面朝上,嘴大张着,眼睛圆睁,无神地看着灰蒙蒙的天空。头上有血,染红了青石,再流到身边的水里,殷红一片。秀儿撕心裂肺一声大叫:"天啦——"这声音在众人听来凄厉而悲惨。她只觉得双腿发软,但她仍然挣扎着从岸边滑向河底,把大憨拖到河边,抱着大憨的双腿扛在肩上,便艰难地往河岸上爬。背粮的几个伙子也滑到河底,七手八脚帮着秀儿将大憨抬到路上。老队长闻讯赶来,他试试大憨的鼻息,已经没有了心跳,随即叫人卸下马车上的谷子,将大憨平放在车厢里,连秀儿一起拉到村里。

　　秀儿将大憨安放在堂屋里,两条长凳担块床板,就成了灵床。大憨妈一见到大憨血肉模糊的瘆人面孔,便哭得惊天动地,浑浊的眼泪随着哭声奔流,她哭得白发乱颤,身子软瘫如蜗牛般缩成一团,几乎昏厥过去。在她的哭声里,既有失去独子的锥心悲恸,还有着对日后生活的绝望。跟随来的人听到她的哭声无不眉眼低垂,眼泪也不由自主地爬上眼眶。秀儿失去了丈夫,她应该悲伤,但她来不及悲伤。她要脱掉大憨的衣裤,帮他擦洗身子,还要把他头上和脸上的血迹擦干净,恢复他活着时的模样。然而当她去准备大憨入殓的衣服时,她感到了真正的悲哀——大憨竟然没有一件新做的衣服。秀儿每年过年前都会给大憨做一套新衣服,大憨总是等不到大年三十就穿上了,现在离过年还有几个月,新衣服哪有影子？她只有找来洗干净而又没有打过补丁的衣服给大憨穿上。她不能让大憨穿着补丁衣服，或者赤条条地离开这个世界。她在给大憨穿衣服的时候，发现大憨原来紧握成拳的手指突然像抓耙一样松开了。他的手原来抓紧的是马缰，抓紧了马缰，就是抓紧了奔跑的生活，莫非他已经知道，这奔跑的生活已经戛然而止，必须放弃了？然而他那圆睁的眼睛，不管秀儿怎么抹，怎么想让它闭上，都不能完全闭上，那空洞的眼神，木然地凝视着没有什么内容的漆黑屋顶，又似乎是对这人生世道还恋恋不舍，还怀着无限的眷恋。秀儿剪了一块白布盖在他脸上，不是因为她狠心，而是她知道这一切都已经无济于事。当她把这一切处理完，已经是鸡进窝牛归圈的时候。大憨妈经过宣泄已停止哭泣。她要帮秀儿去做那些还要做的事情。

晓兰自己从城里走着回来，她没有等到大憨的马车来接她。才进村她就知道了发生的事，一进家门就扑在大憨身上痛哭，抓住大憨的手拼命摇动，她哭得秀儿心里发酸，但她不劝慰晓兰，让晓兰痛痛快快地哭。路玉一直蹲在堂屋一角，看着秀儿做这一切，他莫名惊恐，不停地揉鼻子却一声不吭。秀儿顾不了他，好在诺希进屋来，他斜着眼睛，站着看秀儿忙了一阵子，面无表情地摇摇头，一声不吭地拉起路玉走了出去。

秀儿乱了一下午，最后才想起来就快下葬了，大憨连薄皮棺材都没有一口，心中不由得焦急。好在老队长早有计算，他已安排队上的人去仓房翻出几块木板，叫人连夜钉口棺木。过后他还宣布，将路玉入籍，正式将他算作大桃花村的人。不管怎么说大憨也是因公牺牲，队上再困难也该有所表示。人穷命轻贱，队上这样的安排已经是够照顾的了。

晚上,秀儿带着黑袖套为大憨守灵。她坐在火塘边拨弄着火炭,火炭一会儿明,一会儿暗,有淡淡的青烟摇曳着升起,碰到屋顶又慢慢飘散。大憨妈在一旁陪着,她佝偻着腰低着头,眼睛直勾勾地盯着火塘,许久都不眨一下。一夜之间,她突然变得苍老而羸弱,几缕灰色的头发无风自飘。秀儿叫她去睡。"睡不着。"她的声音轻飘飘的,缓慢而又清晰,声音透着面对现实的平静。但秀儿却听出她的担忧,也紧紧拽住她那布满沟沟坎坎、骨节分明的手,秀儿是要告诉她,大憨不在了,但自己还在,她没有了大憨,但她还有自己。大憨妈似乎感受到了,她眨了眨眼睛,但她却始终没有离开的意思,两人没有再说话。屋里有一种逼人的安静,这种安静似乎是从大憨身上散发出来的,是没有生命的人所特有的那种安静,它伴随着无边的死寂,融进漆黑广袤的夜空。秀儿感受到了这种安静所带给自己的心灵战栗,她从来没有想过,一个人的生命竟然可以消逝得如此彻底。

第二天一早,队上派人抬来了棺材。棺材是用稍厚一点的木板钉成的长方形木匣子,大约是因为赶时间的缘故,做工粗糙。棺材里的空间勉强能塞进大憨的身子。棺材下面垫着棉絮,大憨身上盖着被子,一如平日里睡觉一般,只不过他是永远都不会醒过来了。装殓完之后,秀儿揭开大憨脸上盖着的白布,她要最后看他一眼。不知何时,大憨原来那不闭的眼睛竟闭上了。秀儿知道,眼睛一旦闭上,那就是永永远远地闭上了,从此阴阳两隔,今生今世再也无法相见,她突然感到一阵伤心。

四个强壮的伙子将棺材抬到青头山半坡的一块缓坡上,这里草木稀疏。从历史上说，这里是周家祖坟的范围，村里人称这里为周家坟。坑已挖好，入土前放了一串鞭炮。火药的香味尚未散尽，一座新坟就堆起来了。老队长叫人去挖了一蓬草来栽在坟头上。秀儿见过那些蓬勃的坟头草，密密的剑形叶片，簇集在一起的绿色草秆如芦苇般粗细，开着高粱般红色的花，花如絮，棉绒绒的。据说，坟头草长得茂盛，意味着家道兴旺。不过现在栽下的只是一小蓬，还远不到蓬勃的时候。坟前没有墓碑，没有石块砌在坟脚，仅仅是一个孤零零的黄土堆而已。

　　自大憨出事以来，他的丧事都由老队长安排。虽然没有盛大隆重的仪式，没有刻意营造的悲哀气氛，但该想到的他都想到并安排了。对此，秀儿一直对老队长心存感激，她无法想象，没有老队长一手操持，她该怎么办。当大憨妈和秀儿在坟前点了香、烧了纸钱、贡了饭，老队长说话了。他不是致悼词，人命轻贱是用不着悼词的，他当着众人的面对大憨妈说："人都是要上山的，不过早晚点而已。不过让白发人送黑发人，这谁都不想看到。我只希望永远都是黑发人送白发人，因为这是天地间的规矩，谁也不要破坏它。老大姐，这山远哩，这路长哩，留点眼泪以后流吧。"秀儿仔细想着老队长说的这些话，总觉得颇有深意。他似乎在说别人，却又在说自己。他大约不想让别人伤心，可听的人却又不得不伤心。隔了几年，当老队长上山的时候，是他的儿子姑娘送的，倒是顺应了这天地间的规矩。老队长的话刚说完，谁都没有想到，一瘸一拐跟着上山的诺希居然唱起哀歌来。他跺着脚，甩着头，双臂挥动，脸色古怪至极。他的声音嘶哑，如沙砾硌着人心。他是用最古老的白族话唱的，谁也听不懂。这歌声不像音乐，倒像是某种灵魂苦难的悲伤宣泄，是沉闷孤寂灵魂的独自呻吟。唱得在场的每个人身上冷飕飕的，似被悲伤的雨滴浸透。唱完之后一切都陷入了久久的沉默，四周一片寂静。在难耐的寂静中却听到不远处一只乌鸦空洞的哭喊，只见它呆呆地伫立枝头，一动不动，仿佛铁铸一般，穿过云层的一缕阳光将它的翅膀照得油黑发亮。

送葬的人带着凄冷的风下山了，秀儿留了下来，她要多陪陪大憨。她将挖坑时挖出的破碎砂石拾拢，将它们嵌进坟脚的泥土里，又到附近的树丛中折来松枝，将坟周围残存的泥土尽量清理干净，摘了把野花放到坟前。做完后，她坐在坟旁突出的砂岩上，看着天边细线勾勒出的山的影像。天空平淡无奇，然而她却心事悠悠。她在想大憨在她的生命中留下的印迹。他们毕竟在一起生活了十五年，她很努力地去想。在她眼前晃动的是大憨那双欲火贲张的眼睛，那双将她扒得赤条条的如松树皮般粗糙的大手，和死死压在她身上散发着汗臭味剧烈耸动的身子，其他的事她则很少想起。他对她温存体贴过吗？没有！他也许根本就不知道什么叫温存体贴，他不会惜香怜玉，还让自己流产，而且以后再也不能生娃娃。也许她有理由恨他,可是她不恨他。因为她是他的女人，更何况他给了她白米饭吃，让她成为大桃花村的女人。这些事她可以不恨他，然而有一件事她却不能不恨他。他抛下一切就走了，走得很干脆，说走就走了，可活着的人呢？怎么就不管不顾了！她恨他把这一切留给了她，也不管她能不能担负得起。可是她又怎么能去责怪一个已经远离这个世界的人呢？她坐在坟边胡思乱想，悲伤在慢慢淡化，也许是她的心里装的东西已经够多了，已装不下悲伤。

起风了,四周的野草被吹得东倒西歪。秀儿最后看了坟堆一眼,掉转头慢慢走下山去。下山的小路弯弯曲曲,时隐时现,似有似无,要让人走到跟前才看得见路径的方向和踩踏出的石窝。她不明白,这路为什么不明明白白地直通村子,让她能清楚地看到它,这样她就不会迷茫,不会焦虑。莫非她人生的道路也会变得如此扑朔迷离?她心中一片昏暗。

背后的青头山、锅盖山和白虎山在远处静静地注视着她的踽踽独行,那关切的眼睛里满是悲悯。

大憨下葬后,人们就很少提到他了,也许不需要太久,他就会在人们的记忆中消失。因为大憨毕竟跟他们扯不上什么关系。可对秀儿则不然,大憨撂下的担子可是实实在在的。以前他赶马车有两份收入:一是赶马车的补贴,另一份是给他记的工分。而他这一走,这两份收入全没有了。姑且不说收入的减少会给这个家庭带来多大的困难,单是没有了补贴,就没有办法给晓兰交学费,晓兰还怎么将书继续读下去?晓兰已经十四岁了,她小学毕业考上了安宁一中,她是这些年来村子里极少数能够读到初中的娃娃,怎么能让她中断学业呢?

在大憨去世后的那十来天里,秀儿每天晚上都要去队上的马厩里照料拉车的那两匹马。谁赶车,马就由谁照管。大憨不在了,队上还没有找着合适的人来接管,所以这事就落在了秀儿身上。马厩只有一扇小板窗,屋檐低矮遮挡了光线,里面显得阴暗。秀儿来时先将门大大打开,让光线奔涌而入,照得墙根角落都明亮亮的。她将草料撒到马槽里,再均匀地拌上蚕豆或苞谷粒。往往草料还没有拌好,两匹马的头已经毫不客气地伸过来,鼻子"呼呼"喷着气，急不可耐地吃将起来。秀儿不生气，用手抚摸着红棕色鬃毛分披的马脖子，饶有兴趣地看着它们你拱我、我拱你地争着吃。时间长了，秀儿觉得马也是通人性的，每每她一打开门，互相撕咬挤蹭的马便安静下来。她从大井岗挑来水喂它们，马喝够了便会用头去蹭她的手背，就像小娃娃在大人面前撒娇一样。她每天喂的草料主要是稻草。稻草长，得先用铡刀铡成一寸长短。这活也归秀儿，但是单独一个人做不成，有人负责铡草，还得有人从旁往铡刀下喂稻草。这喂稻草的事开始是由晓兰或者路玉来做。那铡刀已经有些历史了，刀口的锋线已磨损得有些弯曲，刀头的锁钉也叮当摇晃。或许是许久无人打磨，铡起草来特别费力。秀儿每次铡完草，总感到双臂酸痛，香汗淋漓。有一天她正在铡草的时候，诺希突然走了进来，对着秀儿"唔唔"发声，双手在胸前摆动，如泩水一般。那意思秀儿明白，就是叫秀儿让开他来铡。她稍作犹豫便把铡刀放下，蹲下身去接替路玉抱草喂铡刀。别看诺希腿脚不灵便，但双手使起刀来却毫不含糊，看他好像不怎么用力，可铡刀下去稻草立时寸断。不大一会儿，在"嚓嚓"声中，寸断的草料很快就堆积起来。适才，秀儿铡草时嫌热把外衣脱了，只穿了件粉色的衬衣，并且解开了领扣，白皙的脖子下面沟壑分明，虽然单衣罩身，但影影绰绰中可以想见她胸部的丰润柔软，足以让人魂不守舍。秀儿似乎觉得诺希动作变慢了，刀下得也不如原来干脆。以为他使尽了力气，想要歇息，便抬起头来看了他一眼，而这一眼却让她印象深刻。诺希的两只眼睛毫不顾忌地盯着她的胸脯，以前那浑浊的目光此刻变得异常明亮。目光如鱼在她胸前欢怡地缓缓游动。但诺希的目光里没有一丝淫邪的意味，更多的是欣赏和神往。秀儿脸皮一紧,下意识地用手拉拢领口,当她再抬起头来,只见他的目光已集中在铡刀上,脸色宁静如初。而秀儿却产生了一丝莫名其妙的遗憾,遗憾什么?她不知道。

秀儿去催老队长,赶快找个赶马车的人。她已经催了好几次,每次去找他总是说:"急什么,在找哩。"嘴上说在找,实际却没有动静。秀儿觉得老队长是在敷衍自己,好像他压根就不想找,她不明白老队长到底存的什么心思。直到有一天桂珍偷偷告诉她,以前有些人早就觊觎大憨的位置,可大憨出了事就都缩回去了,家里的婆娘都极力反对,说这车马不吉利。老队长口水说成丸药也说不通,所以老队长也没办法。秀儿知道了原委,整整想了一夜,第二天她跑去找老队长。大清早,老队长呃着烟锅刚要出门,被秀儿拦着,她说:"马车不能闲着,没有人赶我去赶。"她话音不重态度却很坚决。老队长定在那里,瞪着眼睛像看怪物,烟嘴含在嘴里久久吐不出烟来。秀儿抱着手不说话,静待老队长的答复。老队长许久才回过神来。"没听说过——"他说。这倒是实情,不要说大桃花村,八乡四镇又有谁听说过女人赶马车的。"女人不行——"他又补充道。"咋个不行?""你不怕?"怕什么他没说,可秀儿明白。"我不怕!"看来秀儿早有准备。老队长突然发起脾气来:"莫给我嘴硬,去问问你妈。"可秀儿知道,无须问也不用问,她就知道大憨妈的态度。她想不出大憨妈何时对自己的决定有过不同的想法,更不要说对她的任何决定表示不满了。她的宽厚、包容、理解,总是让秀儿感到宽慰却又暗自心痛。"不用问了,我知道。"她说。老队长缓了口气:"这马车你赶不了的——""咋赶不了?没吃过猪嘎嘎,难道还没见过猪走路?"老队长猛吸了几口烟，烟火已灭，再吸不出烟来，他抬起脚，将铜烟锅在鞋底下狠狠磕了几下，才说道："小心点，马会咬人的。"

马才不会咬秀儿呢。第二天一大早，秀儿将喂饱了草料的马牵出马厩。给夹杆马套上马笼头，配上马鞍鞯，勒紧兜肚皮条，车杆套进吊在马鞍两边的皮条扣里，给马脖子套上马糠包再架上夹棍。带马从旁使力，因此不配鞍鞯，只需套上马糠包和夹棍。秀儿常看大憨套马车，对这一套程序早已了然于胸，头天晚上她又反复温习了几遍，因此操作起来毫无阻滞，犹如"老驾"。她将缰绳和刹车绳整理好，便丢了两个草料包到车上，还带上一个旧帆布包，里面装有她和晓兰的午饭。晓兰嘟着嘴磨磨蹭蹭地出来。或许是对秀儿赶马车的事颇有想法，又或者是对读书已经厌倦，反正她做出一副极不情愿的样子，不过她什么也没说。秀儿没有去理会她的情绪，她今天要开始去尝试做女人们从没有做过的事，尝试着去感受这种事情给她带来的挑战，更重要的是，她要让整个生活不要因为大憨的离去而中断，不管怎么说她已经没有别的选择。

她今天的心情有种莫名的兴奋和激动。她看看天，天很凑趣，无垠的天空蓝茵茵的，残月挂在天边如镰如钩，还在柔柔地亮着，离它不远的启明星还在浅浅地闪烁着，太阳从青头山背后升起，为青头山、锅盖山和白虎山披上一层霞光。路边的火把果和苦刺花挂着一层薄薄的清霜，在晨光风影中，透着细碎的晶莹。上路前秀儿发现夹杆马似乎和她一样兴奋和激动，它的头不停地摇摆，马蹄刨着地面，也许是它被关久了，总向往着路上的奔驰。秀儿不想看到它过于兴奋，于是轻轻拍打着马的脸颊，抚摸它那滑润的皮毛，揉揉它那直竖的耳朵，与马那圆睁睁的眼睛对视着，似乎在进行着情感的交流。很快，马安静下来，翘起尾巴放了一个很响的屁，叉开腿舒舒服服地撒了一泡长长的尿。秀儿坐在马料包上，缰绳轻抖，马便轻盈地迈开脚步。

秀儿赶着马车进城，她实在不想引起别人的主意，然而她发现她根本做不到。她刚一进城，立马就变成一道奇特的风景。一个俊俏的女人站在马车上，一手持缰，一手挥鞭，在马蹄声中傲然而过。这是一种什么样的让人惊异的图景！马车所经过的地方，人们无不驻足而观，带着各种稀奇古怪的神情，指指点点，发出"呜哇"的喊声。秀儿知道他们会想些什么，会说些什么，她不加理会，只是催促着马快速驶过。

来到锅厂，她停下马车就去找小齐。听大憨说起，小齐已经当了副厂长，厂里的生产和运输都归他管。小齐已经成熟了许多，见到秀儿感到很意外。他已经知道大憨摔死的信息，但没有想到竟会是秀儿来顶替他。"想不到——"一见面他就说，停了停他发出一声叹息："可惜！"秀儿不明所以。小齐也不解释叫来调度员，调度员要秀儿将农具等铁器送到温泉供销社。秀儿将马车停到车间门口，自己进去抬那些需要运走的铁器。巨大的车间跟秀儿以前看到的一个样，几乎没有什么变化：一样的小炼铁炉，一样的又灰又脏又乱。她曾经帮他们收捡清理过，为此她还第一次得了两角钱。可现在车间又恢复了原样，甚至比原来还要灰，还要脏，还要乱。仔细想想，距那时已经过去了十多年，仿佛这十多年的时光都停止了，一直保留着原来的样子。不过也有一点变化，那就是原来车间里隔起来的那两三间小屋子已拆了，另外在车间外靠围墙的地方盖起了一座两层楼的红砖房，仅此而已。锄头、镰刀、钉耙、包括铁锅都用稻草绳三件两件地捆好，抬起来方便了许多。只是这些铁器打磨马虎，毛刺往往磨不干净，极易伤手。装了一半，手指已满是划痕，火辣辣地痛。这时从厂门外开来辆解放牌的大卡车，在车间前调了个头，倒着车开到车间门口，后车厢板放倒，车上跳下两个人到车间里搬货。倒车的时候几乎擦着马车，轰油门的声音让马惊恐不已，拽着车厢就往旁边躲。秀儿见状赶快跑去抱住马头，拍打脖子让它安静下来。想到马车曾经出过事故，不禁鬼火直冒，她骂道："瞎眉倒眼的，车都不会开。"话音刚落，驾驶门打开，下来一个四十来岁的司机，穿着一身不灰不白的劳保服。他前额宽阔，双唇有浅浅的胡须，眉眼还算得体，没有什么过分的地方。让人不会轻易忘记的是他身上散发出的成熟男人所特有的那种魅力。他几步走到秀儿面前冲着她说："你骂我？"秀儿偏着头斜着眼睛："骂你又咋样？"他突然问："马车是你的？"秀儿挺起胸，将抱来的铁锅码进车厢里，她根本不屑于回答。"新鲜了。"他又说，并且意味深长地打量着秀儿。"无聊！"秀儿不给他好脸色。"你这个小婆娘好话都不会说两句，就会骂人？"秀儿刚要回敬他，却突然有所警觉，眼前这个人好像是在兜着豆子找锅炒，存心不良。她实在不想在赶马车的第一天就破坏自己的好心情，便不再理会他，转身去抬那些铁器。那人似乎不恼，等秀儿回来时便丢了副帆布手套给她："抬这种东西要戴手套，懂不懂？"那口气像在教训一个不懂事的屁娃娃。秀儿不理不看，转身就走。谁知那人跟着她进了车间。秀儿刚想抬剩下的铁器，那人拦住她，以不容反驳的口吻说："一边待着，我来抬！"边说边抱起两捆钉耙往外走。

秀儿傻傻地站着，不知如何是好。她压根儿不想听他说话，她凭什么要听他的话，可笑！她很想去骂他，让他滚蛋，她才不稀罕他帮自己呢。心中虽然坚定无比，可她却没有挪动半步，眼看着那人把剩下的抬完。

当秀儿赶着马车离开的时候，她始终避免跟那人的目光接触，她发现那人的目光能透过自己的眼睛，将自己的内心看得通透，这让她感到恐惧。那双手套还丢在车上，她没想去还他，人家帮了她的忙，她也没有说句道谢的话，她甚至不知道他的名字，可为什么要知道他的名字呢？

第十一章

　　自打她在账册上签上自己的名字那一刻起,她就是那片田地的主人了。祖祖辈辈靠种田为生的人,无不盼望着有属于自己的田地。现在有了,她应该感到高兴,然而她却高兴不起来。

下晚的时候，微蓝的阳光倾斜而淡薄。尽管依然春寒料峭，那些路边的苦刺花和迎春柳已经新芽初绽，不消几天便会花满枝头。不管时节怎样轮回，春暖花开的时节总会如期到来。

马轻快地小跑着，马头微偏，马鬃轻拂，一派潇洒模样。回家的路不知走了多少遍，不要说弯弯道道上坡下坡，就是路上的每条车辙，每个坑洼秀儿都记得清清楚楚。她放松缰绳任它走，不用操心。今天是星期六，她顺便到学校接晓兰一道回家。晓兰自打上初中就开始住校。学校要上早晚自习，不能还早早晚晚往家跑，母女俩每星期才能见上一次面。见面的时间少了，按理说晓兰应该有很多平时积攒的话要跟秀儿讲。讲什么？讲学校，讲老师，讲同学，讲高兴或者不高兴的事，不管讲什么秀儿都喜欢听，也巴望她讲。一个星期发生的事一定很多，一星期攒下的话也一定很多。可是晓兰打住校以后话反而少了，似乎学校的一切引不起她的兴趣，又或者是中学生了，长年龄长见识，比小学生懂的东西多了，学会了隐蔽自己的心思，开始揣摩该说或不该说的话了。不过晓兰对秀儿话变少，不等于她对别人也一样。她在家里，对路玉、对大憨妈，甚至对诺希话都多，又好像变回小学生，没有那么多顾忌了。秀儿不以为怪，自己成天忙里忙外，忙进忙出，能坐下来跟她单独相处的时间本来就很少，话自然就会越来越少了。自打晓兰坐上车的那一刻起，就双手将书包抱在胸前，一副怏怏的样子。村子里的人都说晓兰像秀儿，她不仅继承了秀儿的眉眼，也传承了秀儿的冲闯能干。她能把自己收拾打扮得清清爽爽，两条小辫梳理得顺顺溜溜，漂漂亮亮，有时候衣服扣子掉了，裤子挂破了，她都会找来针线自己缝上，自己补好。她无意间将挎额前被风吹拂的柔发总让人感到有几分早来的成熟。她刚坐上马车时曾喊了一声"妈",并看了秀儿一眼,那神情似乎是有话要说。秀儿等不到下文便责备道:"跟你妈说话直道点,用不着吞吞吐吐的。"晓兰脸色有些不自然,她不再说话,别过脸向远处望去了。晓兰不说话倒是有人说话了,那是阿玉。秀儿是在街子上碰到她的,她难得要回家,顺便搭上了秀儿的马车。秀儿看得出她今天有着毫不掩饰的高兴,脸上的笑意犹如碗里的水要漫边溢出。倒不是刚好赶上回村的马车,少走了四公里多路,而是她终于碰到了天大的好事,由不得她不高兴。秀儿记得许久没有见到她了,据说她爹为了收她的心,为她找了个女婿。那个人是四川来此地做木匠活的人,在她家打了七八天的家具,吃住在她家,这个人很得她爹的赏识。她爹说那个人又老实又勤快又能干嘴又甜。她爹动了心思,想招那人为上门女婿。那人自然是求之不得。阿玉回家后,她爹严正警告她,再乱跑就打断她的腿,到时候别怪当爹的心狠。她不敢心存侥幸,老老实实在家待了几天。那木匠一歇下来便找机会接近她,千方百计讨她欢心。她哪里瞧得上他。可是那木匠如粘粘草般粘着她,甩都甩不脱。她不堪其扰,恨他的脸皮如城墙一般厚。一天清晨她去挑水,木匠又殷勤地跟到大井岗,阿玉趁他不防备,将他推到井里,然后扔下水桶就跑。木匠爬上井沿大叫:"阿玉谋害亲夫——"这事在村里传为笑话。阿玉直到那木匠离开她家才回到村里。秀儿觉得阿玉敢爱敢恨的性格跟自己倒有几分相似,谈起话来也比较投缘。阿玉趴在秀儿耳边说,她要去当城里人了。说罢眉飞色舞,手脚都不知如何安放,尔后又忍不住自顾自地笑起来。看着秀儿一脸疑惑的神色,便又说她这次回来就是来打证明转户口的。秀儿道:"真有这种好事?"阿玉自豪地说:"那当然!"接着她为了证明自己所言不虚,便将事情的来龙去脉讲了个清清楚楚。原来有个工人爬电杆检修电线时,不慎从十来米高的电杆上摔下来,摔伤了脊椎,落得半身瘫痪。他老家在昭通农村,昆明无亲无戚,而且四十多岁了仍是孑然一身。为了照顾他,厂里决定为他找个女人。城里自然不会有人自愿来服侍这个只有半条命的人,并陪他过没有希望的日子,大约只有农村的姑娘才有这种可能。为此厂里开出条件:愿意跟这个人结婚的,可以将农村户口转为城镇户口,招为昆钢的工人,每月发工资,且不用到厂里上班,她的工作就是服侍这个人。阿玉听说这事,迫不及待地找到厂里人事处报名。那时她连那个人长什么样子都没有看过一眼。"管他什么样子,反正我又不陪他睡觉。再说他想整我他也整不动。"一个大姑娘的话比过来人还要说得出口,秀儿真对她刮目相看了。秀儿觉得那个人四十多岁了,阿玉大约刚进二十,两人年龄悬殊,那个人是不是太老了一些?"管他老不老,死了又重找,再说那时我有城镇户口,还拿着工资,找个年轻的有什么困难?"原来她早就盘算过了。秀儿叹了口气,为了要个城镇户口,要付出那么大的代价,赔上自己的青春年华,值得吗?"这算什么?就算变狗也要变到城里,城里的狗好歹有根骨头啃啃,农村里的狗只有去吃屎!"她的这些话,秀儿反驳不了她,但心里却悲凉悲凉的。她无意中看了晓兰一眼,晓兰一声不吭,神情专注不知在想什么,似乎什么都没听见。阿玉说完,兴奋劲也过去了,便一时沉默下来,只有马蹄扣在路上发出的单调钝响。车过塘房村,靠近路边的一块打谷场上,一只大黄狗将几只在场上啄食稻粒的老母鸡追得四处逃散,乱草横飞,尘土飞扬。石子坡两边田里的蚕豆已经有筷子高了,绿茵茵的一层一层。阿玉忽然不无遗憾地说:"我走了,家里要少分一个人的田地了。"秀儿不知道她说的什么。阿玉奇怪了:"你天天往城里跑,莫非没有听说要分田到户了?兰家庄小菜园都已经传达了。"

听了阿玉的话,秀儿一方面为自己的孤陋寡闻感到害羞,另一方面心里也变得忐忑不安起来。她从来没有想过分田到户,而今突如其来听到这个消息,除了震动就是茫然。她并不因此而感到高兴,感到欢欣鼓舞,反而有些害怕。晚上给马喂上草料后,她去找了老队长。老队长在堂屋里的火塘边和张发正在谈论什么问题,张发比手画脚,正在犟甩甩地强干。老队长烟杆不离嘴,偶尔说上几句,然后又不急不恼地听张发扯白。秀儿径直跨进堂屋喊了声"阿爷"。目光一转,瞟了张发一眼:"哎呀,张会计也在?"老队长见是秀儿,踢了个草墩给她。秀儿不坐,她说:"阿爷,我有些事要问问你家。""哪样事?""听说要分田到户了,可是真的?""谁说的?""城附近的好多村子都传达了。""我们村也快要分了,这不,我跟老队长正在扯这件事情。"张发用讨好的口气插嘴道。秀儿不看他,仍然问老队长:"分了田地,那就不用出工了?"老队长奇怪她怎么会有这么幼稚的问题,不过,他还是心平气和地说:"自己干自己的活,队上不出工。""没有工分了?"老队长喷了口烟:"以后不会再有工分了。""也不分口粮,不分红了——"秀儿像是自言自语,叹了口气。"分田到户,让社员自己去种去管,收多收少,交了公余粮剩下的都是自己的。"老队长耐心解释。"也就是说犁田耙地,栽秧拔秧,割谷子点豆,背粪薅草,样样我都要做——""那当然啰！"张发又接嘴了。"好多活都是男人做的，我一个女人家怎么做？"张发突然不怀好意地笑起来："找个男人帮你做。"老队长说："马车是男人赶的，你不也赶了吗？"秀儿心里稍有安慰。她来找老队长就是要落实分田到户的消息，好早些做打算。因此一旦得到证实，她也就不想逗留。

回到家里，大憨妈还坐在火塘边纳鞋底，灯光昏暗，自大灯泡坏了以后，大憨妈就将它换成个小灯泡。她眼神不好，针戳得很慢，缝得很吃力。秀儿没把分田到户的消息告诉她，在她没有彻底弄清楚想明白之前，她不想让大憨妈无谓地担心。可是大憨妈却主动对她提起了这件事。她很小心地告诉秀儿，队上的干部已经开了几次会，还带着小本本满田满地到处画。有人说马上就要分田地了。她担心，家中男人都没有一个，这田怎么种？说罢满脸愁容。秀儿不忍心看到她的愁容，便安慰她，别人家怎么做，自己也怎么做，大活人总不能让尿憋死。话虽说得很有志气，但对着突如其来的变化，不论平日里碰到棘手的事如何淡定从容，此刻，她一时竟也无所适从，心中无底无数。从前干活，什么时候该做什么，队上会安排，队上的活计百十种，哪些活归男人做，哪些活归女人做，哪些活男人女人都能做，队上也会调配。她已经习惯了队上的指挥分派，服从就好，根本用不着去动这个脑筋。现在队上突然什么都不管了，什么都得自己来管，来拿主意，事无巨细都要自己做主，想想心里就发怵，她怎么顾得过来呢？她又怨恨起大憨来，手一甩自顾走了，留下这一摊子事让自己承担，自己的肩膀真那么硬？又不是铁打的。然而，怨恨又有什么用呢？

大憨妈上楼睡了以后，秀儿毫无睡意，独自坐在火塘前拨弄着未烬的炭火。冷风从敞开的门外吹进来，对面的小屋不时传来诺希的咳嗽声。她只穿了一件单衣，无法抵御凉意的侵袭。她用火钳将那些还红着的火炭磕磕灰，然后一块块聚拢，再小心地架起，她要让炭火吐出明亮的火焰，带给她温暖，她也需要可以排解苦闷心情的愉悦，她抬起头，可屋里一切都充满了阴郁。不知从哪里飞来几只灰色的蛾子，殉难般地扑向灯泡，发出"叮叮"的声音，灯泡的灼热也未能阻止它们这愚蠢的举动。

　　门外有人喊，秀儿抬起头，门外走进一个人来，秀儿一见便心生厌恶，脸也垮下来。谁知来人却满脸堆笑，不待秀儿问话便先解释："队上叫我来给你讲讲分田到户的事情，你在外面赶车，好多事你不晓得。"说罢不待秀儿表态便走到火塘边的草墩上坐下，倒把秀儿弄得不好发作。来人是张发，见秀儿不吭声，手中的火钳仍在拨弄火塘中的木炭，他耐心地继续说下去："分田到户嘛，这是中央的政策，分也要分，不分也要分，咋个分呢？队上经过测算，全村不分老小，只要是个人就要分，每人分田三工（两工半为一亩），分地三分。像你家有三口人，哦——不，是四口人，分田十二工，分地一亩二分。田地呢好丑搭配，远近搭配，哪家都不吃亏。为了防止扯皮，全村分成四个组，田地也划分成四片。不是你想进哪个组就进哪个组的，主要靠抓阄决定。"张发很会讲话，几句话就把分田地的办法讲明白了。据说，以队长为首的分田到户领导小组已经多次开会讨论，基本方案已经确定，就等最后召开社员大会公布。张发先行将具体内容向秀儿透露，因他极想让秀儿心存感激。"马车咋个整？"秀儿突然问，这是秀儿最关心的事情。"马车？你还想赶？"张发笑了。秀儿偏过头看着他。

"马车你怕赶不成了,再说女人赶马车也不合适。"张发装出同情的样子。"到底咋个整?""马车和牛,还有犁耙家什作价卖给社员,那架马车连车带马八百块钱。"张发故意将"八百块钱"四个字说得特别响。秀儿的心沉了下去,一脸绝望:"八百块钱,哪个买得起呢?"张发看着她,露出幸灾乐祸的笑容。"如果,如果没人买得起呢?"她小心地问。"照现在的样子,队上先找人赶着。"秀儿仿佛从茫茫黑暗中看到了一丝曙光,像要沉溺的人抓住了一块木板,她有太多的理由需要这一份工作了,只要没有人出得起这个价钱,她起码还有机会去争取这份工作。她知道,眼下她不能得罪这个人。张发是何等人物,他一眼就看出了秀儿的心思。他将草墩挪近秀儿。秀儿不动。"你家没有个男人——"秀儿不语。"好多事情不好整——"秀儿低下头。"不过呢——"火钳碰到火塘发出响声。张发不放心秀儿手中那把火钳。"我会帮你。"一边说一边从秀儿手中拿过火钳,放到秀儿手够不到的地方。然后似乎无意地将手放到秀儿的大腿上来回抚摩。秀儿将他的手拿开说道:"放规矩点!"她压低了声音,怕惊动了楼上的大憨妈。张发自然看出来了,他一脸坏笑:"规矩?哪样规矩,我不懂规矩。"说罢就去拉秀儿的手搂秀儿的腰,秀儿挪开草墩:"我要规矩!"张发张开嘴,露出一口黄牙,他邪笑着说:"莫假装正经了,天底下哪个女人不想男人?面对空床,你怕早就按捺不住,盼着有个男人来搂抱你了。"说着双手做了个搂抱的姿势,十指箕张,似乎要把秀儿紧紧攥在手里。"真不要脸,你不怕我去告诉你婆娘?"话刚出口,秀儿立马就后悔了。"那个黄脸婆我早就不想要她了。"张发说着更加肆无忌惮起来,左手去摸秀儿的胸脯,右手伸进她的衣服去摸她的背脊。左手由下向上,右手由上往下。秀儿避无所避,双手挥挡,护得了前面护不了后面。张发正欲得寸进尺之际,突然有两只大手按在张发的肩膀上。张发一抬头,只见一张丑陋阴冷的脸对着他,脸上明明白白地散发着冰冷的杀气。张发如见鬼魅,惊叫一声,一股凉意从头冷到脚,满腔的欲火顿时消失殆尽,将要得手的一番好事也立刻灰飞烟灭。待他看清来人是诺希之后,顿时鬼火直冒,手握拳头在诺希眼前晃动:"你这个狗日的丑八怪,坏老子的好事,看老子不整死你!"诺希不说话,脸上依然一脸肃杀之气,让人看着胆寒。"你好好给我等着!"张发撂下这句威胁的话后悻悻离去,诺希没有看秀儿一眼,一言不发地瘸着腿也跟着张发离开,隐没在门外的黑暗里。

秀儿弄熄火堆,站起来拉抻衣襟,关门上楼走进自己的屋内,心中说不出的憋屈,只想伏在床上痛痛快快地大哭一场。

分田到户的方案公布了,一如张发所说,秀儿通过抓阄被分到第三组,三组总共十八户。队上已经根据这十八户人家的不同人数将田地划分成了十八份,再凭抓阄得到选田地的先后顺序,最后将各家各户选好的田地登记定桩确认。至于各家各户按人头分的田地数跟实际数不能尽数吻合,相差个一沟一埂,一尺两尺,大家都很包容,吃亏占便宜都不再计较。秀儿带着路玉来抓阄。阄就是小纸片,将数字写在小块的牛皮纸上,叠成四方块装在一个木头箱子里,众人依序先后去抓取,结果好坏各安天命。路玉看着新奇好玩,就说他想去抓。路玉平时绝少主动提出什么要求,难得他这次提出,大憨妈不待秀儿表态,便急着答应了。大憨妈急迫的态度除了前面提到的原因之外,还有一个原因,那就是人们都认为娃娃心地纯洁，双手干净，容易抓到好阄。秀儿本有此意，无奈不知路玉的态度，又不好强迫他，现在路玉主动提出，她哪有不答应之理。

　　从开始分组到田地分到户的整个过程需要抓三次阄。第一次确定归哪一个组，第二次确定第三次阄的抓阄顺序，第三次选定属于自己的田地。因此第三次抓阄极为关键，也最为重要，但是第二次抓阄所定的顺序越靠前，选择好田地的机会就越大，所以第二次抓阄也格外受到重视。

　　抓阄的现场设在村里的小礼堂里。小礼堂建在村头的秧田边，与村子里的供销社隔路相邻，小礼堂由土墼砌墙，灰瓦铺顶。这座小礼堂在秀儿嫁到大桃花村时就已存在，如今已有些年纪。常年的风吹日晒雨淋，外墙上的土墼已不成型了，草筋裸露，更有大小蛛网屋檐盘结。两扇已歪斜的大门，勉为其难地担负着守护之责。礼堂内，曾用石灰刷白过的墙壁，如今已斑驳不堪，更因天冷时开会生火，屋梁瓦片烟熏火燎，漆黑如墨。进门的左边有座三尺来高的土台，原是戏台，后作为开大会时的主席台。礼堂虽小，但唱台花灯小戏或开个会，容纳百十个人倒不成问题。三组的十八户人家全都来了，各家各户聚坐在一起。礼堂门大开，但也弥补不了里面光线的不足，因而台上台下各有两只一百瓦的灯泡，将里面照得通亮。土台上摆放着两张条桌：一张上面摆放着一只两尺见方的木头箱子，上面有盖。箱子做工粗糙，外面用写对联用的大红纸糊了一圈，犹如投票箱一样，非常显眼；另一张桌子摆放着厚厚一本登记田地的账册和一张一尺来宽、三尺来长的牛皮纸，纸上写着田地的位置和面积，老队长和张发坐在后面。旁边还有两条凳子,坐着分田到户领导小组的成员,他们履行着监督之责。这阵势多少让人感到紧张。来的社员一改以前开会时的随意和懒散,不再旁若无人地嬉笑打闹、进进出出;或者纵容大小娃儿窜前窜后;或者男人们把大烟筒"咕噜咕噜"吸得贼响。他们都管束着自己和身边的人。大家的眼睛都盯着桌子上的红色箱子,心中掂量着自己的运气。更有人在自己的手指上吐唾沫,不停地擦拭。

老队长的长烟锅在桌子腿上响响地敲了几下,声如号令,现场顿时安静下来。张发按名册上的顺序点名,让各家各户的代表到箱里抓阄。抓阄的规矩在第一次抓阄分组时已然明确,不用再解释,大家照做就行。抓到阄的人并不一定当场开拆,而是和家人一起当面郑重拆开。不管运气好坏,都想和家人同一时间一起感受。轮到路玉上场,他刚走出两步便回头看着秀儿,显得稍有犹豫胆怯,但他看到的是秀儿一脸的亲切和满满的信任,才放心走到箱前,手伸进箱里很快抓取后跑回,将阄递到秀儿面前,秀儿让他交给大憨妈,大憨妈笑意深深让路玉自己拆开。路玉手指伸缩,想拆却又不敢拆。"拆吧,不用怕!"秀儿鼓励他。路玉小心地拆开。"是一号!"他惊喜地叫,脸上顿时犹如桃花盛开,平日里很少见到他如此高兴的样子。秀儿确认后,替他搓搓手,鼓励他乘胜追击,待会儿再去第三次抓阄。十八户人家很快确定了最后一次抓阄的先后顺序。当张发将阄装进木箱,并抬起木箱用力地摇晃几下再放到桌子上,宣布第三次抓阄开始时,路玉已不再羞怯,而是很自信地第一个走到箱前,毫不迟疑地从箱中抓出第一个阄,返身跑到大憨妈跟前,仍然小心翼翼地拆开。"十六号——"他刚念出号数便待在当场,鼻子扭曲,一脸沮丧,眼泪立即涌出,手中的阄掉落于地。大憨妈一把拉过将他抱在怀里，不让他哭出声来。"十六号"意味着全组的人家已经基本选完，才轮得到他们去选，而到那时候几乎选无可选了。果不其然，当秀儿到张发前面的牛皮纸上选田地并在账簿上签名的时候，她看到她们四人户的田已是最后一块，别人不要的就是他们的，她的确已经选无可选。他们的田分在艾基米尔。艾基米尔是白族话，意思是最远的地方，位置在赵家坟的山脚，与小河边的田块相邻。这里是有名的沟尾田，明朗水库的水顺沟渠流到沙河，经沿途的村子层层截留，再经小桃花村流到大桃花村，水已剩半沟。再流到这里，河水已成涓涓细流。不栽秧还好，一旦放水栽秧，要等到上游的水田全部将秧栽完，水才有可能流到这里，有了水才能整田栽秧。以前大桃花村还分三个队的时候，每逢栽秧时节，各队都要白天黑夜派人守水，以避免别队的人挖开水口偷水，为争水打斗的事时有耳闻。尽管秀儿为今后的栽秧发愁，但这里的七八工田无坡无坎是连片的，便于耕作，更何况另外的三四工田在离村不远的坝塘下面，这里的田就不愁没水了。这让秀儿的心稍有宽慰。分的地在村后，离她们住的地方不过十多米远，做活也方便。这一远一近，大约是领导小组精心搭配的结果。面对这个结果，秀儿自然不会去怪罪路玉，其实不管什么结果她都不会去责怪路玉的。她拉过路玉，替他擦干眼泪，在他的鼻子上按了一下，声音平和地笑着说："你看，人家都替我们选好了，我们选都不用选，省得提心吊胆，这不是很好吗，是不是呀？"路玉看着秀儿，他没有看到秀儿脸上有丝毫不高兴的样子，娃娃是最容易相信别人的，他相信了秀儿的话，还天真地认为阄上那些字都是无关紧要的。他拉住秀儿的手，老小三人离开了礼堂。

礼堂外朗日当空,秧田水波潋滟,阳光犹如万千散金碎银撒在水面,亮光闪烁,村前沟水清澈,水声潺潺,高大虬结的黄楝茶树枝叶苍翠,在路上印上斑驳的树影。眼前美景如画,然而却丝毫引不起秀儿的关注。自打她在账册上签上自己的名字那一刻起,她就是那片田地的主人了。祖祖辈辈靠种田为生的人,无不盼望着有属于自己的田地。现在有了,她应该感到高兴。然而她却高兴不起来,她没有看到晴光明亮,反而感到迷茫,她不知道前面的路该怎样走。犹如砍柴时下山的小路,弯弯曲曲不知指向何方。而今她唯一明白的是什么都靠不住了,一切的一切都只能靠自己。她突然感到背负如山重。

横梗在秀儿心里的事还有马车,不出秀儿所料,马车折价太高,没有人能拿出这么多的钱。不过听说有人要求分期付款,给些时间去凑钱。马车虽然一时没有卖出去,却也没有再安排秀儿继续赶马车,马车就这么不明不白地闲着。晚上她去马厩喂马,这是她最后一次喂马了。自明天起,队上另找人来喂它们。她一走近马槽,马便摇头扇耳,尾巴高翘,马蹄刨地,还不住地嘶鸣,犹如小孩见到父母般欢悦。以前这个时候,她会拍拍马的额头,摸摸马的鼻子,以表示对它们的喜爱,然后给他们喂水和拌草料。今天她双手捧着一捧苞谷粒,让马用柔软的嘴唇将苞谷粒裹进嘴里,牙齿如磨盘,将苞谷粒嚼得"咯嘣咯嘣"响。吃了几嘴,马便不吃了,瞪着眼睛看着她,或许是秀儿反常的举动让它们知道她今后不会再来了,从而表现出一副恋恋不舍的样子。秀儿往草料里多放了些苞谷粒,往水槽注满水,然后强忍着不再理会它们,走到门外关上门。今后她也许永远不会再去赶马车了，一念及此，心中便一片惆怅，不由自主地叹了口气。

她抬头看看天，新月如钩，繁星满天，明天又将是一个艳阳天。地里的麦苗即将分蘖，是该椎麦子了。

第十二章

  是的,她解放了,浑身轻松。她抬头看看蓝天,天空有鸟儿飞过;看看青头山,它撩开云雾的轻纱露出青翠容颜;看看沙沟水在欢快地流淌,流到田边的沟里,流进小河,再汇集到螳螂川里。她高兴水的流淌,她喊道:流了,流进大河里了!她的眼眶竟然有些湿润。

一亩二分地的麦子两天就椎完了，秀儿和大憨妈从早上太阳还没露头便扛着木榔头来到地里，除中午回家吃饭外，要一直椎到太阳落山。路玉下午两三点钟放学后也会跑来帮忙，路玉已经十岁出头，但身形瘦弱，手脚远未长成能挑轻拿重的样子。但如今分田到户了，他却要帮着做活，承担起自己能够承担的生活责任。椎麦子就是用长柄的木榔头将地里的大块土垡子敲碎推平，这样有利于松土保墒，更重要的是有意摧残麦苗，抑制其生长的势头，促使其分蘖，增加苗数，进而增加产量。秀儿在椎麦子的时候感到恼火，椎得十分吃力。没耙碎的大土垡子太多，地也没耙平整，坑坑洼洼的。这是犁地耙地的人偷懒的结果。他们没有在耙地时多耙几遍，把大土垡子耙碎耙平。地不平，撒麦种就会不均匀，地里长出来的麦苗就稀疏不齐，有的地方密，有的地方稀，就像癞痢头上的头发，东一撮西一撮的。还有他们犁地也弄虚作假，犁些"猫盖屎"，盖住的地方没有犁过，椎也无法椎。田头地脚经常犁卯，犁卯的地方不长庄稼只长草，所以地会越种越小。秀儿以前经常从地边经过，却几乎没有关注过它，要不是这块土地归属自己，大约也不会去发现那么多的问题。今年节令已过，不能够重新翻地耕种。来年不管谁来帮她犁地耙地，她都要来守着，要让使牛的不能把地犁卯了，而且还要耙得平平整整的。她会把麦种撒得均均匀匀，让秋天有个更好的收成。秀儿为以前对地的怠慢和漠不关心感到惭愧。虽然秀儿以前做活从不偷奸耍滑，但她却从心里承认，现在做活和以前相比还是有很大区别的：以前做活好像是替别人做，为生产队做，现在做活是为自己做；以前你不做活有人做，现在你不做活没人帮你做。你可以像以前那样做活偷奸耍滑，出工不出力，不过人哄地皮，地哄肚皮，那纯粹是自己作孽罢了。

接下来的几天里，她把猪圈里的粪全部背了出来。她一个人又挖又装又背，粪背到地里挖个坑沤起来。把地周围的荒坡荒埂铲了一遍，将铲下的枯枝败草烧成草灰堆起来，撒秧和种苞谷时备用。守了几夜水将田里的蚕豆浇了一遍，还将坝塘下面的田辟出半工，改作秧田。这块田因为在坝塘脚，长年浸水，豆长不好。她将稀稀疏疏的蚕豆割掉，放水泡着。她高卷裤脚，手挥板锄，开出沟来，再垫高田埂，然后挖开水口放水进来。一顿饭的工夫，水先淹没她的脚踝，顺着脚杆慢慢爬升，凉阴阴麻酥酥的。她喜欢这种感觉，一早上的劳累都融化到这种感觉里。秀儿跳上老埂，看着太阳照耀下的水面，水波轻闪，光影明灭，突然有一种做主人的自豪感油然而生。她站在这块属于她的土地上，通过辛勤耕作，她可以在这块土地上获取她赖以生存的粮食。她怎么做，何时做，做好做坏，无须去看别人的脸嘴，也无须枉受别人的威胁。她想做什么就做什么，她高兴在哪里做就在哪里做，再也不用受别人的管辖。她惊喜地发现，以前曾经捆绑着自己的绳子解开了，悬在自己头上的紧箍咒消失了，原来自己的命运被别人掌管着，现在自己的命运操控在自己手里，她有一种被解放的感觉，是的，她解放了，浑身轻松。她抬头看看蓝天，天空有鸟儿飞过；看看青头山，它撩开云雾的轻纱露出青翠容颜，看看沙沟水在欢快地流淌，留到田边的沟里，流进小河，再汇集到螳螂川里。她高兴水的流淌，她喊道："流了，流进大河里了！"她的眼眶竟然有些湿润。

又过了几天，秀儿把能想到的该做的活计都抓紧做了。现在是农闲的时候,离收割蚕豆小麦和犁田栽秧同时进行的大忙季节还有些时日,这些日子不能让它们轻易流逝,她要进城去,她早该进城去了。她起个大早,将不多的几个鸡蛋拾到小篮子里,收拾打扮一番,跟大憨妈说上一声就清清爽爽出门了。她一踏上村前的石板路,明亮清丽的景色也拖不住她的脚步。到了安宁城边官厢街街头的魁阁,才发现自己似乎走得比往常要快许多,好像是村子到县城的距离大大缩短了似的。

她径直走到锅厂找到小齐,将鸡蛋送给他,以感谢他一贯的关照。小齐推辞不要,但由于秀儿的坚持才收下了。她告诉小齐,她已经不赶马车了,她来是想看看有没有适合她做的工作。她直来直去,对眼前这个多次帮助她的人,她没有必要遮遮掩掩,扭扭捏捏。小齐眉心微皱似乎感到为难,他还是告诉秀儿,现在他们厂不太景气,还在裁人,不过有一个厂倒是要人,但是——他扶扶眼镜摇摇头:"那工作怕不适合你。"秀儿一听面带喜色,抢着说:"我什么都能干!""你先去看看,不过我觉得你最好别干。"小齐带着秀儿来到距锅厂不远的一个小水泥厂。进了水泥厂的车间,秀儿才明白小齐为什么要她"最好别干"。这个厂的水泥车间远没有锅厂的高大气派,给人的感觉是窘迫寒碜。进入车间,迎面是两个一人多高竖立着的粗大水泥罐,状如圆锥。锥底有四个出口,成品水泥从里面放出装袋。四个工人各守一个出口,忙着套袋灌水泥,然后封装。装好的水泥由搬运的工人背走,或装车或背到二三十米开外的储存库存放。整个车间到处都是水泥的青灰色,到处都是水泥的味道,到处弥漫的都是水泥的粉末。装袋的人和背水泥的人都被粉尘包裹,看不出原来的模样。屋顶开口处吊着两台吸尘器,无力地转动,如同摆设。秀儿一进入车间,水泥味扑面而来,粉尘呛入胸肺,立时感到憋气,嗓子眼犹如无数虫子在爬,直想大声咳嗽。但她强忍住,看看那些正在进出的人,对小齐说:"请你帮我说说,我愿意干!"小齐不放心:"想好了?"秀儿坚决地点点头。小齐带着秀儿找到仓库管理员,他们早已彼此认识,且水泥厂也正需要背水泥的临时工,因此无须费什么口舌事情便定下来了。背水泥是计件活,背一包水泥到仓库两分钱,背多背少看个人的能耐,工钱当天到财务室数牌结清。发牌的人就是仓库管理员。

秀儿再到厂里的时候,她已经找了块纱布做口罩,勉强遮住口鼻,一个简陋的斗篷套在头上。这是她用件破衣服,上面缝个三角帽做成的。光看上面,分辨不清是男是女,也看不清人的眉眼模样。装好的水泥竖立在砖台上,秀儿双膝微弯,弓起腰让水泥靠在背上,双手往后扳住水泥袋下面的两个角,然后稳稳地迈开腿。五十公斤一袋的水泥压在背上,秀儿真切地感觉到了它的分量。她一背上水泥便想尽快将其送到库房,她要尽量减少水泥压在背上的时间,同时还可以多背几转,多挣点钱。开始她几乎是碎步小跑,如铁的双脚有力地踏在满是灰尘的地上,灰尘腾起四散。她不禁为自己的双脚骄傲起来,多少年了,它还是那么有力而坚强,区区一袋水泥算什么,也许她一次可以背十袋八袋,甚至一座山。不过背了十袋,秀儿扯下了代替口罩的纱布;背了二十袋,觉得双腿有些发软,她有点生气,开始对她的脚有些许失望;背了三十袋,她有些气喘,脚步开始慢下来;背到四十袋,汗水已经在她满是水泥灰的脸上冲刷出几条小沟似的痕迹,让她的脸变得花哨而怪异,嘶哑的喘息越来越急促。她不愿相信,这喘息声竟会是从自己的喉咙里毫无阻隔地发出的。四十袋,也许四十袋差不多了。此念一生,顿时让秀儿感到羞愧。四十袋算什么?她要的是一百袋,两百袋!秀儿扯下围腰抹抹脸,她要背,她必须背!

到厂里下班结算的时候,秀儿背了七十袋,她最终没有达到一百袋的目标,她有些遗憾。当她到财务室数牌领钱的时候,那个年轻的女会计的目光在秀儿脸上久久停留,露出怜悯和钦佩的眼神。要知道这背水泥的活太苦太累,城里人受不了这个罪吃不了这个苦。所以干这活的人多是村子里的人,而且都是些大男人。秀儿是个女人,还是个俊俏的女人,她能和男人一样干这种活,绝对是个女中豪杰。她领到一块四毛钱。会计特地给了她几张崭新的钞票,一张一块的,一张两角的,两张一角的。秀儿小心地捧在手里,犹如捧着神圣的东西,她将钱仔细地对折起来,钱发出细微的无比美妙的声音,这声音驱赶了全身的劳累,让秀儿犹如吃了神仙果,仿佛活力又充满了全身。

晚上,秀儿等着大憨妈带着路玉上楼睡觉,才将灶火点着倒了一大锅水烧热。她跟大憨妈说的是进城找了点事情做,挣点钱供晓兰读书。至于在哪里打工挣钱,干什么活能挣多少钱,她都没有细说。大憨妈也不问。当锅里的水烧热以后,她将水舀进一个大木盆里。她的身上沾满水泥灰。虽然在厂里她用围腰全身上下都抽打过,也用车间外的水龙头冲过头洗过脸,但通过敞开的衣领和袖口钻进去的水泥灰不好清洗,还黏糊糊地糊在皮肤上,十分难受。秀儿脱掉外衣又脱掉衬衫,赤裸着上身。她拧干毛巾将身子一点点地擦净。擦洗过的皮肤依然那么白皙而富有弹性,她的双峰虽然已没有以前坚挺，但依然温润而饱满，平缓的小腹依然如锦缎般柔滑，没有一丝褶皱。她的身子在昏黄的灯光下，在氤氲的热气中神秘而诱人。秀儿不由得对自己近乎完美的胴体欣赏起来，赞叹之余，心中却升起一种淡淡的孤芳自赏的遗憾和无奈。她想到了大憨，只有大憨完完整整地看过她，然而他不会欣赏，他也不懂得欣赏，他曾经有大把的机会，可惜都被他糟蹋了。秀儿正想坐到盆里，可她似乎觉得门外有双眼睛在窥视自己，背脊上似乎也有丝丝凉意。她披上衣服，走过去拉开门，没有人。但见月华如水，凉风卷着地上的枯叶"沙沙"作响，墙角有只蟋蟀正低吟浅唱。她聆听了一会儿，再没有其他动静，于是她关上门，拴上门栓。

　　躺到床上，秀儿的身子很疲倦，脑子却很清醒。她努力地想美美睡上一觉，虽然她很努力地想入睡，然而即便是浅薄的睡意也不肯光临。她的手掌平放在肚腹上慢慢地上下抚摸，想借此慰抚疲倦的身子。床铺有着特殊的熟悉的味道，她的身子散发着温暖芬芳的气息，犹如小路边洁白芳香的野山茶，落英满地。从板窗望出去，柿子树的树梢上托着银盘似的月亮，幽远而孤独。空空洞洞的月光从板窗照进来，照着空空洞洞的屋子。她突然觉得照进来的不是月光而是孤寂。她侧转身裹紧被子。以前大憨是不准她这样做的，大憨会把裹住她身子的被子掀开，让秀儿无所遁形。她有时会想起大憨那亢奋的双眼，总会感到无奈和厌烦。然而现在面对空床，她感到空寂和失落，竟会不由自主地想念起他的狂野来。秀儿翻来覆去挣扎了大半夜，当空空洞洞的月光滑出板窗，她终于睡着了。

秀儿在厂里已经背了十多天的水泥。她每天背一百袋的目标始终没有达到过。她连吃饭休息的时间都省了,拼尽全力也就是七八十袋。她应该不会有遗憾了,那些跟他一起背水泥的大老爷们,一天背下来也不过六七十袋,早已对她刮目相看了。秀儿虽然稍有遗憾,但仔细算算,如果她能持续地干上一个多月,那么即便不赶马车晓兰的学费也有了着落,说不定还可以攒下点钱以备不时之需。她每天早出晚归,跟厂里的工人一样准时上班。时间长了,看惯了那蒙蒙灰影中的水泥桶,熟悉了那呛人的水泥灰的味道,听惯了那传送带沉闷的"隆隆"声。在背上水泥前往仓库的过程中,她好像觉得自己已经不是大桃花村农村里的那个秀儿了,而是生活在城里,在厂里上班拿工资的秀儿,她似乎忘记了另一个秀儿,她有时会莫名其妙地沉浸在城里人的幻想里。不过当她干完活,经过房屋低矮、街道逼仄的官厢街回村时,她蓦然清醒过来,她发现这个简陋破败的小县城并不属于她,她也不会属于这里。她总觉得村子跟县城之间竖着一道厚厚的城墙,隔着一道游不过去的河,这让她感到迷惘和绝望。

那天下午她刚从仓库出来,晓兰仿佛凭空冒了出来。她迎面扑来抱住几乎已经分辨不出原来模样的秀儿,止不住号啕大哭。秀儿很吃惊也很诧异。她推开晓兰厉声问:"你来整哪样?"晓兰抓住她的手便往外拖:"妈——你是整哪样啊?"接着又哭着冲着秀儿说:"看看,你都变成哪样样子了?"秀儿掰开她的手喝道:"你妈没死,你号哪样丧!"她的声音冷冰冰的。"妈,我不要你背,你不要再背了。"她哭泣着哀声乞求。秀儿硬起心肠甩开她的手:"一边待着去,我还没有背完。"说罢,直冲冲往车间走去,不再搭理晓兰。晓兰拉不住,擦干眼泪跟着进了车间。秀儿背起水泥往外走,晓兰将书包扔到一旁,也背起一袋水泥跟着往外走。晓兰已经过了十五岁,算是半大姑娘,个子已经高过牛背。不过或许是营养不良的原因,身子显得单薄枯瘦。背起五十公斤的水泥一步一步往前挪,身子似有要被水泥压塌的感觉,让人心疼不已,又心酸不已。秀儿不看不问不理,有意忽略了晓兰的存在。不过她又背了四五趟便不背了,要在往日她还要再背十多趟。秀儿歇手可晓兰不歇手,她鼓着气还要再去背。秀儿一把抓住她喝道:"不背了,回家!"她的话有着晓兰无法抗拒的威严,她只是幽怨地看看秀儿,一句话没说跟着秀儿去打整身上的泥灰。

母女俩一路回家,谁都没有再说话,大约谁都不想说话。西斜的太阳将她俩的身影投射到坑坑洼洼的泥路上,随着她俩的前行而移动,像漂浮在水面的落叶。

晚上,大家洗漱完以后,在火塘边烤了一会儿脚,不待火尽灰冷,大憨妈就领着路玉上楼睡觉,也催晓兰跟着上楼。晓兰磨磨蹭蹭,嘴里答应着,身子却不动,直到大憨妈他们睡了还坐在火塘边。秀儿专心纳着鞋底。大憨妈眼神不好,这一家老小脚上穿的都全靠秀儿这双手。她全神贯注,每戳出一针,手就在眼前画个优美的弧形在发鬓上蹭一下,然后瞅准指甲掐着的位置戳进去,右手中指戴的顶针用力一顶,大底针穿透鞋底,拇指食指紧紧捏住将针拔出,穿着的麻线一并拽出,"刷刷"有声,整个动作机械、单调而乏味。晓兰有心事,秀儿早就看出来了,她不问她也不理她,任她在那里磨皮擦痒。晓兰始终定力不足,她忍耐不住,低低喊了声:"妈——"秀儿轻飘飘地"嗯"了一声。"我有话想跟你讲。"她小心地说。"我听着呢,"她心不在焉。"我想了好久——"秀儿不吭声。"我不想读书了。"晓兰很艰难地说出这句话,然后很紧张地观察着秀儿的反应。自晓兰开口说话,秀儿手中的针线就没有停过,而此刻针戳得更快,麻线扯得更急,大约借此来平静自己的心绪,"为哪样?"她平静地问,甚至声调都没有提高。"我已经长大了,家中需要人手,奶奶老了,路玉还小,只有你一个人——"晓兰很努力地想把理由说得充分些。"你真是长大了,懂事了?"她的话里绝对没有称赞的意味。"妈,我不能看着你一个人苦成那样,还可以安心坐在教室里。"晓兰一阵心酸,她努力控制住不让自己哭。"你不晓得我的同学咋个问我。""问你哪样?""他们问我,你妈咋个尽做男人做的事?""你咋个说?""我说不清楚,不晓得该咋个说。""你就说女人为哪样就不能做男人做的事。""可是,我不想让我妈去做男人做的事,我不想让我妈变成这样。"晓兰的声音里充满哀怨,她不看秀儿,看着渐渐蒙上白灰的火炭。"你嫌你妈赶马车背水泥丢人,是不是?"秀儿冷冷地说。"不是这样,我咋会嫌弃自己的妈!"晓兰大声说,眼泪都要流出来了。秀儿还在戳鞋底,然而针戳在鞋底上,却顶不过去。"你不晓得——""我晓得,你是苦钱供我读书,苦学费,我不能让妈苦得人不人鬼不鬼的,不管你咋个讲,我都不去读书了。""你不会听话了。""不听。""妈的话你也不听?""不听。""妈叫你去继续好好读书你也不听?""妈别说了,任凭你打,任凭你骂,我都不会离开家离开你的。""我不骂你不打你,我拿针扎你!""扎我我也不走,你扎不走我!"她拔出纳鞋底的针举起,明晃晃的针闪着细细的银光。"扎呀!"晓兰喊道。针扎了下去,没有扎在晓兰身上，却扎在秀儿的手背上。针一拔出血滴跟着涌出，溅到晓兰手上。针还在不停地扎。晓兰从惊惶中回过神来，抱住秀儿的手，让针在自己眼前比画，她大哭："扎我呀，扎自己算哪样本事？"秀儿的脸色突然变得狰狞而残忍，她从来没有对别人说过这么绝情的话："滚回学校去，不要站在我面前。"她的话冰冷而残酷。"你咋这么见不得你姑娘，千方百计要撵我走。""听好了，这里不是你该待的地方。"她挣脱晓兰的手，针又向手背扎去，手背一片血红。她脸上没有痛苦，痛苦在心里。她不想让晓兰看到丝毫的痛苦表情，她必须坚强，她要表现出决绝的气概。"妈——别扎了，我走，我会走，这还不行吗？"晓兰的倔强被彻底砸碎了，她哭着哀求。她抱住秀儿的手，血染在她的手上，她的脸上。她哀恸欲绝。

自那晚后，晓兰再也没有提不读书的事。她初中毕业时，在老师的推荐下，考上了昆明师范学校。上学不用交学费，吃饭也不用交钱，秀儿再也不用拼命为她读书去挣学费了。更为重要的是晓兰的户口转到了学校，毕业后她可以留在城里教书，她将永远告别农村，成为真正的城里人。

秀儿陆陆续续在厂里干了近两个月。她并不在乎别人对她的理解或不理解，也不在乎别人说她像什么或者不像什么，她清楚地知道自己是谁，自己在干什么。她从来都很自信。然而有一天她又碰到了那个让她感到自信不起来的人。她记得那是清明节令刚过去没有几天，下班以后她转到城里买了两包盐巴，扯了几尺布。那天早上还见得到阳光，下午天空就变得乌蒙蒙的，临近傍晚更显得阴暗，看样子一场雨是免不了的。秀儿已经感觉到有偶尔的雨滴，她离开城里就加紧赶路，她要争取在雨下大前回到家。

她刚走到龙宝寺，一张大卡车从身旁驶过，不过很快就在她前面三四十米远的地方停了下来。从驾驶室里跳下一个人迎面拦住了她："你还认得我吗？"秀儿站住，抬起头看了那人一眼。这一眼竟让她差点惊叫出来，心里顿时有些慌乱，"不认得！"她说。"不认得？"那人似乎有些意外，"我可认得你，你这个横蛮不讲理的小婆娘。"秀儿满心不高兴，她说："凭哪样要认得你？"她耍起横来。"凭哪样？凭你乱骂人！"秀儿不说话，偏过头瞟了他一眼。他唇上的胡须变黑了许多，嘴角微翘，看上去似笑非笑。他还是一年多以前看到的那个样子。她发现他的眼睛定定地看着自己，盯得她心中发毛。"你拦着我干哪样？"秀儿避开他的目光，没好气地问。他笑了笑，笑得很温和。"你看马上要下雨了，碰着了就搭你一截。"说话之间，雨点开始密集起来，雨洒在地上的声音也开始清晰起来。秀儿在犹豫。"上车吧。"他说话又带上了让秀儿讨厌的命令口吻。"不坐！"秀儿侧过身要走。"你怕哪样？"秀儿停住，这话戳到了她的痛处。怕哪样？她突然心一横，我怕哪样？莫非他敢把自己吞了不成？不待他说话，秀儿走过去上了车，用力把车门关得震天响。他随即也上车关上车门，上车时他一直在意味深长地笑着。看他满脸得意的样子，秀儿突然意识到自己成了傻瓜。其实他早就看出了她的心思：她不讨厌他，而且她想坐车。这让她感到沮丧。沮丧归沮丧，但是她坐在驾驶室里仍然感觉很兴奋，这是她有生以来第一次坐这样的车。她喜欢坐在里面的感觉，扑鼻的汽油味她喜欢，"呜呜"吼着的发动机声音她喜欢，柔软的皮座她喜欢，温暖的气息她喜欢。不过坐在方向盘后面那个一本正经的人她不喜欢。她为什么要喜欢？她根本不知道那个人叫什么名字，他从哪里来，要到哪里去。那人好像看透了她的心思，知道她在想什么。他就像跟朋友聊天似的主动讲了自己的情况。他告诉秀儿，他叫郑刚，在昆明市运输公司当驾驶员，公司会派他到处拉货，比如说去锅厂拉农具，到水泥厂拉水泥，到粮食库拉粮食，还到清水江林场拉木材，甚至还拉过牛羊。说者无意听者有心，他说到拉木材，秀儿心动了，"拉木材？"秀儿问。"是呀，咋啦？""如果有人要买点木材，他们会不会卖？"郑刚头也不偏，稳稳地开着他的车："没听说过。""我有钱！"秀儿自豪地说。郑刚笑了："你有多少钱？"秀儿一下脸就红了，自己能有多少钱？"你不要管我有多少钱，他们到底卖不卖？"秀儿耍起性子来，她受不了别人的蔑视。"不卖！"郑刚的回答很干脆。秀儿又生气又失望，抱起双手跟自己赌气。"你要木料做哪样？"秀儿不说话，就像压根没听见。"说不定我可以帮你。""哪个稀罕？""你别后悔。"秀儿此时已经后悔了，拒绝一个可以帮自己找到木料的人，那真是愚蠢之极。她早就想给大憨妈准备一具寿材，不能像大憨走的时候那样几块破木板就把他抬上山了，这是她心里挥之不去的痛。只是她一直苦于没有办法。郑刚听秀儿讲是准备给婆婆做寿材用，便正儿八经地对秀儿说："简单得很，以后我到林场拉木料，跟那里的人要上一两棵就行，不用你出钱！"秀儿喜出望外，天底下竟会碰到这样的好事。"真的？""你这个小婆娘心眼太多，不跟你玩嘴。"他在嘲讽她。可她一点也不恼。突然，秀儿惊叫起来："你要把我拉到哪里去？"透过稀疏的雨滴，秀儿看到车子刚要开过安海公路的岔路口。郑刚刹车说道："说吧，家在哪里？""从安海公路走，去大桃花村。"车转上安海公路，从大凹子村旁驶入通往大桃花村的土路。经过塘房村驶过大桥冲上石子坡，大桃花村近在眼前。秀儿叫停车。此时天空愈加阴暗，村子在云雾中影影绰绰。郑刚想将车开进村，秀儿连忙跳下车站在路中间，不让他进村，而是让他在路边的荒滩上倒车回去。郑刚没好气地说："好心将你送回来，你连村子都不给进！"秀儿说："是你要送的，又不是我求你送的，莫想打鬼主意。"郑刚听罢好生无奈却又哭笑不得。"以后你来，我家就在村头小学校旁边，好找得很，车也开得上去。"秀儿说完又补充道，"我叫秀儿。"她看着郑刚极不情愿将车掉头，开着车灯驶过大桥，在雨中渐渐远去，直到看不见了才转身冒雨回家去。

  晚上，秀儿从装针线碎布的竹箩里翻出了那双帆布手套。手套是旧的，有些磨损，当时沾了好些灰，秀儿拿回来时洗过。她将手伸进手套，双手握紧松开，松开又握紧，她体味着双手在手套里的奇妙感觉，然后将手套翻里翻外看了一遍，似乎是在找寻藏在手套里的故事。她清楚地记得他丢手套给自己，又替自己抱铁具的情景。他倒是挺会关心人的，她想，然后抿着嘴偷偷笑了，心里一阵甜蜜。

第十三章

　　秀儿跟大家一样兴奋,看着碓房里那种火热的气氛她也一样热血沸腾,她知道舂饵块如今已经变成了一种庆祝的仪式,人们在庆祝好日子的开始,并祈求好日子的永续。

自古以来，农民都是靠天吃饭。哪天老天爷高兴了，赐你个风调雨顺，五谷丰登。如果它不高兴了，你就等着受水灾旱灾之苦，收成无望。这姑且不说，单是每年的节令都给立了规矩，什么节令干什么活都给你规定得清清楚楚，不能违逆。秀儿立春后便忙着挖秧田撒秧，清明过后又忙着割蚕豆麦子，挖田晒土垡，待谷雨后放水栽秧，开始大忙的春耕季节。今年谷雨刚过，好多家争着开秧门。在以往，此时开秧门极少有过。今年分田到户，家家都面临人手不够的问题，特别是栽秧时节抢节令，水田耙好后要在最短的时间里——最少一天、最多不超过两天将秧栽完，以免时间长了，田里的浮泥板结影响秧苗扎根生长。因此任何一家都难以独自应对。人手不够，有钱的人家可以花钱请工，一天工钱六元，供早晚两顿饭。出得起钱的人家，除了工人家属便极少有这能力。其他的人家户便相互换工。你家栽秧时我去帮你，我家栽秧时你来帮我，我帮你几天你也帮我几天，互不吃亏。抢先开秧门的人家也有着自己精妙的算计。刚开始栽秧，开秧门的人家毕竟是少数，人好请工好换。特别是使牛的人，全村就那么十来驾牛，待到农忙时争都争不过来。当然也有换工时挑选余地大的考虑：那些手脚麻利，劳动力强的人容易请到，他们做活效率高，省时省工；而那些上了年纪的人，身子骨弱的人，手脚疲慢的人就会受到冷落，少有人跟他们换工。换工的多少依据田地的多少而定。农村人成年累月在田地里打滚，做农活都有经验，栽秧时每天每亩最多请工三个，换句话说，就是一亩田是三个工一天的工作定额。秀儿正当时，她的麻利能干是村里人都知道的，所以好些家早早就跟秀儿约定了要换工。阿珠也来找秀儿。阿珠身形瘦弱，手疲脚慢，人家多不愿跟她换工，秀儿却爽快地答应了。阿珠感激之余，对秀儿说，待秀儿家栽秧时，她叫常贵先来给她耙田。常贵和另一家各买了一头牛拼成一架，由常贵使唤。他给人犁田耙地，每亩十二元。阿珠还体谅地说，如果一时拿不出钱来，等到秋收卖了余粮再给也可以。这倒让秀儿宽心了许多。

　　自打春耕大忙开始，秀儿天天从早到晚忙着帮人栽秧，平日里秀儿做活总显得精力充沛，给人以信心十足的感觉，犹如将士出征总怀着必胜的信念。她一向认为，做人要有做人的样子，做活也要有做活的样子，做活时死眉羊眼，那会丢人现眼。她下田栽秧，将裤脚高卷，双臂各套只粉色袖套，围腰紧身，她的头发梳成了发髻挽在脑后，蓝色的顶头帕下端就系在发髻上。原来秀儿总爱编两条秀美的辫子，辫子搭在胸前会显得年轻而潇洒，极显女人魅力。她觉得女人梳发髻盖顶头帕是农村成年女人的经典打扮，显得土俗，况且还将农村人和城里人区分得清清楚楚，让她有一种莫名的反感。但随着年岁增长，她发现任何装扮都有它的道理和存在的理由。对于在日晒雨淋中讨生活的人来说，盖头帕可以挡风遮阳，还可以在背负重物时，减少对头发的直接侵凌；挽个发髻头发不会散乱，在弯腰或者低头做农活时，不用随时招呼耷拉下来遮眉挡眼的头发。或许还有更重要的，自她出生的那一天起，她的命运就已经和这块大地相连，不论她如何努力和挣扎，她都只属于农村而不属于城市，既然如此，她就老老实实地做个农村女人，何必去做徒劳的改变？而此刻这身和她身份相符的装束，也让秀儿显得格外清爽麻利。她栽秧栽得又快又好，左手分秧分得快，右手栽秧插得准确。她不用刻意去度量，眼睛就是尺子，秧苗横竖一拃的距离绝无差池。她栽的一行行秧苗笔直笔直的，犹如用绳子拉着栽一样。她栽秧时双手协调配合，动作轻灵而优美，犹如在水田里挑花绣朵，随着脚步的移动，一幅生机勃勃的织锦图在她面前徐徐展开。这样的景象年年都会重现。开始她看着自己的杰作颇为自得，生出些许可怜的骄傲来。可她现在已经全然没有了那种心境，甚至有些麻木。但她感觉不到麻木的，是晚上洗脸洗脚时手指摸都摸不得的疼痛，累日地栽秧，手指甲磨秃了，变薄了，指头红红的，也不知磨掉了几层皮，看得见的是粉红色嫩肉。俗话说十指连心，那种辣乎乎的疼痛也许只有栽过秧的女人们才会有深切的体会。

　　轮到秀儿家耙田栽秧的日子，她前几天就已经放水将田里的垈子泡好。耙田的那天，她一早就扛着锄头来到田里，将决口夯实垫高，免得漏水，等她将田转了个遍，太阳已经窜出青头山丈把高了，常贵才披着蓑衣扛着耙枋慢悠悠地赶着牛来，走到田头，他将牛赶下田，将千金勾上耙枋。秀儿以为他就要开始耙田了，谁知他将蓑衣脱下往老埂上一铺，坐下来掏出个铁皮烟盒，抽出根烟划根火柴点着了，悠然抽起烟来。秀儿心中着急，却又不敢表露出来。这坝塘下的三丘四工田，本计划一天耙完，明天就可以请人栽秧。她知道抓紧一点时间，这田一天是可以耙完的，她实在不想还拖到第二天，如果这样拖着，后面栽秧就要受到影响。姑且不说费用增加，栽秧她请了五个人，赶早赶晚也是一天栽完，过了这一天，她们又要到别家栽秧，她要到哪里请人去？常贵抽完烟终于站上耙枋吆喝着开始耙田，他吩咐秀儿去牛圈将牛料筐背来，顺便拎点茶水来，使牛容易口渴。秀儿唯唯诺诺，只要他赶快好好耙田，什么要求她都会尽量满足。当秀儿往村里赶的时候，在坝塘埂上看见诺希扛着板锄，脚划着圈高高低低地走来，目不斜视与秀儿擦肩而过。待秀儿背着料筐拎着茶水回到田头，却看到诺希已下到田里，去挖那些耙不到的田头地脚。他把那些突出水面的土垡犹如劈柴般劈碎扒平整。诺希动作虽慢，但显得有力而沉稳，他什么也不看，什么也不说，常贵站在耙枋上从他旁边"哗哗"驶过，甚至牛鞭将要抽到他身上，他都无动于衷，完全沉浸在自己稍显笨拙的动作里，仿佛这天地间只有他一个人。诺希也分到了田，因为他是五保户，田暂时由队上找人代耕，生活所需仍由队上供给。秀儿也没闲着，她把那些漂浮在水面上的东一堆西一堆的豆梗和杂草捞出堆在埂子上，以免栽起秧来碍脚碍手。一丘田还没耙完，常贵说要给牛喂点草料，便自然而然地坐到蓑衣上喝茶吸烟。他吸着烟招手喊过秀儿为他倒茶。秀儿心中着急，但对这些使牛的祖老爹却不敢轻易得罪。正当她提起茶壶往土碗里低头倒茶时，常贵突然伸手在她屁股上摸了两把。秀儿放下水壶笑道："阿珠的你还没摸够？"常贵揉揉他那几乎和脸颊贴在一起的鼻子，美美地喷出一口烟说："还是你的软和——"说罢又想伸手。临近的几片田都有人在栽秧，田里有稀疏的女人忙碌，以前每丘田里栽秧的人比现在多多了，大呼小叫地热闹。而现在冷清许多。沟水的流水声冲淡了远处传来使牛的吆喝声和喊秧的呼叫声。诺希大约挖累了，此时也站在老埂上拄着锄头把，有意无意地用眼睛瞟着这边。秀儿抬头看看天说："快耙吧，耙完这丘好吃饭。"常贵看看诺希，收回手心有些不甘地说："行，耙完吃饭。"

吃饭的时候，秀儿叫诺希一起吃，可是诺希无动于衷，一言不发地钻进自己的小屋不再出来。秀儿让大憨妈给他送了一大碗饭进去。他也帮着忙了一早上，不能让他饿着。

下午开始耙田后没多久，常贵又故技重演，板板地坐到蓑衣上抽着烟叫秀儿倒水。秀儿有意将水壶挡在身前，让常贵无法得手。她看着牛对常贵说："我看你使的那头小犊子有点犟，很不好使吧！"常贵不情愿地接过话头："它犟？犟得过我的鞭子？"说罢得意地抓起鞭子在空中甩了个响鞭。秀儿一直没搞明白，他们这些使牛的为什么总爱拿翘，是不是他们骄傲地认为只有他们才配和牛马牲口打交道？还是生产队的时候，他们使牛就磨洋工，却拿着高工分，动不动就借使牛要挟人，似乎离了他们别人就活不下去似的。可他们凭什么呢？"我倒想试试——"秀儿不等常贵反应过来便抓起鞭子走到田埂边，她试着站上耙枋，左手拉紧扣在耙枋上的绳子，以保持身子的平衡，右手挥动鞭子，大喝一声"诺"，声音有点飘，显然气势不足。两头牛闻声竟然扭过头来，圆鼓鼓的眼睛瞪着这个陌生的女人，眼里满是轻蔑。鞭子抽在牛背上，牛似乎浑然不觉，仍站着纹丝不动，它们尾巴翘起，毫不客气地将泥水甩到她身上。常贵摇头晃脑，端着大碗品着茶，一副幸灾乐祸的样子。秀儿恼羞成怒，钢牙紧咬，鞭子自下而上画了个圆弧，狠命一鞭，实实在在抽在牛背上。牛骤然负痛，猛然向前一窜。秀儿猝不及防，双脚滑下耙枋，腿一弯跪到泥里，人几乎被拖倒。恰在此时诺希赶过来抓住穿在牛鼻子上的棕绳，使劲拽了几下。牛不敢再犟，乖乖站住。耙田靠的是耙枋，它是由木枋斗成的一个长方形木框，前后的枋板下面斜插着锋利的耙齿。人站在耙枋上，靠人的重量将耙枋下的土垡耙碎耙平。人需要在颠簸着的耙枋上保持平衡,这还不算什么,困难的是站上行进中的耙枋的那一刻,如果力道拿捏不准,用力过轻踩不上耙枋,用力过猛双脚又容易滑进耙枋,被耙齿戳伤。秀儿心有不甘,手不洗脚不涮又站上耙枋。现在有诺希牵着牛,秀儿放心多了,她放开胆量上下几次,也就有了体会,很快掌握了力道和技巧。不过一顿饭的工夫,即便不需要诺希给她牵牛,也能自如地使牛耙田了。现在即便是那些使牛的祖老爹,在她面前也没有什么可以拿翘的了。大约是失去了要挟的本钱,又抑或是拿了人家的钱让人家干活实在说不过去,常贵站起来拦住牛替换下秀儿,他赶在太阳落山前将田耙完,再也没有提出什么要求。

  第二天栽秧十分顺利。秀儿一个人拔秧供五个人栽。拔秧历来是男人做的活,现在没男人自然由秀儿来做。拔秧是手扒拉活计,难不倒秀儿,她一来就上手,多拔上几趟,开始的生涩自然消失。她半蹲半跪在秧田里,双手齐动,将秧苗齐展展地拔起,然后将两手握住的秧苗拢成一把用秧草捆上。这样翠绿翠绿、水灵灵的秧把犹如小鸡小鸭成群结队地排在身旁。秧苗粗壮硬扎,抓在手里就好像抓住了沉甸甸的稻穗,一片金黄就会浮现在眼前。路玉已经放农忙假了,他已经十来岁,但在农村还算不得半劳力。他挑着一对小竹撮箕将秧把挑到田边,奋力地将秧把抛到栽秧人的身后。一个半大娃娃要供五人栽的秧,这绝对不是一件容易的事。路玉每次总想多挑几把,然而他的身子毕竟过于单薄,当他紧紧拽住撮箕的绳子一步三摇艰难地走在田埂上时,犹如飘飞的树叶,随时可能零落于地。抛秧时他力气小抛不远,还不得不跳下田去将秧把拖到抛不到的地方。他十分努力地做这些事,小小年纪已经磨炼得知艰识苦，也磨炼出同龄孩子所没有的坚强。只要秀儿家有事，诺希总会不请自来，他似乎成了她家中的一员，而且是不可或缺的一员。他扛着锄头笨拙地在田埂上巡视，扎水口、堵鳝洞、清浮渣，还帮着路玉抛秧把。秀儿有时感到许多事如果没有诺希的帮忙，她一个人做起来会困难得多。大憨妈一个人扛起了家中所有的事，她要忙着给栽秧的人做饭做菜，还要服侍鸡猪和自留地的瓜菜。总之这栽秧的季节谁都别想过清闲日子。

正如秀儿计划的一样，这几丘田赶早赶晚一天就栽完了。每栽完一丘秀儿的心就踏实一分。不过这几丘田她并不担心，她担心的是艾基米尔的那八工田，她不知道到她栽秧时水还有没有，够不够栽秧。秀儿的担心并非多余，快到小满，前面的田都已经栽完，水开始流进那几丘田的时候，只有牛尿粗的一股。要泡这些田，不知要等到猴年马月。按理说前面的田已经栽完秧，水就应该流到这里。她沿着水沟查看，发现有的田块秧虽然已经栽完，但还在往田里补水；还有的田进水口豁张，没有扎住，任水往田里灌。秀儿扛着锄头，从沟头开始，将沿沟的水口扎好。到晌午时，终于有大土碗粗细的沟水流入干涸的田里。按照这样的水量，两天两夜足以将这几丘田泡满。吃过晚饭，秀儿不放心又到田里，发现流到田里的水只有锄头把粗细的一股了，她知道，这一定是有人挖开了水口。她返回家披了件蓑衣，拿了支手电筒，以锄头把当扁担挑了两捆柴火来到田头。此时天已黑定，她在田头的荒地上拢了堆火，准备一晚上在此坚守。秀儿扛起锄头沿沟先去检查水口，走出没多远，就看见前面有人提着一盏煤石灯沿沟下来，虽然看不清模样，但灯光照着的那瘸瘸拐拐走路的样子，秀儿便知道那是诺希。诺希走近,提着煤石灯照向来时的路,嘴里"哦——哦——"说着。秀儿知道他在告诉她,前面的水口他已经扎好了,让秀儿不用再去。她用手电筒照照,沟水确实比先前大多了。回到火堆旁边,她又用手电筒远远近近地照了一通,这才在蓑衣上坐下。诺希不坐,他拎着灯去查看正在浸泡的田有没有漏水的地方。黑暗中,只见一团火焰带着一个橘黄色的晕圈在缓缓移动,浓重的黑暗渐渐把他挤压成豆大的一点明亮。秀儿对诺希的到来毫不意外,他总是在需要他出现的时候出现。他似乎会掐指推算,知道秀儿什么时候有困难,什么时候有危险,那时他就会出现,他似乎成了她的保护神。更让人不可思议的是,在不知不觉中他竟然成了她生活中的一部分。当秀儿意识到这些的时候,她感到了惶恐。她不知道诺希心甘情愿的付出背后到底是什么?怜悯她?不!他应该知道秀儿不需要怜悯。那么,该是什么?凭着秀儿跟他相邻这么多年,她猜得到或者说她感觉得到诺希是有希冀的,那么,他希冀什么?秀儿观察过,只是从他的脸上看不出来,从他的眼睛也看不出来。不过让秀儿心宽的是,直觉告诉她,诺希对她绝没有龌龊的想法。而且他似乎已经在他俩之间挖了一条沟,相互之间保持着安全的距离。

月色幽远,银光黯淡,河汉隐隐,只有天边的一两颗星星看起来还算有点精神。山林村舍都隐没在无边的黑暗中,不知哪儿钻出来的蚊虫绕着火焰无声地盘旋,但听得四周一片蛙声此起彼伏,如泣如诉。这样的夜晚总让人感到不安和害怕,但最让她感到不安和害怕的是孤独。那种孤独感,伴随着黑暗笼罩了全身。当她在徒劳地挣扎时,一种无以名状的渴望突然从心底涌起,就好像心中装着一只睡着了的兔子，此时突然醒过来，使劲地挠着她的心。那种疼痛竟然让她正在添柴的双手微微颤抖。她意志的堤坝一时崩塌了，她突然想笑一声，或哭一声流两滴泪，然后找个人好好倾诉一番，不管那人是谁。然而当诺希拎着煤石灯来到火堆前，秀儿却愣愣地说不出话来。诺希比画着叫秀儿回去，他替她守水。秀儿本不想回去，可这风高月黑夜，一对孤男寡女坐在火堆旁守水，旁人知道后会想些什么？肯定会编出许多不堪入耳的故事来，这让秀儿忌惮。因此她也没有多说，只是往火堆里添上些柴，让火烧得更旺些，然后披起蓑衣扛起锄头，她看到诺希坐到蓑衣上，她知道诺希一定会像尊山神一般定定地坐在那。随后，她晃着手电筒隐没在黑暗中。

第二天，天刚蒙蒙亮，鸡叫声未歇，秀儿就已起来了，她踏着露水赶去田里查看。早晨的空气清冽如泉水，薄雾如轻纱挂在层层梯田的秧尖上，山林田畴还没有完全从沉睡中苏醒过来。赶到田头，沟水依然潺潺，火堆已经熄灭，诺希躺在地上。秀儿开始以为他大约是因为守了一夜的水，过于劳累，支持不住睡着了。可当她走近诺希，却发现煤石灯打翻在地，锄头被抛到水田里，他的脸上血迹斑斑，头发上沾满了乱草。他身体蜷曲，双手抱在胸前，双腿裸露，有几道明显的青紫伤痕，脚上只套着一只鞋，另一只不知所终。秀儿大惊失色，放下锄头一面去推搡他的身子，一面高喊他的名字，可他毫无反应。秀儿慌了，试试他的鼻息又摸摸他的脉搏，她发现诺希的脉搏还在缓慢地跳动。于是她赶忙将他翻过身来，脸面朝上，拍打他的脸颊，并且拇指用力地掐他嘴唇上的人中穴，焦急地喊着他的名字。折腾了一袋烟的工夫，诺希终于不情愿地睁开了眼睛,然后挣扎着要坐起来。秀儿扶着他的背,她最希望的是他也能站起来。她使劲拽住他的手臂帮助他,他试了几次,每次都是刚站起便又瘫坐在地,脸色因痛苦而显得更加丑陋。秀儿放眼四周,除了四散漂浮的雾气,看不到一个人影。她比画着告诉诺希,要他努力坚持,她要将他扶回村去。说罢她找来锄头,给他当拄拐,使劲拽着他的胳膊架到自己脖子上。诺希确实很努力,颤颤巍巍站起,一步一步缓慢地试着挪动,艰难地往村子走去。一路上,诺希半个身子压在秀儿肩上,她感觉到他的身子一直在发抖。

秀儿一直将诺希扶进自己家里。大憨妈已经起来,见状惊讶不已。秀儿来不及解释,便让她拿领蓑衣铺在火塘边,让诺希躺在蓑衣上,又让她赶快烧点水,而自己则将火塘里的火拢起来。诺希还在浑身颤抖地发出痛苦的呻吟。不一会儿工夫,水烧热了,秀儿拖只草墩坐下,让诺希的头枕在自己腿上,然后把毛巾浸湿了将他脸上的血迹轻轻擦干净。她发现,诺希脸上的血迹来自他耳朵上的一个伤口,大约有一寸长,还在往外渗血。距耳朵不远的头上有一个鸡蛋大小的肿块,稍有碰触,他便浑身哆嗦。诺希腿上有伤痕,估计身上也免不了,只是秀儿不便脱衣检查。自诺希的头枕到秀儿腿上,他便不再颤抖,也不再呻吟,大约是怕惊吓到秀儿而拼命忍耐,安安静静地一动不动任秀儿打理。秀儿将他的头清理完毕,准备去找点红药水来涂抹耳朵上的伤口。她刚把他的头挪开,诺希便又呻吟起来。他的呻吟声很特别,仿佛是人将断气时那种"嘶嘶"声,听着叫人心里发怵。当秀儿又将他的头抱起来时,呻吟声又自然而然地停止了,这让秀儿感到有些奇怪。她没有多想，也不管诺希是否呻吟，给他耳朵上涂抹了红药水后，让大憨妈和自己一起将诺希半架半扶送回他的小屋。

　　秀儿去找老队长，老队长听完脸便阴了下来。他跟随她来的时候，顺便找了个玻璃瓶倒了半瓶自己泡的药酒带来。诺希躺在铺满稻草的用几块木板拼成的矮床上。老队长掀开衣服，检查了诺希身上的伤痕，眉头紧皱，口中骂道："畜生！可恶！"他问诺希有没有看清是谁对他下的毒手。诺希哼唧了两声，喉咙里咕哝几下算是回答。秀儿猜想诺希可能并没有看清楚谁打了他，不过即使看清了，他也未必说得清楚，再说即便他能说得清楚，他也未必会说。不过秀儿能猜到是哪些人打了他，可猜到又能怎样？她没有亲眼看到，又没有证据，所以她也不好跟别人说。老队长见问不出什么结果，便重重地叹了口气，扶起诺希的头，给他灌了两口药酒。诺希十分顺从，眼睛都没眨一下，但见喉结上下移动，"咕噜"一声便咽了下去。泼洒的药酒挂到他如稻茬般的胡须上，一屋子充满了浓烈的药酒味。灌完药酒，老队长吩咐跟进来的大憨妈多照看一下诺希。秀儿问要不要请医生看看，老队长摇摇他那颗寿星头说："再给他喝两次药酒就行了。"说完将剩下的药酒交给秀儿甩甩手走了。他没有说要不要去追查打诺希的人，也许他知道追查是不会有结果的，说不说又有什么区别？至于诺希被打的原因，秀儿隐隐约约觉得跟自己或许有些关系，这让她感到十分无奈，无形中又对诺希产生了几分愧疚和怜悯。

　　或许是老队长的药酒有神效，诺希的身体一天天恢复，不过当他又可以去大井岗挑水的时候，田里的秧苗已是绿茵一片，开始拔节了。

今年的收成出乎意料地好，多少年来第一次有那么多稻谷和苞谷堆在大憨妈住的楼上，单是稻谷就装了整整十麻袋。原来觉得无比空旷的屋子突然一下子变得拥挤不堪。为了腾地方，秀儿还花了大半天的时间，将那些尘封多年的破烂家什、烂蓑衣、箩箩筐筐和大小的腌菜罐统统做了清理，才勉强将这些粮食堆放好。这些粮食已经是交完公余粮后剩下的。队里分给秀儿的任务是公粮每亩五十斤，余粮一百五十斤，她一共交了九百多斤。公粮是不给钱的，叫农业税，卖余粮得了二百多块钱。遗憾的是这二百多块钱还不够支付春秋二季请工的钱和买化肥农药的钱，秀儿还得将到厂里打工的钱凑上一些。不管咋说，她从来没有想过会有这么多粮食，做梦都没有梦到过。粮食堆满了屋子，也堆满了秀儿的心。她感到十分笃定踏实。有粮食好啊，有了粮食她可以活得人模人样，活得坦坦荡荡，活得扬眉吐气！也许她就能永远告别那种为了一碗饭而嫁人的日子。她有时会想，田还是那些田，地还是那些地，人还是那些人，原来家家缺粮，可是短短一年，家家粮食怎么就变多了呢？她问大憨妈，大憨妈想都不想淡淡地说："有盼头呗。"大憨妈平日里话不多，可心里通明透亮的，这需要分析归纳总结的深刻道理，她几个字就说透了，让秀儿十分佩服。可不是嘛，只有相信明天太阳一定会升起的人，才会去爬山，不论这山如何陡峭。秀儿觉得自己想的跟大憨妈说的意思差不多。

当碓房又响起春碓声的时候，里面早已热气腾腾。一甑甑米饭翻卷着扑鼻的香气。春碓的伙子袒露胸膛，额上汗珠闪亮，张着大嘴喷着热气。四周的人的吼声几乎要掀翻屋顶。整个碓房充溢着热辣辣的气息。似乎太阳的光和热，秋天的丰腴都被收割于此,并且正在发酵膨胀。人们多少年来淤积于胸膛中的渴望和期盼,随着冲天而起的碓嘴和报数的吼声迸发宣泄,并在村子的上空盘旋回响。贴春联的喜悦早已挂在人们的脸上,一个个神气飞扬。何止于此,连碓房外那些相互追逐的猫猫狗狗,也个个都精神抖擞。

秀儿跟大家一样兴奋,看着碓房里那种火热的气氛她也一样热血沸腾,她知道舂饵块如今已经变成了一种庆祝的仪式,人们在庆祝好日子的开始,并祈求好日子的永续。

第十四章

　　秀儿很难将这栖身之地与家联系起来。这里没有家的气息，没有家的味道，没有家的模样，就像那些守鱼塘守果树的人搭的临时窝棚。家之所以是家，是因为家里有依靠，有温暖，还有情爱。它不仅仅能遮风挡雨，更是人生的驿站，是心灵停泊的港湾。她悲伤地感到这个家离自己如此遥远，以至于她不知道是否还能期待它。

秀儿怎么也没有想到，灾祸会来得这样快，来得这样残酷。吃饱饭的日子才刚刚过去两年，她还没有来得及好好享受，这日子一下子就没有了。

那天是八月份的最后一个街子天，到了九月份稻谷就要开镰收割了。那天天气很好，太阳高照，白云飘飘。只是太热，风都感受不到一丝凉意，平日里喳哇得凶的狗也热得躲在树荫下吐舌头。

那天秀儿一家四口高高兴兴一起去赶街子。晓兰放暑假回家，路玉已经小学毕业，九月一日要到安宁一中读初中，要带路玉去认认学校。晓兰也是那里毕业的，她自告奋勇当起向导，止不住向路玉讲学校里那些好玩的事。秀儿扯了几尺布，准备给大憨妈缝套衣服。大憨妈从不在意自己的穿戴，一套衣服不知要穿几年几载，脏了洗洗，破了补补，时间长了，补丁上再打补丁。每次秀儿要给她做衣服，她总是说："我还可以穿，娃娃费布，给他们做吧！"她一辈子不喜欢热闹，一年进城的次数屈指可数。这天一家四口来赶街，大憨妈也难得高兴。

他们赶街子回来，走到村口，看见有人在进出院子，院墙内有黑烟冒出，感到有些异样，然而却没有引起他们特别的主意。待走到跟前，才看见原来的院子里已是断壁残垣，横七竖八的是已经烧焦的房柱和椽子，地上散落着破碎的瓦片和勉强还辨得出形状的家什用具，整个院子被烧得惨不忍睹。大憨妈见状一下子就瘫倒在地，脸色如灰，丝丝白发无风自动，昏花的老眼一时老泪纵横，嘴里叨念："不该去——不该去呀！"晓兰路玉见状抱住大憨妈，惊恐地哭喊。秀儿脑中一片空白，神情茫然，她不笑不哭不喊不叫，浑身僵直，仿佛中了魔障，苍白的脸不断扭曲，显出怪异的表情。她伸出手，指着老队长和来救火的人问："房子呢？家呢？"老队长他们谁都没说话。"我的房子呢？我的家呢？"她的声音很轻，有些嘶哑，仿佛天空中追逐着风的云彩，不知所终。许多人纷纷背过脸去，不忍心看到她那绝望和伤心的样子。突然，秀儿如发疯一般地冲进院子，不顾还在冒烟的余火，把那些椽子瓦片翻开，双手去刨那些家什用具的残骸和破碎的瓦罐，仿佛要从灰烬中找出自己的家来。下面自然什么也没有，即便她的十指都刨出血来，下面也只有烧焦的泥土。家的的确确已经没有了，它已化作一堆灰烬。老队长突然问："诺希呢？"众人目光转向诺希居住的小屋，小屋里的东西烧得干干净净。"怕是烧死了吧！"有人说出让人毛骨悚然的话。老队长走过去，踢踢地上的灰烬，地上并没有像人形的东西。"我才来的时候看到他了，后来就不见了。"有人说。老队长吩咐大家去附近找找。人们很快找到了他。他并没有走远，正缩在不远处柴堆后面的一个乱草堆里，身上被火烧燎过，裤子被烧掉半截，露出半边被火灼伤的屁股，浑身潮湿，不住地抽搐，模样凄惨。不管他什么样子，只要他还在，大家心中总算多了一份宽慰。

  发现起火的是赵五爷。他去坝塘边的田里放水，把田里的水控干，准备收割，突然闻到一股随风飘来的烟火味，才发现院子黑烟冲天。他喊着："着火了，救火呀——"赶快跑回村子，先去告诉了老队长，然后叫上在家的人，拎桶端盆来救火。等他们赶到的时候，院门已经烧倒了，院子里浓烟滚滚，大火已窜出屋顶。大火的"呼呼"声和木头炸裂的"噼叭"声很是骇人。等他们好不容易将火势勉强压下去，房屋已经烧得差不多了。所幸的是，他们没有让火烧到隔壁的院子里去。

　　一场大火烧掉了家，让秀儿一家无家可归，老队长将他们暂时安顿到小礼堂里。他吩咐人抱些稻草铺到主席台上，找来床旧棉毯和两床被子。还在主席台前拉了根绳子穿上几床破草席，将主席台遮挡起来。老队长没忘记诺希，将他安顿到礼堂的另一个角落。秀儿一晚上都没有合眼，她靠着墙双手抱膝坐在地上。电灯有气无力地亮着，头上蚊虫喧嚣，地上老鼠吱吱叫唤，顺着墙根窜来窜去。秀儿心中感到无比凄凉。第二天一早，老少四人来清理烧毁的家。老队长也找了几个人帮着清理。他们将那些残存的梁柱和椽子归拢，刨出那些成片或不成片的屋瓦堆起来，清理出没被打碎的锅瓢碗盏和还能用的东西。粮食全部烧焦和灰烬混在一起，铺笼帐盖和衣服鞋袜烧得面目难辨，有的已是尸骨无存。不过秀儿意外地在台阶下的瓦砾中找到了自己放在床下装东西的木箱子。木箱子已被烧掉半边，但形状犹在。大概是屋顶砸下掩盖了它，避免了完全被烧毁的结果。箱子里装着的贴身衣物已经半焦，但她装钱的小铁盒子居然还完好无损，装在铁盒子里面的那两角钱还在。秀儿捧着那张绿色的票子，眼泪突然涌上眼角。半天多的时间，整个院子清理好了，清理出来的东西堆放在天井里。台阶上的屋里已没有什么内容，徒留下烧焦熏黑的四壁。别看秀儿平时遇事颇有主意，但面对此时的情景，却也显得六神无主，不知道该怎么办。老队长对她说："就在这里搭个偏屋吧，先住着——"他安排了些人到小礼堂去找出以前准备盖碾米房的一些椽子和瓦片，还有在屋檐下烂草席盖着的无用的土墼，椽子担在墙上，在原址上搭起三间勉强可以栖身的小屋。给诺希也同样搭了一间。老队长还要大家帮助些粮食和衣物帐盖,助秀儿一家渡过难关。秀儿感激涕零。她曾回顾自己的一生,觉得自己的命好,总是很幸运地遇到许多好人,他们在她最艰难最无助的时候给她帮助,给她安慰,给她照顾。老队长就是她最感激的一个。他的好处,她时时记在心里。她想如果有条件或有机会,她一定要好好报答他。然而直到老队长去世,秀儿都未能实现心愿,她为此耿耿于怀,经常自责。

老队长是在秀儿庆祝新房子盖起来的那一天晚上去世的。秀儿请老队长吃饭,他很高兴,多喝了几杯酒,晚上起夜时不慎从楼梯上跌下来,还来不及送到医院就去世了。秀儿跑去看了老队长最后一眼。他穿戴整齐,平躺在木板上,眼睛半睁半闭,好像睡觉的人半睡半醒,头上戴顶黑毡帽,遮不住的寿星头仍然亮亮的,只是稍显苍白。老队长有颗寿星头,应该如传说中的寿星老儿一样长命百岁。如果不是他跌倒了,他也许不会走得这么早,他还不到七十岁呢。秀儿回来,暗自抱头流了半天的泪。后来她陪着他的家人将老队长送上山。村里没有开追悼会,所以没有人致悼词,如果开了追悼会,秀儿想大约村子里没有谁有资格为老队长致悼词吧,这未免让人感到悲哀。

秀儿家的房屋被烧,在村子里也算得上是一件轰动一时的大事,看看被烧的惨状,大家都对秀儿一家充满同情。但同时也禁不住在想,这火是怎么烧起来的?又是谁烧起来的?最先发现着火的是赵五爷,当时他并没有看到其他人,只是见到诺希,联想到他被灼伤的屁股和烧掉的裤管,几乎可以确定他当时就在起火现场,也就是说起码他应该知道火是怎么烧起来的。老队长去问诺希，诺希"呜噜呜噜"不知说些什么，任老队长对古老的白族话也知晓一二，却是半句也听不懂。再问他，他就什么也不说了，只是摸着身上的灼伤龇牙咧嘴。诺希住的小屋烧得最彻底，谁都知道他屋里都是乱堆乱放的柴火和稻草，稍有不慎很容易着火。火由他的小屋而起，这是极有可能的。然而这些仅仅是猜测，诺希不说，或者说他没法说，其他人就很难搞清楚。这成了一个谜，而且也许是永远都无法解开的谜。

农村人讲究的是将心比心，看到别人遭遇灾祸，最愿意展示自己的善良和同情心。接连几天，送米的送米，送面的送面，有的还把自己腌的老腊肉送来一两条。他们送来的时候，说上两句安慰鼓励的话，放下东西就走，也有的人会陪着大憨妈掉两滴泪，或者对着两个渐渐懂事的娃娃说上两句鼓励的话，但话中浸透着的是怜悯。秀儿和大憨妈心里盛着的都是村里人满满的情义，嘴里满是说不完的感谢话。靠这些大家送来的粮食，坚持到秋收粮食登场已毫无问题。

那天白天，桂枝来过，阿珠和常贵也来过，将晚的时候张发也来了，他带来了一卷旧电线、三个开关灯头和灯泡。住惯了灯光明亮的屋子，一旦陷入黑暗，大约会让人感到绝望。张发装好电灯，将开关开了又关，关了又开，反复多下。灯光忽明忽暗，在光明与黑暗的对比中，张发要他们知道光明的珍贵，更重要的是，要让秀儿记住是他张发给她带来了光明，她应该知恩图报。大憨妈对张发千恩万谢，张发嘴里谦虚心里却很受用。也许是累了，他刚想坐下休息，却发现坐无可坐。大憨妈一脸歉意，张发却毫不在意，他说小礼堂里有不用的草墩，他去拎几个来，这事他做得了主。

张发拎着四个草墩来的时候,大憨妈已经带着晓兰和路玉去睡了。秀儿将大家送来的东西清理完毕,也准备关门睡觉。张发将草墩往火塘边一放,表白了一句:"选了半天,这四个是最好的。"然后拍拍草墩坐了上去,做出很舒适的样子。为了表示感谢,秀儿倒了碗水给他,自己又开始重新清理那些已经清理好的东西。要是别人,看着秀儿自顾自地忙碌,连坐下来陪着说两句话的意思都没有,再木的脑筋,也晓得这是希望来人赶快离开的意思。张发何尝不知,他在佯装,假装不懂,还饶有兴致地看着秀儿忙这忙那。他不急,为了想象中的好事,他有非凡的耐心。秀儿看出他的居心,正惶然无计,准备拉下脸来下逐客令的时候,突见门口灯光一暗,诺希艰难地摸进门来,手里端过土碗,嘴里"唔唔"发声,同时指指地上的茶壶,那意思是要水喝。秀儿见诺希如见救星,心中顿感轻松。立马给他倒了碗水,指指草墩让他坐下慢慢喝。诺希听话地坐在草墩上,抹抹胡子,小口小口地喂着,慢慢品味,似乎在品尝醇香美酒,明摆着是不会轻易离开了。屋里灯光较暗,张发阴沉的脸和脸上怨毒的表情看不太清楚。诺希低着头喝水,不去看张发对他的怒目而视,并被鬼火烧红了的眼睛。看来今晚又是好事难成,有诺希在,张发不再抱有希望,他站起来佯装无事向秀儿告辞。他转过身,瞪了诺希一眼,牙齿紧咬双拳紧握跨出门去。看着张发背影消失,诺希水也喝完,他拎着碗一言不发慢吞吞地拐出门去。

家被烧以后,秀儿的心情一直很糟糕,无论做什么事都提不起精神,感到脚瘫手软,犹如久病未愈的人。更糟的是她什么都不想做,似乎要做的事情已经失去了它们的意义。即便有的事她不得不做，这也让她感到厌烦。秋收的一个月她都处于这种状态。进入九月学校开学了，晓兰和路玉都要回学校上课。晓兰住校，一两个星期回来一次，对这个家她已经渐渐疏远了。路玉不住校，每天都要回来，早早晚晚地奔波。秀儿心疼要他住校，不必如此辛苦。然而任秀儿口水说成丸药，他就是不听，他不会跟秀儿顶嘴，只是仍然我行我素，秀儿也奈何不了他。路玉一直都是跟大憨妈睡，有时晚上路玉做作业做得晚了，她就会轻言细语地叫他："眼睛涩了不？明天还要起早呢。"路玉就会收起作业本，他只听大憨妈的话。秀儿要等他们都去睡了以后，才回去打理自己的心情，慢慢地烧水洗脸洗脚。

屋里冷飕飕的，四面透着风，屋顶上盖的是响瓦，就是将瓦一片片地盖在椽子上，不用草泥填灌，这只能是挡挡雨而已，不能遮风。屋门由几块薄木板衬上木条钉成，就像床板，露着大罅小缝。原来焦黑的四壁虽然用生石灰刷过，却仍然盖不住烧焦的气味。秀儿很难将这栖身之地与家联系起来。这里没有家的气息，没有家的味道，没有家的模样，就像那些守鱼塘守果树的人搭的临时窝棚。家之所以是家，是因为家里有依靠，有温暖，还有情爱，不仅仅是遮风挡雨，家更是人生的驿站，是心灵停泊的港湾。她悲伤地感到这个家离自己如此遥远，以至于她不知道是否还能期待它。

洗完脸和脚，她并不渴望那冰冷的床铺，即使她感到身心疲惫。她走到门外，天空仿佛被人用浓浓淡淡的墨水胡乱涂抹过，她觉得这不是它该有的样子——毫无章法可言。勉强看得见青头山、白虎山、锅盖山起伏的轮廓，它们在黑暗中渐渐淡去，最后融入一片混沌。秀儿收回目光，却发现诺希悄没声息地坐在大门外的台阶上，一动不动，仿佛跟石阶连成一体，成了寺庙里的门神。天空飘起了小雨，秀儿回到屋里，立刻关了灯。

秀儿的坏心情直到郑刚的到来才有所改变。郑刚是突然到来的，事先没有一点预兆。仔细算来，自打郑刚将秀儿送回村子的那天到现在差不多已经过去了三年。刚开始秀儿以为他很快会再来，可他一直没有来，而且没有任何消息。秀儿等得无望就把他从心里扯出来扔到荒郊野坝，任野狗去撕扯。她要将心里原来被他霸占的那块空间腾出来，不然别人无法进驻。不过她偶尔还会想起，就会咬咬牙狠心地骂上一句："不讲信用的骗子，骗子！"骂过以后，她就会觉得出了口气，心里会舒坦许多。

秀儿正在田里码小谷堆，是大憨妈叫个小姑娘来告诉她，说有人找，那人是开着大卡车来的。开着大卡车来找她的还有谁？郑刚这个人一下子从脑海里蹦出来，而且模样依然清晰，她心里酸甜苦辣，五味杂陈。秀儿这时才发现郑刚一直藏在她心里，仍然霸占着那块空间，她以为自己已经把他拽出去了，实际却没有，她欺骗了自己。

她在沟边将手脚洗干净，蘸点水抿抿额前的散发，放下裤脚拉好衣服，才挎上蓑衣，她要像平日收工那样走回家。然而离家越近却心绪如潮，越发不平静起来。门口的荒地上停着一辆绿色的解放牌大卡车，没罩车篷，从车厢板的空格处望去，车里装的是一根根木料。秀儿站在家门口，拼命压抑着心中突然汹涌起来的感情。自那天他开车回去以后，她就盼着他来。她时常想，他会来、他要来、他应该来、他不能不来，可是他没有来。他让她盼了一个月又一个月，盼了一年又一年。后来，她几乎绝望了，强迫自己不再想他这个"骗子"。可当他又突然出现，自己又要见到他的时候，秀儿没有欣喜，反而有着莫名其妙的愤怒。郑刚坐在草墩上喝着水正跟大憨妈款话。秀儿知道自己一定是铁青着脸，恨意笼罩，因为她从郑刚脸上看到了惊讶的表情。"你来做哪样？"秀儿劈头盖脸地质问。"你不晓得？"他惊讶更盛，似笑非笑地反问。"不晓得！"秀儿硬邦邦地说道。"是吗？"郑刚语含讽刺，眼睛瞟瞟墙边。秀儿进屋就看见了，四块方板已经横靠在墙根脚。"哪个稀罕！"她轻蔑地说。大憨妈看看他们二人，知趣地站起来，她吩咐秀儿请这位郑刚师傅留下来吃饭，她先到菜地里割点菜来，说罢提个篮子拎把镰刀跟郑刚打了个招呼就走出门去。大憨妈刚离开，郑刚便指指草墩叫秀儿坐下，她站着而他坐着这让他觉得别扭。秀儿居然顺从地坐到草墩上。刚坐下她便想站起来，自己怎么能听从他的摆布？自己怎么会这样的没出息！谁知他又说："你看你那副凶神恶煞的样子，想吃人呀！""吃你又咋个！"秀儿想都没想话就脱口而出。郑刚大笑起来，但他十分克制，让声音不要太响，笑罢说道："我臭烘烘的，你怕吃不下去。"秀儿也想笑，她怕控制不住赶快转过头去。郑刚不笑了，待秀儿转过头来，他盯着秀儿的眼睛说："你心中恨我，是不是？还骂我是不守信用的骗子，对吧？"秀儿被他说穿心事，脸上有点发烫，只好不吭气。郑刚将碗中的水喝完，放下碗抹抹嘴。他说："这两三年我都被派到外地拉百货和生产资料，没有机会到林场去拉木料，我跟单位要求过几次，最近才被分配去林场。没要着木料，哪敢来见你，空着手来你怕要骂我骗子，是不是？"他说到最后又自我表白地说上一句:"人说过的话就要兑现,不能不守信用。我对你说过的话,我记着呢。"

秀儿相信了他的话,因为她看不出他有任何心虚的样子,说话实在,没有编造的痕迹。不过或许说什么并不重要,重要的是他已经来了,这说明他始终没有忘记他的承诺,没有忘记她,尽管时间已过去了那么久。想到这里,秀儿的心情就好起来,她的心情一好转,脸上便显出妩媚来。她拎起茶壶,往碗里倒满水,抬起递给他。这个多少带有点殷勤的举动,可以看作是对误解他所表达的歉意。郑刚的手无意碰到了她的手,她感到有温暖的电流从他手上传递过来,她马上想到了那还埋在针线箩里的帆布手套,不禁嫣然一笑。郑刚没有缩回手,眼睛盯着秀儿那犹如春风吹拂下桃花乍开般的俏脸,不禁有些心猿意马,不过他很快回过神来,抬起碗大大地喝了几口水。郑刚放下碗,鼻子皱了几下问秀儿:"房子被烧过?"秀儿的脸阴沉下来,像开败的桃花失去了鲜艳的颜色。她刚刚变好的心情被不识时务的郑刚破坏了,秀儿像没有听见他的问话,脸上的不愉快表露无遗。郑刚很快察觉到秀儿情绪的变化,劝慰道:"旧的不去,新的不来,以后重新漂漂亮亮地盖一栋。"俗话说"说得轻巧吃根灯草",想得倒是好,可咋盖?哪个来盖?靠她秀儿带老拖小的这双手盖得起来吗? 真是天话!郑刚没想到,他本想安慰秀儿,却反倒引起了秀儿的伤心。她淡淡地说道:"好是好,不过以后再说吧。"郑刚一时无话。秀儿太敏感,他怕不小心说出的话会刺激到她,为避免尴尬,他站起来走到屋外。石阶下,一个用狗头石垒起来的猪圈空闹闹的,只垫了些乱草,猪还没有影子。郑刚问跟着出来的秀儿:"猪到哪里去买。"秀儿告诉他:"赶街时到安宁城里去买。"郑刚说起他到过昆明附近的小板桥,那儿的街子特别热闹,卖猪的很多,大大小小的都有,听人讲猪价比昆明周边的县份还要便宜。秀儿听罢有些心动。大火把她养的两头半大的猪烧成了黑炭,她就一直想重新买头小猪来养。农村人家不养猪不像要好好过日子的样子,更何况过年的时候家家有猪杀,自己家无猪可杀,她怎么面对家中老小?那滋味真比死强不了多少。没被烧毁的钱盒子里,除了她视为圣物的那两角钱外,还有她去背水泥、赶马车、卖废钢铁和废旧报纸,多年来辛辛苦苦攒下的几十块钱。她平时千省万省,就为了生活讨不走时能够救急救困,就像当下这种情形。但钱不多,而需要用钱的地方很多,因此她必须精打细算。去小板桥买猪倒是个好主意,可秀儿连小板桥在什么地方都不知道。活了四十来年她到昆明的次数屈指可数,她记得就是有限的两三次:一次是跟村里的小婆娘坐火车到石嘴的化工厂去买玻璃水来洗东西,玻璃水据说是用来做肥皂的,碱性很重;还有一次也是女人们约着到西郊的马街去卖苞谷和米糠;第三次是她到昆明去看晓兰,晓兰跑到西站来接她到学校。仅凭她去过和路过的有限地方,她已经感觉到昆明最大的特点就是一个"多"字,路多房子多,人多单车多。她犹如看到了另一个世界,这不是她的世界。如果她生活在这个世界,她一定会感到陌生和孤独,那感觉就好像路玉躲在案板下吧。小板桥在什么地方都不知道,怎么去呢?郑刚看出了她的顾虑,他说:"我带你去,买了猪我再带你回来。"秀儿没出气,似乎有些犹豫,郑刚补充说:"不用害怕——"秀儿笑了,她说:"怕?我才不怕哩。"

吃饭的时候大憨妈不停地给郑刚攃菜,她还特地将村里人给的老腊肉割了一块，用干辣椒炒了招待郑刚。少有的热情让郑刚受宠若惊。大憨妈之所以对郑刚如此热情，秀儿知道原因，应该是郑刚送来了做寿材的木料，这一定让她惊喜不已，开始她也许还不敢相信，天底下会有这么好的事，这么好的人。秀儿没有跟大憨妈说这件事，她还不敢完全相信郑刚的为人。看着大憨妈少有的眉开眼笑的神情，秀儿感觉到了这具寿材在大憨妈心中的分量。这或许是大憨妈一直深深潜藏在心中的愿望，可她从来没有表露过，或许她知道，做具寿材对于这个家庭来说是一件多么不现实的事。现在郑刚拉来了木料，愿望就会变为现实，这是她以前做梦都不敢想的事。人一高兴话自然就多，大憨妈一面搛菜给郑刚，一面问郑刚跟林场的人要木料是不是让他很为难，别人会不会说闲话，而且还对郑刚把圆木改成方板的破费感到不安，她说她是农村人不会说话，但真的很感激他。郑刚没有表现出自得的样子，而是十分谦虚地跟她讲，清水江林场山高谷深，山坡上、山谷中到处都是砍倒的大树，好多都是锯好成堆码起的，愁的是拉不出来。他们经常为昆明西站的木材加工厂拉木料，还时常帮那些林场工人捎带些木材给家里打家具用，他们彼此很熟悉，跟他们要点木材绝不是问题。那些工人告诉他，只要他拉得走，拉多少都可以。至于锯成方板更是不成问题，拉木料到加工厂的时候，跟工厂的师傅打个招呼，递上支烟，哂支烟的工夫就把方板解好了。他说得很轻松、很容易，仿佛一切都不费吹灰之力。不过秀儿觉得他是在宽大憨妈的心。郑刚还有意无意地提到，如果想要盖房子，梁柱椽子什么的，他下去拉木料时每次顺便要上几根，凑够盖房子的材料也不是很困难的事。当然，这话应该是说给秀儿听的。

并非所有人对郑刚的到来都表示欢迎,路玉自始至终都对他抱着深深的敌意。他从学校回来见到郑刚就一直用警惕的眼光打量着他,招呼也不打,他有意漠视郑刚主动向他打的招呼和向他摆摆手的友好姿态,他只是用眼角瞟瞟郑刚,表现出他对郑刚的轻蔑。郑刚毕竟是走南闯北见多识广的人,心中虽然有些不爽,但脸上仍然挂着平和的笑容,表现出一副不以为意、宽容大度的样子。路玉吃饭的时候一直埋着头,很快扒完,抬个草墩坐到门外,显得心事重重。直到吃完饭,郑刚开车离开,他才回到屋里。

第十五章

　　她逼走了晓兰，她也想同样逼走路玉。她跟那些老想把孩子拴在身边的父母不同，她不想把孩子拴在自己身边，她不想让孩子遭受跟自己相同的命运，不能让他们和自己一样终老于此，不论这里的土地如何丰腴。

郑刚绝对不是正人君子，他跟村里人一样觊觎秀儿的美色。自从他第一次见到秀儿，他就被这个不讲道理的小婆娘吸引了。他觉得秀儿身上散发着一股让人无法抗拒的魅力，她就像山野上绽开的桃花一样，带着太阳热辣辣的气息，撩拨着人的情思。秀儿虽然已经过了花枝招展的年纪，然而岁月并没有改变她的容貌，反而赋予了她成熟的风韵，因而更加迷人。"迷人"这是郑刚所能想到的唯一的词。他认为只有这个词才能配得上她。每次见到她，郑刚就会不由自主地想去撩她的长发，摸她的鼻子、舔她的唇，想将她揽在怀里，看她那胭脂般红艳。他对她身体的每一部分充满各种神秘的想象，这让他神思飘忽。面对秀儿，如果有两条路让他选择，那他会毫不犹豫地选择下地狱，而不会选择上天堂。

秀儿不知道郑刚的心思，或许她知道，只是假装不知道。她听从了郑刚的建议来到小板桥买猪。他告诉秀儿，买好猪就待在路边等他，他到木材加工厂卸了木材后就来接她。

小板桥的街子确实很热闹，一两公里长的街道上人头攒动，宛如缓缓流动的河水。镇子外面的公路两旁也有许多摆摊卖东西的人，不同的东西集中在不同的地点区段。米麦杂粮、瓜果蔬菜、日用杂货、箩筐竹编都有集中售卖的地段；家禽家畜、牛马牲口则集中在田坝间的空地上。四街八乡来卖东西的人多，买东西的人也多，那种热闹程度，确实是安宁街子无法相比的。

秀儿买猪，从不左挑右选、货比三家，她讲究缘分。她走到卖猪的人跟前，只要看到小猪往她脚跟前拱，即便长相差点她也会毫不犹豫地买下，对其他的小猪就不再关注。她靠这种办法买来的猪只只好养。她很快就买到一只三个多月的小猪。小猪一见她就"吱吱"叫着往前拱,偏着头一副憨态可掬的模样。价钱也正如郑刚所说,要比安宁便宜许多。她把它装进麻袋,再放进背箩里,然后背到马路边等着郑刚。

天气乍晴还阴,八九月是多雨的季节,早上还一阵风一阵雨,下午居然不再下了,但天空却从来没有干净过,而且空气中总飘着雨腥味,这始终让人担心随时都会大雨滂沱。郑刚一直到街子快散的时候才来,这时秀儿已足足等了三个小时。秀儿等得鬼火,但郑刚满脸歉意,不停地道歉,她也就不好发作。

郑刚将车开到一家路边的小饭店吃了顿饭,秀儿吃得心不在焉,她担心的是什么时候才能回到家。吃完饭车子又开动的时候,小饭店已经拉亮了电灯。而此时雨又开始下起来了,雨势不小,到处雨声一片,远处还伴有沉闷的雷声。郑刚打开车灯,两条雪白的光柱中,雨丝如屏幕,银白光亮。郑刚将车开得很慢,就像老牛踱步。秀儿心神不安,她不知道这样开车何时才能爬到家。她瞟向郑刚,在车灯的余光中,看到他的眼角暗含讥笑,这让她更加担心。

走了不知多长时间,车好不容易翻过了碧鸡关,快到长坡的时候,郑刚将车开进了一座简陋的停车场。秀儿正诧异,郑刚告诉秀儿,不能再走了,这么黑的天又下这么大的雨,车容易出事。不待秀儿有所反应便叫秀儿下车,顺手拿件胶布雨衣给秀儿披上,然后带着秀儿来到距停车场二十米远的一个小客栈。小客栈在一道矮围墙里面,是面朝公路的一排小平房,有五六间房屋。郑刚叫秀儿等着,自己跑进档头一间亮着灯的房间里,大约是一间值班室,不一会儿就出来了,带着秀儿去开了一间房。他多话也不和秀儿多讲，也不询问或征求一下秀儿的意见，自作主张地安排。秀儿机械地听他摆布，心情一时十分沮丧。她觉得自己变成了一只褪掉毛的鸡，被扔在明晃晃的刀下，等着他人屠宰。秀儿跟着郑刚进来时，她已经看出这是开在山野路边的一家小客栈，这个小客栈在秀儿看来绝对是个充满凶险的地方。三面半人高的土墼围墙，这种围墙也许挡得住野猫野狗，但根本挡不住心怀歹意的人。围墙中间有一道木柱门，只有门框，门扇已不知所终。进门的一根竖杆上亮着一盏气息奄奄的灯，犹如坟场鬼火一般。当头那间屋里应该住着看管这所小客栈的人，这多少给秀儿带来了一点安全感。

秀儿住的房间里，靠墙放着一张木床，看起来已是爷爷辈的年纪，没有刷过漆的床帮黑迹斑斑。一床浅红的大格子床单、一个枕头、一条毛巾大小的蓝色枕巾，床头叠着一床红花薄棉被，垫的是棕床垫，坐上去感觉不到一丝柔软。这些床上的东西散发着一股浓烈的臭袜子味道。床头有一张条桌和一把即将散架的椅子，桌子下面有一只不知被摜了多少次的搪瓷盆，搪瓷已经掉得差不多了，看不出原来的花色，露出一块一块的铁皮。这间房子没有什么值得称道的地方，处处透着随意和任性。唯一还靠得住的地方是那扇还算完好无损的门。

她独自坐在房间里，不知道接下来会发生什么事，她害怕郑刚图谋不轨，心中惶恐不安。内心深处却又希望他图谋不轨。当郑刚检查完车子办完手续推开门走进来，然后将门随手关上的时候，秀儿的心吊了起来。

郑刚似笑非笑地打量着她，秀儿被看得极不自然。

"这里人很少。"秀儿说了句含混不清的话。

"你看起来有些害怕。"郑刚看出来了,他当然看得出来。

"我从来没有在这种荒郊野岭的店住过。"

"不用怕,还有我嘛。"他的话语暧昧。秀儿看到了他眼中有两点明亮的东西在灼灼闪光。

"你晓得我最怕哪样?"

"怕山上跑来条老野狗?"

"我不怕狗,我怕人。"

"怕人?"

"你装哪样佯,就怕你!"

"怕我?"郑刚故作惊讶。

"你这个人开始就没安好心。"

"你才发现?"郑刚笑了,唇上的短胡须得意地翘起。

"把我困在这里,你早就计划好了,是不是?我上了你的鬼当。"

"这不能怪我。"

秀儿听得出来,他的委屈是装出来的。

"不怪你莫非怪我?"

"说对了。"

"莫名其妙!"

"是你在勾引我。"

"我——勾引你?"秀儿笑起来,这是什么话!

"谁让你长得那么——迷人。"

"我长得好不好,关你哪样事?"

"你让我管不住自己。"

"你要整哪样！"秀儿紧张起来。

"我什么也不干——"他摊开手向秀儿慢慢靠近。

"莫过来——"秀儿傻傻地看着他。

他没有停下。郑刚每走一步，秀儿的心就跳一下。他很快走到秀儿跟前。

"不要——"秀儿声音低得连她自己几乎都听不见。

郑刚扶着她的背将她轻轻放倒在床上，并掀开了被子。秀儿心中抗拒着，骂自己没出息，竟然让他随意摆布，但却浑身瘫软无力，犹如筋被抽掉一般。她深深叹了口气闭上了眼睛，任由郑刚为她宽衣解带。她感觉到郑刚轻轻撩开她额头披拂的头发，摸她凉凉的鼻子，伸出舌头亲吻她的双唇。郑刚的手从她的脸上滑到脖子，再向下缓缓游动，游过胸脯游过小腹。他的手指触摸之处，仿佛每一个细胞都迸发激情，进入一幅绝美的画图之中。也许抚摸就应该像他那样，要摸出杨柳轻风，摸出阳光妩媚，摸出蜂蝶恋花，摸出柔情蜜意，要摸得她想唱想跳，摸得她情火如炽。他慢慢地将她搂在怀里。在大海里游过泳的人，不会再惧怕海水，当他再次跳进大海时，已经不会在意水对皮肤的接触，在意的是寻求皮肤之外的愉悦和享受，追求的是一种浑然一体的奇妙感受。郑刚紧紧地搂抱着秀儿，让她的骨头都酥软了，她的心也在慢慢地融化，化成桃花朵朵，化作朝霞满天。秀儿从来没有体验过这种感受，后来她曾经想过，如果能够，她愿意用一生去交换，让这销魂一刻变成永远。

后来她时常会想起这一晚，想起郑刚手指的神奇魔力，让她体会到了从未体验过的抚摸的滋味，遗憾的是大憨跟她结婚十五年，他都不知道如何去抚摸，她无条件地给他摸，可他只会粗暴。

秀儿跟郑刚一夜销魂之后，她的性情有了很大的变化。郑刚成了她幸福的源泉。跟郑刚在一起，那种幸福和甜蜜的感觉就会油然而生。这种感觉真好，会让她从此有了期盼，有了念想，心里不再会感到孤独和空虚。

有了这种感觉，会让她用温情的眼光去看待周围的一切，并且都能从中找到激动人心的地方，就连这窝棚似的小屋也变得不那么面目可憎，有了许多温暖的气息。秀儿也在意起自己的容貌来，赶街子的时候特地去买了一面可随身携带的圆形小镜子。以前她并不在意自己的样子，她从别人那种色眯眯的眼神中，知道自己很俊俏而且招人喜爱，可她从未很仔细地审视过自己。而现在她看到了那个镜子里的自己：眼亮如星，双眉如柳，挺直的鼻梁和丰满而微微上翘的嘴唇，微笑的时候，双颊便会出现两只浅浅的酒窝。她的确很美，她想如果她是个男人，也一定会爱上镜中的那个女人。所以她明白了，为什么有些男人会千方百计想打她的主意。然而她也发现，岁月的风霜已经在她的脸上雕刻出细细的皱纹，像谷种被焐出来的细细的白根，从眼角射散开来，像扇子一样。她也觉得自己的皮肤似乎没有以前的温润光滑，而且开始显得干涩暗淡。不过这并没影响她对自己相貌的评价，她认为这让她少了些浅浮，却多了些醇厚，而醇厚的酒更容易醉人。她很久没有再用蚌壳油了，第一次买的那盒蚌壳油还没有用完就不知放到哪去了，她已有意冷落了它。而今她又想起它来，但是百货公司已经不再卖它，她非常舍得地买了比它好用的一瓶雪花膏，在她跟着郑刚进城赶街时搽手搽脸。她知道，虽然这东西未必能让她美丽永驻，但一定能使她的皮肤不会过快地衰老。重要的是她觉得搽了它会使自己更有女人味，而且这香味也总是让人愉快，让人神往。她还慢慢养成了一个习惯，不管再苦再累，到了晚上她都会将身子洗干净，然后坐在床沿，用手指轻轻地抚摸自己的身子，一面摸一面轻轻地揉，手指在皮肤上画着圈，她想象着那不是自己的手指，而是郑刚的手指，直到摸得心里暖洋洋的甜蜜如春，她才会美美地睡去。

有天晚上，她坐在床边。衣服脱去让身子裸露，然后双手交替着在肩膀上轻轻揉捏。在昏暗的灯光下，她的身体美妙而诱人。不经意间，她发现门缝中有一双眼睛，正一眨不眨地盯着她的身体。她本能地将双臂围拢抱在胸前。秀儿熟悉这双眼睛，那是一双已经不会让自己害怕的眼睛，她不在意他的偷看，如果这是他对自己所给予的帮助而希望得到的报偿，那么她愿意满足他的愿望，让他看个够。秀儿慢慢地松开双臂，站起身来，将自己赤裸的身子——那让人心悸的身子呈现在他眼前。屋内安静如潭，秀儿静立如仙。门外有清风吹拂，伴随着一声深深的叹息，眼睛消失了。秀儿关灯躺到了床上。

秋收以后，秀儿把口粮留够，多余的粮食全卖了。付清了买农药、化肥和请工的钱，用剩下的钱请了两个木匠师傅来给大憨妈打个寿材。工场就设在院子里，木方架在木马上，锛铇锯凿。两个师傅是爷俩，手艺娴熟配合默契。大憨妈一有空就会手端着手站在一旁看爷俩忙碌。如果不是她那脸上一直没有消失过的欣喜笑容，旁人一定会以为她是苛刻的监工。大憨妈对这具寿材异乎寻常的关注，使秀儿感受到了它在她心中的分量，秀儿为到了这个时候才明白大憨妈的心思而自责，或许她早就应该想到。不久前她听过一件事：邻村有一家人，只有母子两个相依为命。那个儿子自小游手好闲，养成好吃懒做、吃家坑家的烂德性，而且他还是个忤逆之子，不顾老母死活，将家中能偷能卖的东西全弄完了，最后打起了他母亲寿材的主意。这具寿材是她唯一的念想和寄托，为防止寿材被偷卖，他母亲就以寿材为床，睡到了里面。她对儿子说："你要卖就连你老娘一起卖了。"从此与寿材须臾不离，最后才守住了寿材，据说她死的时候就是死在寿材里的。秀儿对那个不孝之子的作为感到不齿，同时她也理解了寿材在老人心中的地位，因为这是他们生命的归宿，一个可以让人安心的归宿。所以在寿材做好的那一天，大憨妈双手摸着那漆黑铮亮的寿材泪流滚滚的时候，秀儿完全明白大憨妈的心情，她也陪着大憨妈泪雨涟涟。

寿材先后打了将近一个星期。路玉不上学的时候，会陪在大憨妈身边，一起看两个师傅做活。寿材未成型的时候路玉问大憨妈："阿奶，这是做哪样？"

"做寿材呀！"

"为哪样要做这个？"

"那是阿奶的床呀。"

"睡在里面黑漆漆的，好害怕呀。"他想象着，感到十分恐惧。

"那才不会呢，在里面头顶会有光，一圈一圈的，像太阳一样亮得很。"大憨妈心情好，话也多起来。

路玉不明所以，他不知道那里面怎么会有光，就开始使劲地揉鼻子。

"哄你呢。"大憨妈摸着路玉的头："睡在里面，没有光也没有黑暗,哪样都不会晓得,哪样都不会感觉,不晓得苦也不晓得痛,不晓得高兴也不晓得伤心,只要静悄悄地躺着就行,就像睡着了一样。"

"阿奶,我不要你睡到里面去。"路玉紧抱着大憨妈的腰,似乎生怕她立刻就会离自己而去。

"阿奶晓得,可是人迟早都要睡到里面去的呀。"大憨妈突然感到有些伤心。

"阿奶走了,没有人陪路玉睡觉,没有人跟路玉说话,没有人喜欢路玉了。"路玉不揉鼻子了。他用哀伤的眼睛看着大憨妈。

"阿嬷喜欢路玉啊。"

"阿嬷喜欢别人,不喜欢路玉了。"路玉扑到大憨妈怀里,泪水浸湿了她的衣襟。

"路玉,你已经长大了,路要自己走,别人陪不了你一辈子的。"

"阿奶,我不想读书了,我要回来陪你。"

"这不是路玉该说的话。"大憨妈有些吃惊,她知道秀儿对晓兰和路玉的良苦用心。

"没有人喜欢我,读书我也读不进去,我回来帮阿奶干活。"

"路玉,读书才会有出息,跟晓兰一样,留在城里,不用再回农村吃苦了。"大憨妈耐心地劝导他。

"阿奶,我笨得很,咋个学都学不好,还不如回来干活。"

"我们家的路玉已经是大小伙子了,懂事了吧,哪有路玉做不好的事,哪个敢说我们家的路玉笨呀!"大憨妈不想把路玉的话当真。

"阿奶,这话你莫跟阿嬷讲,阿嬷会生气的。"路玉嘱咐大憨妈。

然而再嘱咐他也没用了,秀儿在门口清清楚楚地听到他俩说的话。当时她去地里拔了几棵菜回来,并没有存心要偷听奶孙二人谈话,然而巧不巧的她全都听到了。她没有马上进来,而是站了几分钟才走进院子,穿过院子脚步不停,径直走进屋子,她假装没有注意到路玉揉鼻子的心虚动作。

在以后的日子里,秀儿绝口不提这事,路玉也没有再说不想读书的事。秀儿凡事总爱从好处想,她知道,读书嘛,哪有这么好读的呢。偌大的村子,这么些年了就不见有几个把初中读完了的。读书总会碰到困难,也许是路玉碰到困难,产生了些畏惧情绪,这也正常,路玉没有再提这事,说明他已经挺过来了嘛。这样想着心里就宽慰许多,因而她没有及时到学校好好了解了解路玉的学习情况,她太大意了。当有一天路玉跪在她的面前递上牛筋棍的时候,秀儿才感到震惊不已,悔恨不已,痛心不已。

那天,刚过晌午,应该还是上学读书的时间,诺希将路玉拉了回来。诺希去村后的山坡上拾柴火,看见路玉坐在土坡上,还将书和练习本一页一张张地撕下来,又撕成一条条的碎纸片,然后抛向空中任风吹落,面前是白花花的纸屑。诺希抓住他的胳膊,又将地上的碎纸片抓了一把,嘴里"哇啦哇啦"嚷着别人听不懂的话,但他显然十分愤怒,回来时还不忘在柴堆上抽了一根牛筋棍。秀儿对诺希交到自己手上的碎纸片感到震惊和不可思议,她将纸片摊到路玉跟前问:"这是整哪样?"路玉闭着嘴,低着头看着坚硬冰冷的石板。"说话!"秀儿声音凄厉,抓起牛筋棍。但路玉浑若未闻。大憨妈闻声跑了出来,她急切地叫路玉:"说呀,告诉阿嫫!""阿嫫,我不争气,我不想读书了。"秀儿心中颤抖起来,她瞪圆了眼睛,眉毛直竖起来,攥紧了牛筋棍,"为哪样?"秀儿几乎吼起来。路玉又沉默了。"你不说?好呀!"秀儿举起牛筋棍,在空中挥舞几下。牛筋棍泛着一片黄褐色的光影,呼呼作响。诺希和大憨妈紧张地看着秀儿那张怒不可遏的脸,不敢说话。路玉抬起头快速地瞟了秀儿一眼。秀儿看到了他的眼睛,他的眼睛里没有恐惧,没有惊慌,只有坦然接受任何惩罚的坚定。或许在他眼里,秀儿手中的牛筋棍早已失去了威慑作用,变得毫无价值。在这一刹那,秀儿突然发现路玉已经长大了,不再低眉顺眼,不再卑微可怜,不再唯唯诺诺、胆小如鼠,而且他已经开始平视别人的目光。人们常说,父母是看着孩子一天天长大的,其实并不是这样,在父母眼里,孩子永远是孩子,是永远长不大的。秀儿虽然不是路玉的亲生母亲,但她一直都把路玉当作亲生儿子对待。或许是路玉的遭遇让她揪心,所以让她对路玉的印象始终停留在弱小可怜的幻影里。如果不是这突然的变故,她还不情愿正视路玉已经长大的事实。现在秀儿必须承认,路玉已经不小了,几乎已长得和她一样高,快长成大人了,虽然他还不到十六岁。

  秀儿高举的手臂垂了下来,牛筋棍无声滑落。面对路玉,她突然感到陌生,眼前跪着的这个路玉已经不是她所期待的那个路玉了。然而在她的内心深处,仍然希望听到路玉说"阿嬷,我错了,我要好好读书"之类的话,那时她就会心软,就不会再追究,还会拼命地为他去挣学费。让她伤心的是,路玉什么也没有说。秀儿仿佛患了场大病,感到心里发凉,全身乏力,力气如水蒸发,只留下了心痛。"站起来,你不用跪着,你已经长大了,翅膀硬了,我已经管不了你了。以后你想做哪样,想去哪里,都随你,我不会再阻拦你了。"她努力说出这番话,这些话冷的像从冰河中捞出来的。"阿嬷,不要赶我走,我没有家。先前我阿嬷不要我,她说过叫我不要去找她,让我重新找个好心的人家。"路玉的话说得凄凄惨惨。大憨妈抱住路玉的头说:"阿嬷咋会赶路玉呢?这里就是路玉的家,你要走我还舍不得呢。"说罢,扯起衣襟擦湿润的眼角。诺希看着秀儿神志激动,苦于说不出话,两只手无意识地搓捏着。"阿嬷,不是我不努力不听话,我实在是听不懂,学不会。我不想让阿嬷再为我去苦学费了,阿嬷太苦了。"说到此,路玉禁不住哭出声来。秀儿不明白什么叫作"听不懂学不会",读书真的就那么难吗?秀儿没读过几天书,她记得自己是打打闹闹地玩着就把书读了,从未感到读书会如路玉这般痛苦和畏惧。她也曾想过,是不是中学学的课程难了,课本深奥了,所以难倒了路玉,然而不管怎样,她能肯定的是路玉绝对不会再去读书了。他已经好不容易读到了初中二年级,只要再坚持一年,他就能初中毕业了。可路玉把书都撕了,这说明他已经跟读书彻底分手。一想到这点,秀儿心中就一阵悲哀。她逼走了晓兰,她也想同样逼走路玉。她跟那些老想把孩子拴在身边的父母不同,她不想把孩子拴在自己身边,她不想让孩子遭受跟自己相同的命运,不能让他们和自己一样终老于此,不论这里的土地如何丰腴。

期望破灭后剩下的是失望,然而不管秀儿怎样失望,有一点是确定无疑的,路玉将要永远留在农村,她无论如何都要给路玉一个像样的家了。

第十六章

郑刚不说,或者是觉得没必要说,但秀儿已经相信了,他爱她,或者说她宁可相信他爱她。秀儿需要爱,因为被人爱着,生命才会展现出如花似朵的那一面。

秀儿一旦起了要盖新房的念头，心中就一直牵挂着这件事。也就有了些盘算，她不想盖在原址上，没有更多的理由，除了拆废墟还要多花些工夫以外，更重要的是她觉得房子被烧的阴影一直在心中挥之不去，建在原址心中不舒服也不踏实。她可以跟村委会申请在自己分得的坡地上划出一两分地重建新房。自从分田到户以后，生产队就改为村委会了。经过选举，老队长担任了首届村委会主任，跟老队长反映大概不会有什么问题。房子的式样呢？村里人以前盖的房子讲究三间四耳倒八秧，一般都是两层楼，三间正房，两边四间耳房，再加上大门头上的一排屋子，四面围成一个院子。秀儿只想盖三间正房，而且不需要像老房子那般宽大。她想以后在四周建围墙，装上大门也能自成一家。秀儿不是好高骛远的人，她要从自己的能力出发去考虑问题。

晚上，秀儿坐在草墩上，前面铺上块木板，上面放着路玉残留的练习本和铅笔，她要算个账，想知道要多少钱才能将这样一栋房子盖起来。梁柱椽子、砂石瓦片这些建筑材料暂不计算，先只算人工费用。用工的大头是挖土背土舂墙，还有踩泥巴抹土墼，需要两百来个工；其次是木工活，梁柱的刨光、凿眼、打榫、支梁、立柱、钉椽子，也需要百多个工；再有就是砌地基、石脚，还有铺瓦抹泥的工，也需要三四十个。按平均每个工八块钱计算，单这三项需要将近三千块钱。除了人工费用，即便郑刚可以帮忙解决梁柱椽子，那砂石瓦片也还需要钱。秀儿越算越心虚，越算越灰心，她就是将全年的粮食全卖了，也就区区三四百块钱。就算什么也不买，一点也不动用，这点钱也是天差地远。秀儿怀疑自己是不是自不量力，竟然想做一件她也许无法做到的事。秀儿先前也曾把自己的想法跟大憨妈说了，大憨妈说的是："好是好，可是能盖得起么？"秀儿当时是这样跟她说的："一年盖不起就盖两年，两年盖不起就盖三年，总会有盖得起的时候。"可是这到底要等到什么时候呢？

大憨妈没能等到秀儿将新房子盖起来就去世了，她走得很突然。

那天路玉回来，发现大憨妈坐在草墩上，身子靠在墙上，右手还拿着菜刀，左手还捏着一把猪草，前面是已经切好的半簸箕猪草。她眼睛闭着，脸色平静，像是睡着了一般。路玉喊她没有回应，扑过去抓住她的手，抱住她拼命摇晃，放声大哭。一面哭一面喊着："阿奶——醒醒，阿奶不要走，路玉不让你走——"他把头靠在大憨妈身上蹭着："阿奶不要走，阿奶不要路玉了——"他的哭声把人心都撕碎了。秀儿随后赶来，拉开紧紧抱着大憨妈的路玉，将大憨妈抱到床上。大憨妈的身体已经变凉，早已没有了气息。秀儿强忍着悲痛,给大憨妈洗脸梳头。她用热毛巾轻轻擦拭她的脸，将脸上密密的皱纹里的岁月的尘埃抹去，她将大憨妈光亮的额头上已经稀疏的灰白头发一根根理顺。大憨妈皮肤松弛的脸上始终保持着一抹菩萨般宁静平和的微笑，这是经历过人生坎坷的人所特有的。秀儿经常感受到大憨妈这种宁静平和的笑容给自己带来的温暖。她住的这个房间，不管如何破旧，总有一股温暖的气息充盈。秀儿为大憨妈换上衣服。这套衣服是秀儿为大憨妈准备的，因为大憨妈舍不得为自己买一点东西。记得秀儿给她两块钱去赶街，让她想买点什么，想吃点什么，就去买，可是当她赶街回来，又原封不动地将两块钱交还秀儿。她说："留给路玉交学费吧。"每念及此，秀儿总想落泪。秀儿知道大憨妈已经病了好些天了，不是大憨妈说的，是秀儿看出来的。她看见大憨妈做事时动作吃力，走路虚浮，而且脸色憔悴，眼神黯淡，要倾尽全力才能稳住身子。秀儿要去请桂珍，大憨妈不要，她说不碍事，隔几天就会好的。农村人对病从来就没有那么娇嫩，有病有痛总是硬抗，实在抗不过去才会去找医生。大憨妈说不碍事，秀儿以为真的不碍事，就疏忽了。她应该知道大憨妈的性情的，大憨妈从来不愿意麻烦别人，不想让别人为自己的事操心，大事小事都自己扛着，装在心里。秀儿自嫁过来，就知道大憨妈是这样的。大憨妈不显山不露水，只想悄没声息地生活在这个世界上，根本不想在世上留下什么印迹。她与世无争，安于上天给她安排的一切，对人生中的幸与不幸，她都会毫无怨言地照单全收。秀儿痛心——如果当时她坚持去请桂珍，或者进城去医院看医生，那么，大憨妈也许这时还在火塘边忙碌，而不会在切猪草时撒手归西。现在她只能拉着大憨妈冰冷、枯瘦、苍白的手，她已不会哭，只能由泪水在心里横流。

老队长来看大憨妈，他在床前站了一袋烟的工夫，像看一个未曾相识的人。他点点头说："走了，走了，走就走了吧。"声音有气无力，然后也不跟秀儿打招呼，慢慢折转身走回去。大憨妈上山的时候，他没有去，他已经爬不动山了。诺希来看大憨妈，他只看了一眼，便坐到门口石阶上，神色木然，有如一截被火烧焦的枯树桩。

第二天，秀儿送大憨妈上山，天空有薄云，太阳光从云隙中照射下来，斑驳的光影在寿材上亮亮地跳跃。墓坑已经挖好，寿木被小心地吊进去之后，回填的泥土落在寿材上，发出沉闷的声响,仿佛是从另一个世界传来的回声。秀儿为大憨妈立了墓碑,用石块砌了坟脚,比先前那些坟墓堂皇了许多。人们在忙着清理墓地的时候,跟着上山来的诺希跪在不远处,两眼直直地望着空中,似是要将天空看穿、看透,又像在寻找天空之外的另一个世界,另一个宇宙。天空云来云往,诺希的眼神黯淡了,显得空空洞洞,仿佛深井的水,没有一丝涟漪。

埋葬了大憨妈,薄云仿佛被蒸发,天光明亮起来。从青头山刮来一阵温柔的风,整个天空都在微微颤抖,空气变得没有一丝湿气。所有的东西都异乎寻常地清晰。树林好像又重新呼吸了,浮云消失,天空又开始变蓝了。山谷中传来"老倌好过——老倌好过——"的一种不知名的鸟儿的清脆叫声,这声音随着轻风传到很远很远的地方。

当天晚上,秀儿来收拾大憨妈留下的东西,却发现路玉已将大憨妈的床铺好,跟她生前一样,仿佛大憨妈并没有离开,还要继续在床上睡觉一样。路玉不愿离开这间屋子,他觉得大憨妈还在呵护着自己,温暖着自己。秀儿抱着路玉的头,路玉紧紧抱住秀儿的腰,静静地站立,感受着只有娘俩相依为命的凄凉。秀儿让路玉睡下,灯仍然亮着。

秀儿回到自己的住处,屋里空空落落的,心也空空落落的。原先心中的疼痛已渐渐麻木消退,但是无尽的思念却滚滚而来。她无法入睡,也不想入睡,在残存的夏虫的喧嚣声中,她走出门外,诺希依然坐在石阶上,她也在石阶上坐下,看着天边那惨白的月亮,浮云遮面,月亮在死死地挣扎。

在大憨妈离去后不久,秀儿把艾基米尔的田租了出去,只留下坝塘下面那四工田。那天桂珍来找她，说是从江西来了两个人想在村里租田种，每年一亩田给田主人一百斤谷子，公余粮由他们负责去交。桂珍已打算将自家的田租出去，人家嫌少，桂珍问秀儿想不想出租。秀儿其实早就想过，仅靠田里的粮食变卖就想筹钱盖房子，几乎是不可能的事。她要甩掉土地的羁绊，想办法去城里打工挣钱，这样或许才能实现自己的愿望。这个念头已在她心中转了许久，但没有人在前蹚路，秀儿也不敢走第一步。如今桂珍主动提出，秀儿自是求之不得，立时消除顾虑答应了。自那以后秀儿放心大胆地到城里打工。不单是她，路玉自辍学回家，就跟村子里和他年龄相仿的人到昆钢建筑公司的建筑工地做小工。他还不够大，只能给人打下手，做些辅助性的活计，例如拌拌砂灰，提提砂浆，搬搬砖瓦，或者用小推车搬运砂土、水泥砂浆之类的。他那受过伤的手虽然有些笨拙，但并不妨碍他做这些工作。路玉自知自己不能跟正常人相比，但也不想让别人看轻自己，因此做活格外卖力。秀儿也曾想和路玉一起去建筑工地做活，不过她看得出来路玉并不想跟自己在一起。因为当她提出来的时候，路玉没有表现出应有的欢迎态度，而是十分冷淡，他没有直截了当地表示反对，而是说工地上干活的没有女人。秀儿心里不滑刷，不过，后来她想可能是路玉的自尊心作怪吧，他认为自己已经长大了，而不再需要她的庇护。既然如此，让他独自去闯荡闯荡也好，最终他也必须一个人面对这个世界，独自面对自己的人生。秀儿想开了，没有去昆钢，而是到城里她已经熟悉的地方去打工。

每天早上，秀儿都会把头天晚上煮好的饭，用纱布包着捏成几个饭团，装在铝皮饭盒里，捏饭团时加上点盐巴，有时加上些煮熟的鸡腰子豆或豌豆，另外再装上点腌菜做中餐。路玉特别喜欢秀儿捏的饭团，看见饭团就会露出一脸馋样。早上娘儿俩一起出门各奔东西，下晚收工回来有早有晚。有时候路玉先回来，他会先去刷锅做饭。农村人平时吃饭很简单，煮饭做菜本就没有什么学问，只要肯做学会并不难。路玉到昆钢打工差不多一个月了时，那天他回来，秀儿正在灶台边忙碌。他跑过去拉住秀儿的手，将几张墨绿色的票子放到秀儿手中，票子有点旧，但带着路玉身体的温度："钱——"秀儿看清楚了，五张十元的票子。"工钱——"路玉说着，很自豪地将头高高抬起，笑容如波在脸上荡漾，两只眼睛格外兴奋明亮。秀儿从来没有见过他如此开心，她为路玉感到高兴，不是因为这五十元钱，而是为眼前这个已经变得青春和光明的路玉高兴。"给我的？"她问。"给阿嬷——"路玉很坚定地说。秀儿突然想起自己的那两角钱来，她完全能够理解路玉第一次领到工钱时的兴奋心情。那两角钱对秀儿来说，具有非同一般的意义。这五十块呢？是不是揭示了路玉今后的另一种生活，开启了他的另外一条路呢？秀儿将钱交到路玉手上，让他留着去买点自己喜欢的东西。路玉不接，他说："给阿嬷的，路玉不要！"他说话很坚决。秀儿抽出一张："这十块给你，算是阿嬷给路玉的，好不好？"路玉歪着头想了想，接受了。"这些钱我留着，攒够了给路玉盖房子。"秀儿说。"路玉不要房子。"秀儿感到意外。"咋个说呢？""路玉要阿嬷！"秀儿不知道他为什么会这样说，她只说了一句话："阿嬷舍不得路玉的。"

郑刚十天或半月来一次，他会拉来几根椽子或者一两根堪做梁柱的木料。为了排解秀儿的忧伤，他会将秀儿带到昆明。秀儿上昆明是有站得脚的理由的,晓兰在昆明,她要去看她。晓兰毕业后被分配到文林小学教书,她很少回村,因为她不满足于中专文凭,她还在读云师大的函授大学,假期和周末都要上课。大憨妈去世后好多天她才得到消息,还是秀儿上昆明时告诉她的。为此她眼睛都哭红了。

当秀儿估摸着郑刚该来的时候,便会丢下手中的活计,来到石子坡坡头,眺望着塘房村旁的马路,希望看到墨绿色的大卡车慢慢驶来,然而经常看到的只是偶然路过的孤独人影。路在离村子不远的地方拐了个弯,她的目光也跟着拐了个弯——不过那是她自己的感觉。当看到郑刚的车子如甲壳虫般慢慢现身,秀儿的心立马"砰砰"狂跳起来,心情激动,心花怒放。如果她还是年轻姑娘,一定会迎头跑过去,拉开车门拥抱他,啃他一嘴。可秀儿毕竟已不是年轻姑娘了,她还把持得住自己。她会等他的车子开到眼前停住,郑刚打开车门,才从容地坐进去,然后慢慢开进村子。

秀儿不知道自己为什么像着魔似的牵挂着郑刚。郑刚不在,她的心会空落落的,犹如灵魂都随着郑刚走了。然而她却不知道他是个什么样的人,是善于玩弄女人感情的情场老手,还是一个重情重义的好男人。她只知道像郑刚这种年纪的男人一定早已经历过风雨,秀儿在他身上嗅得出已婚男人那种成熟的味道。其实只要不痴呆,见面第一眼就能准确地判断出来。在与郑刚的接触交往中,从他无意中说出的只言片语中,她知道了郑刚的老家在昭通,在昆明某运输公司当驾驶员,一个人住在单位上。至于家庭情况,秀儿不问,他也不说。

秀儿跟着郑刚来到昆明。卸了木料的车开到单位的停车场停放。她跟着郑刚来到他居住的单身房间里。房间狭小简陋，到处呈现着单身男人所固有的随性与邋遢，还弥漫着一股汗臭味。这哪里是人住的地方，简直就是猪窝、狗窝。郑刚看出秀儿的心思，便说："你会帮我收拾打扫的，对不对？"秀儿嗔怪道："凭什么，我又不是哪家的帮工。""你是这间房子的女主人。"秀儿怔住了，她没想到郑刚会说出这种话来，"你倒会哄人，你以为哄哄我，我就高兴了？"郑刚似笑非笑地看着她，那神情在告诉秀儿："你不是喜欢被哄吗？"秀儿突然笑了："算你厉害，我被你吃定了，像坨糍粑随你捏。"在单位的食堂吃过饭，郑刚带着秀儿去逛街景。城里比村子里热闹多了。沿街的店铺都亮着灯，街边也有许多摆摊的，卖米线、锅贴、豌豆粉，锅边热气腾腾。还有卖衣物和日用百货的，琳琅满目的货品摆放在铺板上。街上不时传来小贩的吆喝声，年轻人的嬉笑声，偶尔还夹杂着小孩子的哭闹和大人的呵斥声。到处显得生机盎然。郑刚带着秀儿去新建设电影院看了场电影，电影名字是《列宁在一九一八》。秀儿从未到电影院看过电影。村里人看电影要不辞辛苦地翻山越岭，走上四五公里，到昆钢耐火材料厂的空坝上看露天电影。秀儿跟村里人到那里看过《地道战》《地雷战》《南征北战》，还有一些样板戏。只要有放电影的消息，不管放什么电影，全村除了年纪大跑不动的人或守家看户的人，几乎倾村而出，呼朋引伴而去，追逐打闹返回。其实村里人去看电影，不是图新鲜而是图热闹。坐在电影院舒舒服服看电影，秀儿的感觉就像吃杀猪饭，图的是享受。她还没有看过这部电影，而且对异域的历史事件和生活习俗知之甚少。不过她还是饶有兴致、聚精会神地看完，别的内容记得不太清楚，唯有一句话印象深刻，那就是瓦西里对愁眉不展的妻子说的话："面包会有的——牛奶会有的——"她觉得这句话很贴合她的心境，而且给人以希望。散场以后，电影院前面有人推着小板车卖瓜子、花生，还有饼干糖果。她还看到有一个老妇人张罗着卖腌萝卜、腌黄瓜。秀儿奇怪这也能赚钱。郑刚笑道："莫小看他们，听人说有人靠卖腌萝卜成了万元户，他们一个月的收入比我的工资多多了。"秀儿不信。郑刚说："莫不信，你试试。"秀儿有些心动，但随后又摇摇头："不现实。"

夜晚，两人相拥而眠，有了第一次的破冰之旅，以后的航道便顺理成章地畅通无阻，羞涩已经落荒而逃。秀儿虽然徐娘半老，但躺在郑刚怀里，仍然激情满怀。

秀儿半夜醒来，郑刚还在酣睡，半个身子压在她身上，手按在她的胸脯上。此时秀儿身体里还充溢着温暖甜蜜的气息。她轻轻拿开他的手，推开他的身子，呼吸顺畅多了。她调整了一下睡姿，想继续到温暖缠绵的梦乡遨游。可是她发现一旦走出梦乡，梦乡便一去不返。小屋里黑漆漆的，从窗户的缝隙飘进几道幽灵似的光线，被浓重的黑暗所吞噬。秀儿看不清郑刚的脸，但却感受到他身上热烘烘的气息。这时秀儿突然产生一种恍惚迷离的感觉，她觉得睡在自己身边的这个男人离自己又近又远，又真实又虚幻，郑刚在她心里总留着一块空白。对郑刚的思念和盼望让她明白了一件事，她爱郑刚，而且是真心实意的爱，是可以为他奉献一切的爱。她以前从来没有感到这样的浓烈和真实。她似乎已经忍受不了那种不爱他的感觉。可是郑刚爱她吗？她曾经问过郑刚:"你为哪样死缠着我不放?""喜欢你呀!"郑刚不假思索地回答。"喜欢是哪样意思?"这不是秀儿想要听到的答案。郑刚定定地看了秀儿一分钟才说:"你晓得是哪样意思。""我就是晓不得!"秀儿固执地说。郑刚拉住她,抚摸她的脖颈,嘴贴在她脸上,这似乎就是他给秀儿的答案。郑刚不说,或许是觉得没必要说,但秀儿已经相信了,他爱她,或者说她宁可相信他爱她。秀儿需要爱,因为被人爱着,生命才会展现出如花似朵的那一面。

秀儿哄信了自己,在一厢情愿的幻影中,她又心满意足地睡了过去。

又是一年的收获季节,秀儿这几天没有进城打工。地里的苞谷已经弯腰,苞谷缨子已变得枯黄,该把它们掰回家了。她没有请工,带着路玉早早晚晚地忙活。掰回来的苞谷堆在院子里,撕开外面的包叶,一瓣瓣地编起来挂在屋檐下的横杆上,金灿灿的一排。地里还插种了些小香瓜,既可以吃,也可以砍了煮熟喂猪,节省糠料。这几天天高云轻,温暖而晴朗,田里一片片丰收的金黄色。秀儿喜欢这金黄色,喜欢秋天。虽然她一直以来都尽量平等地热爱一整年,不会去歧视冬天的灰暗色调,也不会去埋怨夏天的雨骤风疾。她也不会忘记春天的姹紫嫣红,但春天刚好是春耕大忙的季节,不想因驻足而耽误播种希望的时光。然而她却无法消除对秋天的偏爱。秋天是收获希望的季节,没有哪一个季节比得上秋天的丰腴和接纳万里霜天的胸怀。不过,有时当她看到黄棟茶树落叶飘零,也会给她带来辛酸和感伤。她不能无视大憨和大憨妈在秋天离去的悲凉。她往往忍不住把秋天看作一年的终结,尽管她知道,四季轮替,没有开始也没有结束。

秀儿不管做什么活计，都少不了诺希的参与。他也跟着背苞谷背香瓜。编好的苞谷没有他在下面托举，任秀儿如何努力，也无法把它们挂到横杆上。吃晚饭的时候，秀儿用长在背阴处还有浆汁的青苞谷煮了一锅权当晚饭。青苞谷既可以当菜又可以当饭，它虽然没有如新米那样让人牵挂，但它的清香甜糯同样让人垂涎。再加上秀儿做的酸腌菜作为下饭菜，更让人吃得不知饱饿。秀儿做的酸腌菜酸咸适度，味道极好，全家人都喜欢吃。她曾经很自信地想过，如果她也去腌萝卜、腌黄瓜，凭她二十年的经验，腌出来的味道绝对不会比电影院前的那个老妇人差。

三个人围着小方桌吃得畅快，当他们开始抹嘴的时候，桌子上已经堆满了苞谷芯子。路玉将它们收拾好，用筲箕抬到院角，晒干后可以作为柴火进灶火洞。他们吃得很安静，诺希不会讲话，路玉很少讲话，秀儿无人讲话，这令秀儿感到沮丧。不过气氛是融洽的。不管他们有着怎样的表现，她都能感受得到他们对自己的感情，他们在乎秀儿，这种在乎的程度，也许比她自己认识到的还要深沉。

一天的劳累，让路玉早早就去睡了。诺希乘凉般地坐在门口，多少日子了，他都坐在那里，秀儿不关灯，他就不回屋。秀儿不愿他这样，可是她跟他说不清楚，而且他犟得像头牛，弯都不会拐的。

晚上不管如何劳累，秀儿很少有闲着的时候，她要抓紧时间纳鞋底、缝鞋帮、缝鞋垫，给路玉做鞋。除了给路玉，她也给诺希缝上一双。诺希很少见他穿鞋，即便穿，也是前后无遮无挡的烂胶鞋。别的人不会给他缝，那就让秀儿给他缝。诺希大约从没有想过会有人给他缝鞋，他在接过鞋子的时候，脸上一副难以置信的表情，颤抖着，鞋差一点掉到地上，仿佛那鞋有千钧重量，双手托都托不住。他低垂着头，看不到他的眼睛，只是他唇边那乱糟糟的胡须在不易察觉地抖动。他拖着鞋，很快扭过头，蹒跚着走进小屋，生怕多看秀儿一眼。秀儿也曾想给郑刚缝一双，但想到人家城里人现在已经时兴穿皮鞋了，怕早已瞧不上那种农村人才穿的黑布鞋，便只给他缝了双鞋垫，多少也算没有亏待他。

屋里灯光尚明，许多不知名的小虫子不知从哪儿钻出来在光影中飞窜，倏然而来又倏然而去。有时撞在秀儿的头上脸上，不待秀儿出手驱赶，便又悄然逃遁。有蚊子在秀儿眼前"嘤嘤"哼着，秀儿并不在意，她知道一般到了秋天蚊子们便大限将临，故而只是挥挥手将其赶开，免得干扰自己的视线。然而其刚走立返，又"嘤嘤"飞来。就在秀儿不再搭理它时，这只蚊子在她手臂上几起几落，秀儿手臂上立刻出现几个红点，轻微的痒痛也从手臂传来，秀儿没想到秋天的蚊子居然还会叮人，她真对这另类的蚊子刮目相看了。秀儿正想拍它，它却心满意足地扬长而去，消失了身影。

就在此时秀儿突然听到门外传来低沉的咒骂声，似乎还伴着厮打的声音。秀儿推开门走了出去，石阶上没有人，在依稀的星光下，她发现诺希躺在潮湿的地上，正艰难地想爬起来，拐角处有个模糊的人影闪动了一下。她喊叫着冲上前去，巷子里家家关门闭户，那人已不见踪影，倒惹得满村的狗吠此起彼伏。秀儿悻悻地折回来，见诺希还在挣扎，便抓住他的手臂把他架起来，吃力地将他扶进屋里。秀儿让他躺在蓑衣上，诺希抱着头，脸颊有青紫，嘴角流着血，他喘着粗气，似是疼痛难忍。秀儿有些心慌，赶快找来块纱布和老队长给的药酒，从锅里舀了些热水，她坐在草墩上，让他的头靠在自己的腿上，将他脸上的血污擦干净。

诺希老老实实靠在秀儿腿上，秀儿轻手轻脚，怕加剧他的疼痛。然而秀儿知道，不管她如何小心，伤口的疼痛绝不是能完全避免的。奇怪的是，只要诺希的头一靠到秀儿腿上，似乎一切疼痛都消失了，不管秀儿怎样打整，他的脸上也不会显露出一丝痛苦，反而会露出一缕淡淡的笑意，让他丑陋的脸上显出幸福的光彩。秀儿处理完毕，将他扶坐起来，这时他便会很知趣地摇摇晃晃站起来，让秀儿扶着他回到自己的屋子里。

在接下来的一段时间里，诺希老出事。不是脚被戳伤，就是头又被摔伤，或是手臂被划伤，不是在门外就是在院子里，不是路玉发现就是秀儿发现，好几次是旧伤初愈新伤又现。每次发现他都满脸痛苦，看上去似乎伤得很重。被扶到屋子里他会自然而然地躺在蓑衣上，等秀儿习惯性地坐在草墩上为他处理伤口时，他的头也就会自然而然地靠在秀儿腿上，然后脸上痛苦的神情即刻消散，显现出心满意足的幸福样子。

他伤的次数多了，让秀儿感到奇怪。这后来的受伤都不像是被人打的，倒像是自己有意造成的。特别是手臂上的划伤，旧伤才没好几天，新伤又来了。谁会在他的手臂上试刀，他又怎么会心甘情愿地让别人在自己手臂上试刀？结论再清楚不过，那就是诺希在自伤！他为什么要自伤？秀儿知道如果人的满腔愁苦无法宣泄时，自伤或许是一种排解转移的办法。诺希心中有悲苦，秀儿自从看到他在大憨坟前又唱又跳，就已经知道了，他抑或是借自伤来创造接近自己的机会，又或是二者兼而有之。这个结论让秀儿既伤心又愤怒。她在给他清理完毕之后，冷冷地盯着他刚刚睁开的眼睛，冲着他咆哮起来："舒服了，是不是？你在搞哪样鬼名堂，莫把我当憨包，以为我不晓得？"诺希吓着了，看着秀儿那怒气冲冲的脸，他惊恐万状不知所措。"你哪里学来的，你想把自己害死，那是你的事，不要来找我！"诺希呆呆地听着，动也不敢动。不知道他是否听得懂秀儿的话，不过秀儿相信他听得懂。"你给我听好了，再这样做，我不会再管你了！"秀儿语气放缓和了些，她看见诺希眼角滚出一滴亮晶晶的泪水。谁也没见过诺希流泪，人们相信他早已没有了眼泪，现在突然滚出的眼泪或许是干涸心灵所残留的吧。发泄过以后，秀儿心中突然涌起一阵莫名的悲哀，她挥挥手对站起来的诺希说："处理好了，你回去吧。"

自此以后，诺希没有再自伤。不过每隔一段时间，秀儿便会到他的小屋里，坐在草墩上，让诺希将头靠在她的腿上，替他理理又脏又乱的头发，像给一个长不大的孩子的干涸心灵送上片绿荫。每当这时，幸福的光芒便会降临，天空也马上就变成了玫瑰色，阳光会化作温柔的水流，流淌在他那丑陋的脸上，他的脸也会变得年轻而柔和，显出甜蜜而神往的神色，他的生命也仿佛都浓缩到了这一刻，此时如果叫他去死，他也会欣然前往。

第十七章

　　随着一根根的横梁上架,房子的框架逐渐成形,看着矗立的框架,秀儿心中涌起一阵莫名的激动,她觉得这不是在搭建房子,而是在搭建她后半辈子的生活。

秀儿决定要完成她人生中最辉煌的一项工程，她为此准备了五年多的时间。想想吧，一个妇道人家还带着个孩子，竟要去盖一栋属于自己的漂亮房子，这该是多么激动人心的事。

梁柱、椽子等所需的木料全是郑刚到林区拉木料时顺便要来的。隔一段时间，他就会送过来一些。没有郑刚的帮助，秀儿不敢保证她能把房子盖起来。为了筹钱，秀儿到城里打工，一角钱一角钱，一块钱一块钱地攒。她一开始是到她曾经打过工的水泥厂，仍然去背水泥。水泥厂重新建了一个灌装水泥的车间，装水泥的大车进进出出，比原来忙碌多了。背一包水泥工钱提高到三角，秀儿很高兴，她可以挣到比原来多的钱了，浑身干劲十足，她要力争达到原来的记录。开始几天，她每天拼死拼活只背了五十袋，毕竟雄心壮志变不成力气，背到四十袋，她就已经脚打飘飘了，虚汗狂涌。晚上秀儿对自己白天的表现很不满意。揽镜自照，她看到了前额的抬头纹和两鬓丝丝飘白的头发，蓦然惊醒：她已经老了！可是——她怎么会老了呢？她的脚还能登山砍柴，她的手一次能抬五块土墼，她的牙齿还能"嘣嘣"地嚼老蚕豆，她的脖颈依然坚强如钢，她腿肚包的肌肉依然结实而有弹性，怎么就老了呢？秀儿不会老，秀儿不能老，她还有很长的路要走，她向往的生活还没有来，她还有很多事情要做——房子还没有盖好，路玉还没有家，还没有娶媳妇。她有太多不能老的理由，她无论如何不能老！然而她确切地知道，她的腰和膝盖已经开始痛了，天阴下雨的时候更加厉害，这已是老之将至的明确信号。这让她无可奈何：她犟不过天，犟不过老的脚步。

那天她从厂里出来，拖着疲惫的身子经过电影院的时候，看到一个老妇人在卖腌萝卜和腌菜,几个半大姑娘抬着个土碗,用竹签戳着吃,叫叫嚷嚷地吃得高兴。她一下子想起来郑刚跟她讲的话:别小看了,有人卖腌萝卜卖成了万元户。她突然产生试一试的念头,说不定能走出一条路来。心中有了主意,人也精神起来。

回到家,将地里的萝卜拔了二三十斤,连同萝卜叶子,洗切晒泡,七八天过后,她背着装着腌萝卜的两个玻璃罐,还有一塑料袋的腌菜,来到电影院门口的台阶下摆起摊来。多余的不说,只说结果:她的腌萝卜大受欢迎。秀儿的腌萝卜酸甜适度,清脆爽口,吃时还撒上点花椒面、辣子面,那些半大姑娘吃得心明眼亮,情意绵绵。最后,两罐腌萝卜全部卖完,酸腌菜也卖了半包,总共卖得十来块钱。

秀儿找到了最适合自己的赚钱方式。她不必再去拼她已经力不从心的体力。然而有一天,当她又去摆摊的时候,也在不远处摆摊的老妇人过来问她是哪个村的,她的萝卜咋个腌的,会让那些半大姑娘争着来买。秀儿这才意识到她已经把老妇人的生意抢走了。那个老妇人自称姓李,家住盐场村,靠卖点腌萝卜和腌菜供小孙子读书。那老妇人跟大憨妈的年龄相仿,白发披散,两只粗糙的瘦骨嶙峋的手诉说着生活的艰辛。心中的愧意让秀儿一时没有说话,当她再开口时却向老妇人提出个建议:她负责腌萝卜做腌菜,供老妇人去卖。这样老妇人免除了腌萝卜的难处,而且不用再怕生意被抢,而秀儿也摆脱了亲自进城摆摊的劳累,更重要的是她也求个心安。她还提出卖得的钱各分一半。老妇人明显占了便宜,对秀儿谢声连连。秀儿自然也有考虑,来年她可以多种些萝卜,过了种萝卜的季节,她还可以种黄瓜,种苦菜,种辣椒,种豇豆，这些都可以腌制，四季不断。自己地里生产的东西，出力不出钱，一年时间下来，当万元户是假话，但能赚到几百元钱是绝对可以的。

每次郑刚送木料来的时候，秀儿都把他迎进家里，她再忙也会放下手中的活计给他烧水，抹脸洗尘，用个漂亮的白瓷茶杯泡上茶，端放在他面前，然后陪他说话，生怕冷落了他。郑刚自认为厥功至伟，因而心安理得地享受秀儿的殷勤。每次见到秀儿他都会想跟秀儿亲热，然而他发现总有一双警惕的眼睛在盯着他，让他不得不按住自己的心猿意马，不敢有过分的举动。这双眼睛是路玉的，他毫不掩饰对郑刚的反感。如果不是顾及秀儿的态度，他早就把郑刚撵出去了。还有诺希，只要郑刚来，他也必然到。他会随意地拉个草墩坐在门口，他不会看郑刚，但他坐在门口本身就是一种威慑，足以让郑刚想跟秀儿亲热的非分之想冰消雪化。

郑刚大多数时间总是下晚来，来了秀儿就要留他吃饭，她陪着郑刚，煮饭的事就交给路玉。路玉做饭就好像初学者一样，磕锅碰灶，砍柴剁菜，弄得声响不断，他不时还假装热情，跑去跟郑刚加水，故意让茶水满桌流。诺希也没闲着，手里拿根柴棍，没来由地敲敲门方，磕磕鞋底。郑刚定力再好，也不堪其扰，但无理由发作，便装瞎子、聋子，视而不见，听而不闻，秀儿频频扭头看他俩，感觉也很无奈。

毫无疑问，两人不同寻常的举动是针对郑刚的，他们的行为如此一致，倒像是两人事先谋划过一样，真可谓心有灵犀一点通。

他俩看得出郑刚对秀儿早有图谋，且祸藏于心。借送木料来讨好秀儿，引诱秀儿，骗走秀儿，而秀儿还对他充满信任。大约她的心已被迷惑，魂也被勾走了。这让二人感到危险已经降临，特别是从郑刚和秀儿的神情和对视的目光里，不难看出二人关系已非寻常，这让他们对郑刚的敌意更甚，他们想阻止这种关系的继续。

有一次，郑刚从林场回来，带来一块麂子干巴。这麂子只在人烟稀少的山林里出没，村子附近的山林根本不会有。麂子肉质细嫩，做成的油煎干巴更是少有的美味。吃饭的时候，郑刚有意讨好路玉，给他碗里搛了好几块肉。秀儿自然知道郑刚的用意，便微微一笑，以资鼓励。谁知道路玉皱着眉将肉搛了丢在地上，那神情就跟他在菜地里将土蚕戳成一摊黏糊糊的东西的时候一样。郑刚的脸上挂不住了，他想发作。秀儿见状忙说："路玉没吃过麂子肉——"话没说完，路玉却说："脏，不吃！"不知他说的"脏"指什么，但郑刚觉得路玉是在骂他。秀儿正担心郑刚生气，可他却笑起来："麂子是吃草的，一点也不脏，麂子肉是天下美味，难得吃到，不吃可惜了，不过不要紧，以后慢慢学着吃，你会喜欢的。"他说话和气大度，虽然明显带有大人教训小孩的口吻，却又让路玉找不到话说。路玉在他面前到底还是太嫩了。

路玉有路玉的执着，他觉得他有责任要跟郑刚把一些话说清楚。隔了不久，他找到一个机会。那次秀儿到地里割苦菜，准备晒干了做酸腌菜，便让路玉先招呼郑刚。路玉给郑刚倒了杯茶，给自己也倒了一杯，然后坐到郑刚对面。郑刚见路玉的神态便知道他有话要讲，便手捧着茶杯，做出一副准备洗耳恭听的样子。路玉迟疑了一会儿，终于开了口："不晓得阿嫫有没有告诉过你，我不是她生的。我四五岁的时候，我爹死了，我妈领着我到处讨饭，我是个小叫花子。后来我妈说她养活不了我，让我去找个好心人家，她就一个人走了。是我阿嬷好心收养了我。我生了一身疥疮，是阿嬷阿奶去山上挖药煮水帮我洗好的。没有她们我也活不到现在。我告诉你阿嬷比我亲妈还要亲，我们是一家人，不能分开的。"路玉说得很平缓，可郑刚听得出他心中的悲伤，不由起了一丝怜悯。"可是自从你来了以后，阿嬷好像变了，她不再喜欢我们了。""你们？还有哪个？""还有诺希。"

"你阿嬷会喜欢那个丑八怪？"郑刚觉得不可思议。

"诺希是个好人，他心肠好，阿嬷喜欢他。"

"你跟我讲这些整哪样？"

"我不晓得你为哪样要到这里来，这里是农村，不是你们城市。你有自己的家，这里不是你的家。这里不需要你来破坏我们的生活，阿嬷是我们的阿嬷，她不是你婆娘，你不能把她骗走！"路玉费力地说出这番话。

"你咋个晓得我骗你阿嬷？我骗她整哪样？"郑刚似笑非笑地看着他。

"狗吃馒头心有数！"路玉胆气十足地说。

"你也是大人了，总不能像小娃娃吵架不讲道理吧。"他不急不恼，反而教训起路玉来。

"我讲不过你，我不管，以后你再也不要来了，这就是道理。"

"不想盖房子了？"郑刚故意问。

"不盖！"路玉回答很干脆。

"你阿嬷可是为你盖的。"他提醒他。

"我不要房子，我要我的阿嬷。"

"你要不要盖房子我不管，不过我来不来你说了不算，我要听你阿嫫说。"

郑刚自然知道秀儿对自己的态度,他有充足的理由相信,秀儿已经离不开他了。

"阿嫫已经很不管我们了,她不是以前的阿嫫了,这都是因为你!"路玉很气愤也很伤心。

"我不管,那是你们的事。"郑刚不为所动,说的话很冷酷。

"我说的你不想听?"

"这些话你不该对我讲,你最好跟你阿嫫去说。"郑刚看透了路玉,他知道路玉不敢把这些话跟秀儿讲。

路玉不敢讲,但郑刚敢讲。路玉对他说的话他全部都兜给了秀儿,包括"她不是你婆娘"这句话。郑刚太了解秀儿了,他知道她一定会生气,而且秀儿不会在意她是不是他的婆娘,秀儿不会在意这个名分,因为从一开始,她就知道他有婆娘。末了,郑刚还装作很委屈的样子说:"看来我是一个多余的人,根本就不应该留在这里。"秀儿听了果然很生气,他们怎么可以这样对待郑刚?她当然知道他们不喜欢郑刚,甚至讨厌他,但背着她要将郑刚赶走,这是不把她放在眼里,她感到自尊心受到了很大伤害,这对她来说是不可接受的。吃过晚饭,将锅灶收拾完毕,秀儿告诉路玉她有话要跟他和诺希讲,还让他把诺希也叫来。

屋里气氛有些紧张。白天的燥热还留在屋子里,凉风也进不来。路玉心中有预感,不安地揉着鼻子。诺希面无表情地坐在草墩上,两眼紧紧地盯着已经钻出鞋帮的大脚趾头。倒是郑刚若无其事地靠着墙,右手捧着茶杯,他有意忽视路玉不时瞟过来的怨恨的目光,悠然自得地小口小口啜着茶。

秀儿站着,她觉得特别扭,她从来没有这样居高临下地跟别人说过话,她想坐下,不过最后她还是决定站着说。今天要说的话,过去不想说,现在她觉得有必要说了。今天她要说的话对她来说很重要,不过她不知道的是这些话会给这个家,给她的后半生带来怎样的影响。也许她想到了,不过她也不在乎了。

"很久了,有些话我早就想跟你们说了。"她看着他们,尽量让自己的语气平和。

"我十八岁嫁到大桃花村,那时候就为了吃一口白米饭,一直到现在,活得很辛苦。我做过很多事情,女人做的活我做,男人做的活我也做。不过那是生活逼迫的,并不是我想做的。我一直想要过自己想要的生活,做自己愿意做的事。我不希望别人来管我,你们也是。半生人了,我的生命中遇到过许多好人,你们也是,都是我最在意的人。但是,你们要晓得,我不属于你们当中的任何一个人,以后也不会属于你们当中任何一个人,我只属于我自己,我是卢秀儿,一个普普通通的大桃花村的女人。以前我都为别人活着,以后我真想为自己活一次,就一次——"

她终于把自己想说的话说完了。她很佩服自己。她把久久埋藏在心中的话都毫不遮掩地说出来了,她从来没有一口气说过这么多话,而且连个隔顿都不打,她胸脯高挺,两眼放光,心中激动而骄傲。

路玉吃惊地看着秀儿,他忘了揉鼻子,嘴半张着,看着秀儿像个陌生人,吃惊和难以置信的表情夸张地显现在脸上。隔了一会儿,他的手才慢慢活动起来,大咳了几声抓抓头揉起鼻子来。诺希没有再看他的脚指头,他一直无动于衷地坐着,目光投向对面不白不黑的墙壁,好像在用心地数着几只起起落落的苍蝇。秀儿宣言般的讲话似乎并没有引起他的半点兴趣。秀儿讲完,他花了很大力气才站起来,佝偻着腰摇摇晃晃往外走,看那样子好像一旦倒下去便永远站不起来了。路玉过去扶住他,两人没留下一句或半句话,径直走出门去。

郑刚很欣赏秀儿的表现,这一切都在他的预料当中。也许他知道秀儿想要什么样的生活,路玉和诺希没有本事给她,可是他能给秀儿想要的那种生活吗?

在秀儿发表人生宣言的时候,盖房子的工程早就开始了,一如秀儿的设想,房子盖在自己的土地上。位置在村子的边上,与村子若即若离。新房子坐北朝南,背靠的土坡是青头山的余脉,长着东一丛西一丛的低矮的青松树。正面视野开阔,坝塘四周和它下面的层层梯田一览无遗,再往下还看得到两岸绿荫勾勒出的小河,顺着赵家坟山脚蜿蜒流淌。郁郁葱葱的赵家坟犹如画屏,赏心悦目。

盖房子技术含量最高、用工最多的有两个重要环节:一是立木,就是将梁柱凿出卯榫,立柱上梁,搭起房子的框架,立起框架就有了房子的雏形;二是背土舂墙,犹如搭积木,一层层往上增高。如果梁柱是房子的骨骼,那么土墙便是它的皮肉,完成了这两个重要的环节,房子的模样也就清晰了。

给梁柱凿卯锯榫的人要经验老到,秀儿请了给大憨妈打寿材的那爷俩,他俩经常给人家起房盖屋,而且做活扎实很是卖力。即便这样,处理梁柱也差不多用了一个来月。这段时间诺希和路玉也很忙碌。按秀儿的计划,房间之间的隔墙不装木板,改用土墼砌,木板要用来铺楼板，所以抹土墼就成了诺希、路玉二人的主要任务。为了方便搬运，他们便在距房子二十多米处挖了一个泥塘。先将土刨松，到村前的水沟里挑水来发土，待土吸饱水分，撒上些草筋，二人便高卷裤脚跳下泥塘踩泥。以前队上抹土墼，都是牵牛来踩，现在牛干的活由人来干，也就如牛般辛苦。泥踩得会吸脚的时候，用麻布泥兜把泥提到平坦处，用手捧着往水里打过滚的土墼模子里掼，要使劲掼，才能四角饱满不留空隙，抹平后脱掉木模，土墼便如豆腐块般脱颖而出。土墼要晒上十天半月，待它晒干了，便用弯刀稍加修整码起来，盖上草席。诺希和路玉起早贪黑地忙碌，埂子边已经码起了一长溜的土墼。人们盖房子都会选择在冬天，安宁的冬天少有雨雪和阴霾天气，如果不算早晚，那么白天的天气也如春日般暖意融融。

　　诺希近来身体越来越虚弱。他去沟里挑水，已经好几次摔倒了，水泼洒了不说，还将自己弄得水淋淋的。以前他走路虽然慢，但稳稳当当，而现在走路，脚抬起后却找不到落脚的地方，给人摇摇欲倒的感觉。最让路玉担心的是，他踩泥抹土墼时会如牛般喘气嘶吼，好像有人在拼命拉风箱一样。路玉告诉了秀儿，她也十分担心。晚上秀儿亲自端了碗饭送到他的屋里。诺希躺在床上，见到秀儿立马笨拙地坐起来。他吃饭的时候，筷子扒得碗边脆响，大口大口地吞咽，表现出食欲旺盛而且力量充沛的样子。秀儿看他泼洒的饭、颤抖的手指和急促的喘气声，已经看出了他的衰弱，而眼前的样子不过是装给自己看的。秀儿耐心等他吃完，然后比手画脚地告诉他，土墼已经抹得差不多了，让他休息几天，明天不用再去。诺希抹抹嘴，躺到床上闭起眼睛，显然是嫌秀儿啰唆，不过秀儿临出门又叮嘱了一遍。

第二天早上，霜风凛冽，山峦田畴笼罩在一层薄薄的霜雾当中，树木草叶铺上了一层白霜，砭人肌肤。秀儿早起到柴堆上抱柴拢火烧水。在蒙蒙的霜雾中，一个人在泥塘里踩泥，她一眼就看出那是诺希。她扔掉柴火弯身抓起一坨泥巴，手臂往后伸直，泥巴随同愤怒的咒骂声飞向诺希。泥巴从诺希头上高高地飞了出去，在天空中划出一道优美的弧线，它落下时似乎停留了一下，然后如礼花般散开了，落在远处的草丛里。她又从地上抓起两坨泥巴，冲到泥塘前，高高举起要往诺希身上砸去："哪个要你踩泥！耳朵塞马屎了，话都听不进去。"说罢手一甩，泥土砸在诺希身后的泥土中，飞溅起点点烂泥。诺希对秀儿视而不见，丝毫不加理会，紧闭着双唇避免上下牙相磕，胡子眉毛挂着细小的霜晶，亮闪闪的。秀儿叫来路玉，二人不由分说把诺希从泥塘里拉出来，送了回去。

第二天，诺希没有起来，秀儿去看他，发现他正浑身颤抖，双臂抱在胸前，头埋在臂弯里，秀儿碰碰他的身子，只觉得他浑身似火。秀儿惊惶不已，赶快叫来桂珍。然而诺希见有人进来，便坐起身来，两眼赤红，龇牙咧嘴，满脸狰狞，手中还抓着把弯刀，那情形似乎是谁敢上前他就用刀劈了谁。她们不敢造次，退了出去。秀儿有几次想接近他，可他视秀儿为路人，一样的狰狞凶恶。只有路玉可以进去为他端汤送水，也只有从路玉的口中秀儿才能得知一星半点他的情况。诺希把桂珍开的药全扔了，很少进食，已瘦得不成人形，一副求死的模样，看着叫人心酸。这情形一直拖到秀儿新房盖起来的第二天。那天路玉哭着从诺希的屋子出来。他说："诺希死了。"人们涌进弥漫着难闻气味的小屋。诺希躺在床上，身体还有余温，头发和胡子蓬乱如杂草，脸色灰黑，重力拉扯着松弛的皮肤，脸颊和眼窝深陷下去，脸庞整个萎缩了，鼻子显得比生前更窄更长。眼睛没闭上，还睁着，露出惨淡的眼白。双手放在肚子上，手心松开向上，好像主动放弃了某样东西。他的脚光着，床头显眼地摆放着秀儿给他缝的新布鞋，他一直没有穿。

　　人们试图让他的眼睛闭上，然而无论人们怎么努力，只要松开手，他的眼睛又缓缓地睁开。秀儿似有所悟，她缓缓走上前去，坐在矮床上，将诺希的头抱起来放到自己的腿上，用手轻轻梳理诺希灰白的头发。她的动作很轻，像怕弄醒一个熟睡的婴儿，她轻声哼着，像在唱"安魂曲"。不一会儿，诺希的眼睛慢慢地闭上了，灰黑的脸上也露出一丝浅浅的笑意来。

　　在诺希死去的第二天，有人在清晨蒙蒙的雾气中看到他走在大井岗的路上，瘸着腿，一圈一圈地比画着，他走得很慢，像在雾气中漂浮。有人说那不是诺希，那是他已经离开肉身的灵魂。

　　秀儿希望将诺希火化后的骨灰交由她来安置。她在离大憨坟墓不远的地方为诺希立了个坟。那天山上的黄楝茶树仿佛厌倦了生长，叶子在萧瑟的冷风中随风飘荡，还残留枝头的叶子有气无力地耷拉着。秀儿对着垒好的坟忍不住流下了眼泪。她从未想过她会为这个丑八怪流泪，然而她为诺希流的泪比为大憨流的泪还要多。

　　立木的那天，秀儿在未来的屋前放了一串鞭炮，鞭炮争相炸响，响声震耳，有几只被弹到空中才爆开，粉红的纸屑在火药的氤氲香气中欢乐地旋转。老木匠指挥着，有序地将已经处理好的横梁嵌进柱子的榫口。横梁上拴着一根红布条，在风中飘动，很是耀眼。农村人盖房子都兴这样，大约是为了驱邪镇宅吧。随着一根根的横梁上架，房子的框架逐渐成形，看着矗立的框架，秀儿心中涌起一阵莫名的激动，她觉得这不是在搭建房子，而是在搭建她后半辈子的生活。

郑刚开车赶来，一下车直奔现场。他披着蓝色的劳动布工作服，敞着胸，双手叉腰，一副趾高气扬的样子，得意的神情毫不吝啬地写在脸上。他绕着四周看了一遍，似乎在寻找他觉得不合适的地方，俨然像这里的男主人一般。秀儿对郑刚的到来毫不意外，知道他一定会来，她的心情格外好，就像放飞的鸟儿一样欢畅。秀儿见老木匠经验老到，指挥有板有眼，做事稳妥可靠，便放心地跟郑刚一同回去了。招呼郑刚是她的本分，不能冷落了他。

路玉也跟其他人抬梁扶柱，同时，兼为大家拎水倒茶。他见茶水已罄，便拎着两只热水瓶回家装水。院子里很安静，几只鸡在门口啄食，偶尔啼叫一两声。路玉将锅里的开水装了两瓶，刚想离开，却听到秀儿房间里有动静，还夹杂着低低的嬉笑声。他侧耳听了一会儿，皱着眉刚想离去，此时门开了，秀儿系着围腰走了出来。她的脸红红的，像用写喜报的那种大红纸涂抹过，顶头帕已掀到脑后，额前头发散乱。她见到路玉，一时愣住了，然而很快便反应过来，装出一副若无其事的样子。路玉飞快地瞥了她一眼，秀儿从他一闪而过的眼神中，看到了鄙视与不屑，还有深深的失落。路玉只看了她一眼，便别过脸去。但秀儿已经领受到了他那毒刺般的目光，她系好围腰开始拍打身上的尘土，灰土腾起很是呛人。路玉不再理她，拎着热水瓶，逃跑似的离开，似乎多待一会儿，他就会崩溃一样。秀儿呆呆看着他的离去，心中冒出一丝苦涩，直到郑刚走出房门她还站在那里。

第十八章

秀儿孤独地站在那里,仿佛大千世界的一部分也随之而去,她内心空虚了很久。但她并不生气。郑刚充盈了她的生活,让她变成了一个真正的女人,她对他充满着感激之情。她知道这一天终究会到来,其实这一天早就到来了,只不过她不愿承认而已。

新房子盖好了,用了不到一个月的时间。盖的过程一直很顺利,只是在舂墙时出了一点意外。墙舂到一半的时候,晚上突然毫无征兆地下起暴雨来,秀儿和路玉冒雨抱草席和稻草盖在墙上,尽管他们反应及时,但刚舂好的墙还是被雨水冲毁了一截,所幸下雨短暂,没有造成坍塌。新房子盖好后,还附带将房子前面的围墙也舂好了。围墙半人多高,围成一个院落。秀儿在院子里栽上几棵桃树和柿子树。桃花村没有桃树,多少有些名不副实。她买的桃树是嫁接过的,已经有一人多高,她希望它们能早点开花结果,她期待着桃花盛开的时候。

从进村的路上向山坡上望去,房子白墙黛瓦很是气派。房子盖好的那天,秀儿进进出出,左瞧右瞅。房间里飘逸着的木料的清香沁人心脾,雪白的墙壁赏心悦目,她越看越激动,她做了这一辈子最了不起的事,她从来没有想到自己有这么大的能耐,她扶着光亮的柱子,眼里几乎要流下泪来。

秀儿找了个好日子,和路玉把家搬进新房,搬之前在门前放了一串鞭炮,火药的香气未散,他们便开始搬家。他们要永远告别那简陋的小屋搬进宽敞亮堂的新屋,他们要告别过去,去迎接崭新的生活。

别个屋里的东西都搬完了,要搬路玉住的那间屋里的东西的时候,路玉却不愿搬。他说他自己会搬,嘴里应承着却不见行动。路玉的态度让秀儿有些困惑。秀儿决心盖房子在很大程度是为了路玉。房子是人的安身立命之所,有了房子路玉就不会四处漂泊,就可以娶媳妇生娃娃,这个家就会热闹起来。按理说路玉应该比她更激动更兴奋才是,然而他似乎对此无动于衷,好像此事跟他无半点关联。她发现自打她发表自己的人生宣言以后,路玉的性情有了很大的变化,他的眼中已经没有了对自己的关心和依恋,有的只是冷漠和畏惧。特别是当他看到他不该看到的事情以后,有一股力量把路玉从自己身边推开,任凭秀儿如何努力想拉住他,路玉这只漂浮的小船却越飘越远。她没有强求,她知道强求只会彼此伤害。她期待伤疤会慢慢平复,她只有等待,或许会出现某种转机,再将自己和路玉凝聚在一起。

秀儿没有等来转机。就在诺希死去没多久,伤心的路玉离开了这个家。那天下午,天空不明不白,一片片的乌云在天空推搡撕扯,簇拥着向西天涌去。秀儿从昆明回来,一直等到天黑,还不见路玉回家,心中正着急,有一个跟路玉在昆钢打工的姑娘跑来告诉她,路玉到广东打工去了,他不回来了,他说他的阿嬷已经不要他了。跟他一起去的还有四五个一起在昆钢打工的伙伴。"他是哭着走的。"那姑娘补充说。秀儿冲进路玉的房间里。床上的铺盖已经不见了,甚至他那只一直带在身边的乞讨用的破搪瓷碗也一起带走了。"走了——"秀儿说。"走吧走吧,统统都走吧,走了就不要回来!"她又大声说。说罢扶着门框,看着空屋子发呆。

晚上秀儿怎么也睡不着。新房子的气息还在温暖人心,可她却感受不到了。路玉出走,让她千方百计盖好的这座房子也失去了意义。她也许知道他出走的原因,可是她追求自己的人生幸福有错吗?由路玉她想到了大憨,想到大憨妈,还有那诺希。他们都是在她的生命中留下印迹的人,他们都一个个离她而去,让她一个人孤单单地留在这个世界上,她不知道这是不是上天对自己的责罚。不过,她突然意识到,在她拼命追逐人生幸福的过程中,有些东西是无法避免的。不管有没有她，月色都不会改变，冷风也不会停息，四季轮替依然会如车轮般转动，生命依然会结束。该来的一定会来，该结束的也自然会结束。是的，一切发生或者要发生的事，她都无法预料也无法阻止，她无能为力。秀儿当然不愿看到这些事情的发生，而且她也知道这一切并不是她的错。当她想到这些，她就感觉到自己内心开始平静下来，那些紧紧裹住她的心的黑色乌云，在清凉的空气中慢慢消散，最后只剩下纯粹的悲伤。

第二天，秀儿依然对路玉的不辞而别而感到伤心，但她还是把路玉的空床搬进了给他准备的屋子。一同搬进去的还有路玉原来用过的装衣物的木箱、小方桌和两只小凳子。只要路玉回来就能居住。秀儿不知道他是否还会回来，但她希望他能回来。

除了收拾屋子，还有许多事需要她去打点。她要去挖地，种上辣椒、茄子、四季豆，还要赶快给豆田泡水，蚕豆苗已经开始蔫了，还要将割下的苦菜晾晒，再腌上几罐腌菜。秀儿早已对这些事情失去了热情，厌倦了这样的生活，然而她无法离开这块土地，她不能忽略这些让她继续生存的条件。

时值四月，大地躁动，苍蝇又开始到处飞了，红头蚂蚁一只一只爬出蚁窝，狗尾草又开始迎风招摇，春风将田野吹出一片新绿，人们春心萌动，又活跃在春日的暖阳下，大自然将冬天积攒起来的热情，如爆竹般在这四月天燃放。然而对于只身独处的人来说，四月实在是不胜凄寂的时节。秀儿现在是孑然一身，形影相吊。大憨也好，大憨妈也好，诺希也好，现在还有路玉，他们都离她而去，连问候一声的人都没有，徒留让人心痛的记忆和难以排解的孤独。

路玉走后，秀儿最怕黑夜，她实在忍受不了漫漫长夜一个人的孤寂，她常常怀着恐惧的心情看着西斜的太阳，溜溜地靠近远处的山峦，她希望能有颗硕大的钉子，将太阳牢牢地钉在蓝色的天幕上，永远不要西坠。

不论她如何排斥，夜晚都会降临。她不担心夜里有不速之客闯入，自从她送走诺希后，有人还看见诺希依然坐在院门口的石阶上，仿佛跟石阶连在一起。他生前守护着秀儿，死后也仍然守护着她。这让那些居心不良的人彻底打消了对秀儿的非分之想。

在这样的夜晚只有郑刚才能给她带来温暖，只有郑刚才能填补她心中的恐惧和孤寂，她觉得越来越离不开郑刚。秀儿发现她对郑刚的眷恋堪比偷尝禁果的少男少女的痴情和难以自拔。

郑刚又来的时候，他将秀儿带离了村子，两人过起了车轮上的生活。他们的日子跟着太阳走：太阳出山，开车上路；太阳落山，他们停宿。自然，秀儿的生活不是这样乏味，车窗外是一个移动的世界，秀儿总是贪婪地看着那些似曾熟悉又不熟悉的景物。田野树木，村庄坝塘，这些她已经没有感觉的景物，而今变成了另一种存在。它们就像是她用不同颜色的花布连缀起来的长长的布景，跳荡着无尽地向后伸展。太阳把云彩的影子印在上面，这是秀儿以前没有体验过的最奇妙的景色。还有当车驶入山间公路时，仿佛有人用笔在天上勾勒出沿路山峰的奇怪的形状，成片的绿荫拥进车窗，让她应接不暇。不仅如此，经常都有让她惊喜的事情发生，明明是一片旷野，当他们隔上一段时间再次经过时，看到的是色彩鲜艳的楼房突然像雨后的菌子一簇簇地冒了出来。以前还是蜿蜒如蛇的盘山公路，没过多久，就被笔直的高速公路所取代。许许多多的变化正在不可阻挡地发生，目睹这日新月异的变化，她却时常被弄得心烦意乱。在变化面前，她觉得自己如同一件已经褪色的大面襟衣服一般土俗而过时。她时常想安抚自己躁动的心，然而在滚滚车轮上，她的心却无法安放，总在漂泊。只有再回到村子里的时候，她的心才会安定。

郑刚休息的时候，他俩就会回到新房里。秀儿早已将它看成她和郑刚销魂的安乐窝。她把郑刚当作自己的男人，把自己当作郑刚的女人。她有好长一段时间一直相信郑刚就是她的男人。只要郑刚在，房子虽然空旷，但每个角落都洋溢着温暖的气息。而郑刚呢，他也心安理得地把自己当作这个家的男主人。他在社会上修炼多年，道行颇深。他懂得女人——作为女人，她会需要抚摸，需要甜言蜜语，需要被人欣赏，还需要被人用色眯眯的眼光打量。他还懂得，聪明的女人都喜欢听假话，只有傻女人才愿意听真话。而且聪明的女人总是相信假话，她们的心灵里有个精致的小窝可以安放假话。不幸的是，秀儿恰恰是个聪明的漂亮女人。郑刚很会哄人，不过他倒也并非都在说假话，他会在一脸真诚的微笑中说些真真假假的话，让人真假莫辨。譬如他说，她是他见过的最让他动心的女人，他相信，不仅是他，别的男人见她也会禁不住想勾引她，她是那种人见人爱的女人。他还说，自从见到秀儿以后，他每天晚上都睡不着觉，想得难受了，就爬起来用拳头捶自己的胸膛。他甚至还许愿说，只要秀儿愿意，他会给她带来幸福快乐。听了这些话，她不会故作羞涩，而是极为开心地笑，而且带着些许的感动。

为了让秀儿开心，有些时候郑刚也会讲些在清水江林场听到的笑话。他说林场有一个神头二武的年轻人，碰到一件雀事。有一天他上山拾菌，中途内急，山陡坡斜蹲不稳，憋了好久才找到一个平坦处，扒下裤子酣畅淋漓地屙出一大堆金黄色圆锥形的大便，当他正沉溺于无比畅快的感觉之中时，突然感到身后有异动，有什么冰凉冰凉的东西贴上自己的屁股，回头一看，一只大黑狗正拱着他的屁股贪婪地享用。他吓得魂飞魄散，站起来想跑，忘了裤子还套在脚上，一个马爬扑倒在地。屁股都来不及打整，扯着裤子跑回来，还犹自惊魂未定。问起拾的菌子，竟不知丢到哪儿去了。郑刚讲的时候，没听见他笑，秀儿也不笑，她说"恶心"，要他讲讲那些林场工人的生活。郑刚就给她讲山高箐深，伐木工人砍伐树木的辛苦和危险，还有锯倒的大树倒下时惊心动魄的轰响。他还讲那些工人长年累月住在大山里，个把月才能回一次家。林场里很少有女人，那些年轻人想老婆都想疯了。这时，躺在床上的秀儿便会感到一阵饥渴。郑刚便将电灯关了，在黑暗里轻声说："来吧。"秀儿就会乖乖听从。

　　还有一次，郑刚给她讲了一个很动人的故事。他说，有一对住在山林里的老夫妻相依为命几十年。他俩是林场的临时工，男的为林场看木料，女的为工人煮饭。女的前些年因风湿病导致下肢瘫痪。有一天男的用小板车拉上女人，走了十多公里来到县城，找到一家珠宝店，挑了一只翠绿的手镯给女人戴上。他从怀里的小布袋里掏出一叠钱，都是一块、两块、五块、十块的，钱很旧，但理得很整齐。这些钱是他拉柴到城里卖给那些小饭馆，成年累月攒下的。女人不要，可男的执意要买。售货员不理解，男人平静地说："她为我苦了一辈子，我就想让她开心开心。"郑刚讲到这里，没有再讲下去。秀儿先是唏嘘，然后沉默了一会儿，她突然对郑刚说："你准备为你的老婆买一只翠绿的手镯吗？"她说这话的时候，郑刚已经退休了，赋闲在家，大多时间就在村子里住。当时他俩正靠在床上，准备彻底打发掉一天的光阴。电灯依然明亮，照得屋里的东西异常清晰，听得见楼板上有偷吃粮食的老鼠正蹑手蹑脚地走动。郑刚意外地不说话，他掉过头不理秀儿，可秀儿分明听到了他心中的叹息。她趴上去，紧紧搂住郑刚，手指死死捏住他的手臂，将头深深埋在他的怀中，浑身滚烫如火炭，口中不断呻吟，那种疯狂劲儿，好像大限将至的人在体味最后半天的生命。

秀儿一直等着那一天的到来，她相信那一天总会到来。她与郑刚就像在唱一出花灯剧，总有闭幕的那一天。越是强烈地感到那一天的临近，她就越是想尽情地享受他们最后在一起的日子。她就像那些压在地下的狗尾草，穿过土石的缝隙，还在烈日下拼命生长，似乎要抢在窒息的生命完结之前，再拼命地辉煌一番。

这一天还没有到来的时候，一个消息兴奋了全村的人，大桃花村要整村搬迁到城里。有昆明的单位看中了这块地方，昆明凉亭货场要搬来这里，这里要建一个很大的物流中心。秀儿听到这个消息，她摇摇头笑了笑。后来单位组织村民去安宁城里看已经为村民建好的小区。小区就在和平大道的旁边，规范整齐漂亮的七层楼房，房前屋后绿树成荫，干净整洁的小区环形道路，甚至还有预留的停车位，跟城里人居住的小区一般无二。村里人窜雀似的到处走，到处看，小心翼翼地掩饰着难以置信和向往的神色，一些小孩子开始嬉笑打闹。这笑声让一些人的矜持变得毫无意义，他们彼此交换着会心的微笑。当天晚上整个村子都在谈论同一件事,做着同样的一个梦。

这不由得秀儿不相信,拆迁已经是铁板上钉钉的事情了。

后来的搬迁异常顺利,政府给了优惠的政策,补偿金迅速到位,全村在规定的时间内全部搬清。大桃花村一时人去屋空,它变成了一个荒村。它的寿数已尽了,将要重复着千千万万个村庄相同的命运,从此在大地上消失。

在搬家的那几天里,村里人如逃走似的离开了村庄,他们不再回头多看一眼。祖祖辈辈生活的土地,拴不住他们的一角衣襟。而随着人们的离去,推土机"隆隆"地开了进来。

秀儿是最后离开村子的几个人之一。搬家的头一天,秀儿一大早就起来了。那是一个潮湿而寒冷的清晨,晚上刚下过雨,高高的天空满是薄薄的云彩,空气中还弥漫着雨水的味道。秀儿沿着田间小路,绕着村子转了一圈。她睁大眼睛贪婪地看着那熟悉的一切,还不算昏花的眼睛像台照相机,要把看到的一切尽收眼底,印在底片上。田里一片绿色相连,蚕豆和小麦的叶片上挂着晶莹的水滴。她喃喃自语:"我不会来摘蚕豆了,也不会来割麦子,留着吧,好好留着吧。"那神情,似是深情地向老朋友道别。她来到大井岗的井沿上,一地冰凉,井沿上湿乎乎的,已经长满了青苔,高耸如伞的老青树半边已经枯死了,让人感到它生命的另一半也在衰老。井里的水面上漂浮着几片枯叶,水也变得浑浊,这不禁让秀儿感到凄凉。她不顾露水打湿了的裤脚紧裹着双腿,爬上水口头,眼前是与青头山并列的锅盖山和白虎山,她登上过它们的山头。红色的砂石是他们裸露的身子,不成形的小块的杂草地,犹如贴在身上的膏药,山头上光秃秃的没有一棵像样的树。它们不像青头山那样郁郁葱葱。她不喜欢这两座山,觉得它们过于荒凉,因此很久以来她有意无意地将它们忽略了。而今她带着深深的歉意来看它们,它们仍然静静地站在那儿,云淡风轻,没有一句怨言,甚至没有一声咳嗽,一声呻吟。

晚上,她准备将要搬走的东西整理一下,然而她一直提不起精神。她拎个草墩坐在台阶上,天上没有月亮,蓝色的天幕上只有启明星在东方孤独地闪烁。原来的满天星辰今晚都不知道哪去了,任凭秀儿怎样睁大眼睛,一颗星星也找不到了。有朵朵白云,在天幕的映衬下呈现灰白色,似乎是城里的万家灯火照亮了它们。秀儿似乎听到了城里传来的喧嚣。

当初,秀儿刚听到要进城的消息,她跟村里的人一样着实兴奋了一阵子。她一生追求的梦想竟然实现了。她曾经向往的生活,将用另外一种方式重新开始。然而兴奋没有持续多长时间,很快变成了深深的失落。梦想一旦实现,梦想就死了,而且梦想还是以这种方式实现,她认为这是对她曾经努力的嘲弄。一瞬间,她觉得一切仿佛都失去了意义。她突然觉得,也许她生命的意义不在于这个结果,结果并不重要,重要的是对梦想的追逐过程,在于这个过程中的希望与失望、快乐与痛苦,以及经历过的酸甜苦辣。这个想法一直折磨着她。更让她难以接受的是,她盼了一辈子,盼白了头发,盼弯了腰,她的梦想始终可望而不可即。在她已经不再企望,准备将梦想带进幽冥的时候,城镇化的历史车轮竟然轻而易举地改变了她的命运,这让她想笑又想哭。

晓兰请了个搬家公司来搬家。晓兰不让秀儿动手,只让她在一旁看着。房子盖好以后,秀儿没有添置什么家具,一车就把整个家装完了。房子几乎还是新的,自盖好后到现在也不过五六年的光景。木头还散发着清香,墙壁还白得耀眼,门上的对联还红得鲜明。秀儿一阵心疼,她不敢想象它被拆毁的凄惨样子。院子里栽的那几棵桃树早已开花结果,她感到惋惜,然而她却无能为力。秀儿突然想到郑刚,如果他听说房子被拆,他会说些什么呢?她觉得郑刚无论如何应该来看一看。郑刚有好几个月没有来了,她应该在搬进城后去告诉他一声,免得他到村子里来的时候找不到她。这是个很好的借口。秀儿知道自己想见郑刚了,她真的很想他。

把家安顿好以后,秀儿坐班车来到昆明找郑刚。在车上,她看着窗外明亮的景色,想起那些跟郑刚在一起的开心日子,这些日子早已化作老青山上那些常绿的叶子了,她不由得笑出声来。然而当她下了车,逐渐抵达他的单位时,脚步变得犹豫起来,她站在一棵小叶榕树的树荫下,还没拿定主意的时候,就看见郑刚住处的房门开了。郑刚从房内走了出来,身旁有一个农村装束的老女人,拎着个袋子,还牵着一个半大男孩子。郑刚一直低头跟男孩子说话,秀儿听到那个男孩子喊郑刚"老爹"。秀儿凭直觉就知道那个老女人是什么人了。她定定地看着他们亲亲热热地走出单位所在的院子。秀儿孤独地站在那里,仿佛大千世界的一部分也随之而去。她内心空虚了很久,但她并不生气,郑刚充盈了她的生活,让她变成了一个真正的女人,她对他充满着感激之情。她知道这一天终究会到来,其实这一天早就到来了,只不过她不愿承认而已。

第十九章

　　她认为人千辛万苦来到这个世界,为何不在这个世界上多逗留些日子,何须匆匆离去。毕竟人生只有一世,多一天是多一天的珍惜。这样也对得起把你送到这个世界的人,尽情地活着,这大概是没错的。

进城以后,所有维系过去的东西都被摧毁了。那维系在这片土地上的喜怒哀乐,那些令人悲苦、令人不舍的生活痕迹,那些所爱所恨的人,都随着村子的消逝被抹得精光。人们开始在另一个天地开始另一种生活。这是一种从头来的生活,仿佛重新投生,换成了一个身份崭新的人,跟过去没有任何联系,甚至没有任何一点痕迹。或许一两辈人之后,后来的人再也不知道他们的祖辈是农民,即便他们的血管里流淌着的是农民的血液。他们会为自己是城里人而感到自豪。

秀儿在她生命的最后几年,努力学会跟城里人一样生活,不——是跟城里的老人一样生活。她生活的全部内容就是如何打发掉一整天的时间。早上起来,她会慢慢将屋子收拾得干干净净,然后她会去百花公园看大妈们跳广场舞。她只看不跳,拒绝别人的蛊惑,跟着别人比画她觉得丢人。再然后呢,逛逛菜市场,逛逛超市,不为要买什么东西,就为感受那种熙熙攘攘的热闹气氛。回到家,可以坐在沙发上看看电视。晓兰给她买了部手机,但她不喜欢看,因为手机屏幕太小,她看不清字,只能看到一团光亮。而电视里的人,她能看清他们的眉眼。她已经习惯了孤单,而且她并不认为这是一种缺陷,更何况她坐在阳台上,会看见着装时髦、神采飞扬的年轻人在林荫道上走过,不时还会传来小孩子清亮的笑声。

有几个夏天的夜晚,当乌云沉重地挂在窗边,空气里满是水的味道。她会隔着玻璃,看雨滴在玻璃上画出一道道弯弯曲曲的水痕,宛如道道清澈的小溪。天边夺目的闪电,刹那间将天空照得五彩缤纷,这时她的心也会跟着敞亮起来。秋天留给她的记忆太多了，每当她看到霜花贴上玻璃，就会不由自主地想起过去的事。年纪越老，记忆越发清晰，她觉得老人们就是靠回忆来喂养残存的日子的，记忆虽不能挽回逝去的光阴，却也是岁月中的一个安慰。

晓兰每次放假都要来看秀儿。她不放心秀儿一个人生活，要将她接到昆明。可是秀儿不愿去，她不想过多地麻烦别人，包括自己的女儿。更何况她心里还装着一件事，这是她心里永远的痛：她要等路玉回来，虽然她不知道他是否还会回来。晓兰每次来的时候，都要给秀儿梳一次头，她觉得这最能表达她对母亲的感情。秀儿头发掉得厉害，晓兰会把梳落的头发捏成一团，她从不给秀儿看，她怕秀儿伤心。秀儿想得开，她认为掉头发、缺牙齿、腰腿疼痛、心慌气短这些病专找老年人，你躲都躲不掉，用不着大惊小怪，更用不着伤感。可当她感觉到晓兰手指触碰头发时的微微颤抖和她抑制不住的低声抽泣，这让她的自信动摇起来。她翻出一面古董似的小镜子。自从离开郑刚，她就不再照镜子了。当她小心翼翼地举起镜子，她看到了那个也许她永远都不想看到的自己。岁月竟然如此残酷地把她曾经的青春美丽雕刻得如此惨不忍睹。她双颊塌陷，皱纹如同蛛网布满了整张面孔，她真想大哭一场。她不得不相信自己已经很老了，而且那扇门也许会很快关上。虽说如此，但秀儿顽强地不愿接受这个现实。"路还长呢。"她总对自己说。她认为人千辛万苦来到这个世界，为何不在这个世界上多逗留些日子，何须匆匆离去。毕竟人生只有一世，多一天是多一天的珍惜，这样也对得起把你送到这个世界的人。尽情地活着，这大概是没错的。每每意识到这点，她的心就会平静下来。

秀儿顽强地活到了七十五岁。

在秀儿走的头一个晚上,她先后起来了三次。她说她一睡下去就梦见他们,梦见他们喊她。她说自己也想见他们了。天亮了,她洗了脸,换了一身衣服,再细细地把家中收拾了一遍,然后去到小区外的理发店。理发师刚把她的头发修理整齐,她就慢慢闭上了眼睛,安详地走了。

秀儿和大憨安葬在一起。那天天上下了一阵小雨,雨过天晴,当太阳又红艳起来的时候,那些顽强的小水珠牢牢地挂在草叶上,闪耀着晶莹剔透的光芒。

也许是一个多月后,有人看见路玉带着一个女人和两个娃娃,在秀儿坟前烧香磕头,抹了半天的眼泪。

在秀儿去世前半年的一天下午,她看到梧桐树的落叶在地上翻卷,突然涌起一阵寻梦的冲动。自从搬到城里,她只回去过一次。过了这么久了,不知道现在大桃花村又是什么样子。令她高兴的是天气不错,温暖而晴朗。她找了张出租车,司机是个年轻人,他已经不知道还有个大桃花村了。秀儿指引他过了塘坊村,越过沙河桥,冲上石子坡。极目所见,全是大片大片的厂房仓库,宽阔的水泥大道交叉纵横,不时有车辆在仓房中开进开出。曾经的赵家坟、小坝塘、大井岗、水口头,还有曾经的村子已不见踪影,仿佛从来没有存在过。只有青头山,秀儿看到了远处的青头山,它仍然静静地站在那儿。村子已经不在了,但是青头山还在,秀儿觉得只要青头山在,大桃花村就一定在,你虽然看不到它,但是你感觉得到它。它正在青头山的怀里沉睡。天边吹来一阵凉风,即将落山的太阳,将青头山浸染得血红,这让秀儿心旌动摇,她记不起来,在她的人生里曾经看过这么美丽同时又这么让人敬畏的景象。秀儿脸色舒展,她伸开双臂,仿佛要把天边绚烂的晚霞揽在怀里。

暮色已经降临了青头山。

后 记

  我的人生经历过三个主要阶段,首先是1964年高中毕业后下乡插队当了七年农民,然后是1971年开始当老师,最后是20世纪90年代中后期当校长,直到退休。人到老时总喜欢回顾自己的一生,我将自己的这三段经历名曰"人生三部曲"。我既没有经历什么惊心动魄的事件,也没有什么骄人的业绩,自始至终算是一个平凡而又平淡的人。尽管如此,多少还有一些值得回忆和留恋的东西,因对这些东西的不舍,形成了三部小说:《知青往事》《老青山的琴声》《我是校长》。分别对应三段经历。三本书成,心愿已了,也就不再有什么挂念的事。
  然而,有一天我听说,我曾经插队的大桃花村消失了,整个村子变成了一个物流中心。全村的人都搬到了城里,住进了居民小区。我为大桃花村的人实现了祖祖辈辈成为城里人的愿望感到高兴,但同时又为大桃花村的消失而感到黯然神伤。我虽然在那里只生活了短短七年,但是,秀美的大桃花村已经在我心中留下了永不磨灭的印象,那山那水那人那事,时时在心中萦绕而挥之不去。后来我看到政协安宁市委员会编的《消失了的村庄》一书，历数安宁改革开放以来已经消失了的村庄，大桃花村位列其中。我心里又开始不平静起来，总应该为大桃花村留下点什么吧，好像不留点什么东西，就亏欠了它一样，而且会产生一种莫名的负罪感。于是想趁自己还能提笔的时候，还了这笔债。这就是《桃花女人》一书的由来。写完以后，心情平静下来，我已经为大桃花村立了个碑，就在青头山下。

$\qquad$ 2021年6月6日